幽霊塔

江戸川乱歩

春陽堂

目次

幽霊塔

時計屋敷

この世の中に、私ほど怪奇な、恐ろしい経験談を持っているものはあるまい。幽霊というものがあるかないかは知らぬが、この私の経験談というのは、淋しい山村に立ちくされた、化物屋敷のような古い家の中を、フワフワとさまよっていた幽霊みたいな人物が、中心となっているのだ。しかも、その幽霊は「牡丹燈籠《ぼたんどうろう》」の芝居のお露《つゆ》のように、若くて美しい女であった。

それは今から二十年も前、大正の初めの出来事なのだが、あの事件を思い出すたびに、私は長い恐ろしい夢を見たのではなかったかと、疑わないではいられぬくらいだ。

その事件に出て来るものは、美しい女の幽霊ばかりではない。淋しい山の中に、まるで一つ目の巨人のようにそびえている、古い古い時計塔がある。何百万匹何千万匹という蜘蛛《くも》が、ウジャウジャとうごめいている世にも恐ろしい虫屋敷がある。

それから、ああ、あんなことが、たった二十年前のこの日本にあったのだろうか。悪夢としか考えられない。しかし、私は見たのだ。この目で見たのだ。震災前の東京の賑やかな或《あ》る町に、だれも知らない地下室があった。その地下室で私は見たのだ。見たばかりではない。或る世にも異様な人物と話しさえしたのだ。

その薄暗い地下室になにがあったか。どんな魔術師が住んでいたのか、私はそれを口にするのさえ恐ろしい。そこでは、この世のあらゆる不可能が可能にされていたといっても過言ではない。しかも、理路整然と、あくまで科学的にそれが行われていたのだ。

私はこのごろになって、やっと、あの二十年前の悪夢のような一《ひ》とかたまりの出来事を、詳しく書きとめておこうと思い立った。どんな面白い小説も及ばない私の経験談を後の世に残しておこうと、考えついた。

私はこの一と月ばかりというもの、当時の日記帳や覚え書きの整理に日を暮らした。妻の記憶も借りた。私の妻がどうしてこの事件のことを知っているかは、いずれ読者にわかる時が来るだろう。

そして、いよいよ、私はこの複雑な長い記録の筆をとることになったのだ。

さて、どこから書き始めよう。そうだ。何よりも先《ま》ず、事件の舞台となった、あの時計屋敷のことから始めるのが一ばん手っとり早いというものだ。

正確にいえば、それは大正四年(注1)の四月二日のことである。空は厚い雲に一面に蔽《おお》われて、ドンヨリと生暖かく、頭の上から圧えつけられるような天候であった。私は荒涼とした荒地の中の白い一本道を、汗にまみれて歩いていた。

場所は長崎県《ながさきけん》の山に包まれた片田舎、Kという小さな町から、半里ばかり奥へはいった山裾である。私は叔父の命を受けて、長崎市からわざわざこの山地へ出向いて来たのだ。K町の宿屋に部屋を取っておいて、大して急がぬ用件なので、散歩のつもりで、人影もない田舎道をブラブラと目的の時計屋敷へと歩いて行った。

あちらに一《ひ》とかたまり、こちらに一とかたまり、林に囲まれた百姓家が、ポツンポツンと散在している寒村を通りぬけると、もう目の前に、その時計屋敷がそびえていた。話には聞いていたが、見るのは初めてであった。それにしても、なんという不思議な建物であろう。白い空と山と森を背景にして、ヒョイと地面から飛び出したお化けのような、不気味な夢の中の景色のような、古風な時計塔がそびえているのだ。

もうそのころの長崎にさえ、こんな古風な西洋館は残っていなかった。昔々の出島《でじま》のオランダ屋敷というのは、ちょうどこういう建物であったかも知れない。

広い三階建の土蔵造りのような西洋館で、外側は煉瓦ではなくて、一面の白壁なのだが、それが年代を経て鼠色になり、ところどころ剝《は》げ落ちて、壁の割れ目から草がはえているという有様。そのなんとも形容の出来ない奇妙な建物の、三階の屋根の上に、芝居小屋の櫓《やぐら》みたいに、四角な時計塔が乗っかっている。そして、大きな白い文字板が、一つ目の巨人のように、ギョロリとこちらを睨みつけているのだ。

時計塔そのものも、異様に古めかしい。塔の屋根は、われわれが時計塔という言葉から想像するような、スレート葺《ぶ》きの気のきいたのではなくて、瓦葺きの、寺院の塔みたいな恰好である。

「叔父さんも、物ずきな代物《しろもの》を買いこんだもんだ」

私の叔父の退職判事児玉丈太郎《こだまじょうたろう》は、長いあいだ売りに出ていた、この化物屋敷を、地所ぐるみ買い取ったのである。なんでも、この土地が叔父の先祖の持ち物であったとかいうので、幸い廉《やす》い値段で手にはいったものだから、先祖の土地を老後の住まいにしようと、思い定めたのであろう。

その上、迷信嫌いの頑固ものの叔父は、この世に幽霊などがあるものかと、時計塔の屋敷をそのまま手入れをして、住まいにするというのだ。私も幽霊話なんかにおびえない方なので、別に反対も唱えず、叔父の命令を受けて、今日、改築の下検分《したけんぶん》にやって来たというわけである。

さて、私は幽霊屋敷へ足を踏みいれて、いったい何を見たか。どんな異様な出来事にぶッつかったか。だが、それを語る前に、ごく簡単に、不思議な時計塔の来歴について、一言しておかなければならない。

この塔の屋敷は、徳川時代の末期に、九州で一、二を争う大富豪渡海屋市郎兵衛《とかいやいちろべえ》という男が、別荘として建てたもので、時計塔は、そのころ長崎に来ていたイギリス人に依頼して、本国から取りよせた機械、材料を使って、イギリス人と渡海屋とが工夫をこらして作り上げたということであった。

渡海屋市郎兵衛は、妙に機械いじりの好きな男で、中にも時計には一種マニアのような趣味を持っていた。当時の時計道楽の大家、松平出羽守《まつだいらでわのかみ》だとか、井伊《いい》、有馬《ありま》、土井《どい》、堀田《ほった》の諸大名の向こうを張って、金にあかして時計道楽に耽《ふけ》り、本邸の方にも、柱時計の間、櫓時計の間、枕時計の間、尺時計の間などと、大名の真似をした時計部屋を作って、悦《えつ》に入っていたということである。

その道楽が嵩じて、大名屋敷にも例のない時計塔などを思いついたのであろう。時計塔の製作は、西洋ではずっと早くから発達していたのだから、金さえかけて、材料を輸入すれば、建築するのは、さほどむずかしい仕事ではなかった。

ところが、この時計屋敷が出来上がると同時に、とんだ椿事《ちんじ》が持ち上がった。というのは、主人公の渡海屋市郎兵衛が、行方不明になってしまったのだ。それからというものは、渡海屋一家にはいろいろな不幸が重なって、たちまちのうちに零落《れいらく》してしまい、明治の中ほどには、もうその子孫も残っていないという、みじめな有様となった。

では、いったいこの奇人富豪市郎兵衛は、どこへ姿を隠してしまったのであろう。それについては、この地方の伝説のようになって、ある奇妙な話が語り伝えられている。

渡海屋がこの辺鄙《へんぴ》な山里に別荘を建てたのには、深い秘密があったのだ。あの建築の頑丈なことを見よ。まるで大きな土蔵とそっくりではないか。渡海屋は、その所有するおびただしい金銀財宝を、世間の目から隠すために、こんな厳重な庫《くら》を建てたのだ。そして、表面は時計道楽の物ずきのように見せかけようとしたのだ。

当時はちょうど、維新前の物情騒然たる時世であったから、地方の大富豪が、大名や浪士からの徴発《ちょうはつ》を恐れるあまり、財宝の隠し場所を作ったというのも、うなずけない話ではない。

伝説によると、この時計屋敷は単なる土蔵ではなく、大名などにどんな家探《やさが》しをされても差支えのないように、だれにもわからぬ秘密の穴蔵のようなものをこしらえたのだということ。つまり箱根細工の秘密箱のような、出口も入口もわからない魔法の密室があるのだという。機械いじりの好きな渡海屋らしい思いつきではないか。

ところが、その秘密室があまりに巧みに出来すぎた。出入《では》いりの方法があまりに複雑になりすぎた。なんともおかしな話であるが、渡海屋市郎兵衛は自分の作った秘密室へ、人知れず宝を運びこんだまではよかったが、さて出ようとすると、道がわからなくなってしまった。

伝説はなかなか詳しく出来ていて、時計屋敷の地下に迷路のような穴蔵があるのだという。渡海屋はその自分で作った迷路に踏み迷って、どうしても出ることが出来ない。そこで、死にもの狂いの声を張りあげて、穴蔵の中から救いを求めた。

家人《かじん》には、その悲痛な「助けてくれエ」という叫び声がどこからとも知れず、かすかに、かすかに聞こえたという。しかし秘密室の設計は主人のほかにだれ一人知るものがなかったので、助けようにも助けることが出来ない。そうかといって、この大建築物を急に毀《こわ》すというわけにもいかぬので、ただ血眼になって密室への入口を探すうちに、二日三日と日がたって、かすかな叫び声も、いつしか聞こえなくなってしまった。つまり、渡海屋はわれとわが迷路におちいって、餓え死にしてしまったのだ。

それ以来この時計塔の名が幽霊塔と変わった。深夜人の寝静まったころに、渡海屋の怨霊《おんりょう》が、悲しい声を立てて、屋敷の中をさまよい歩くというのだ。

これが時計屋敷につきまとっている古い云い伝えである。しかし、叔父の名誉のために、一《ひ》と言《こと》お断わりしておくが、叔父は決して、そんな伝説の宝ものに目がくれて、この屋敷を買い取ったのではない。

伝説の宝物を掘り出そうという目論見は、それまでに、世間の慾ばり連中によって度々企てられたのだが、何しろこの頑丈な大建築を毀すだけでも大変な費用がかかるのだから、もし云い伝えがでたらめだったらと、二の足を踏んで、実際宝探しを始めたものは、まだ一人もないくらいである。そんなあやふやな宝探しなどに目をくれる叔父ではない。

伝説の話はこのくらいにとめて、さて、その日の私の行動に移ろう。

怪美人

私はもう時計屋敷の毀れた土塀のところに立っていた。

幽霊なんか信じないといっても、なんとなく心が滅入《めい》って、普通の家を訪問するように、気軽に中へはいる気にはなれぬ。

ますます雲が深くなった薄暗い空を背景に、時計塔の一つ目が、ギョロッと睨んでいるのが、気にかかって仕方がない。私の目は、見まいとしても、磁石で引きつけられるように、時計の文字板を見上げないではいられなかった。

そうして文字板を見ていると、思わずドキンとするような妙な現象が起こった。ほかでもない、何十年の年月を経て錆びついてしまっているはずの、時計の針が、まるで生あるもののように、グルグルと廻ったのだ。

錯覚ではないかと、なおも見ていると、廻る廻る、時計の長針と短針とがダンスでもしているようだ。錯覚ではない。確かに針は動いている。

いったいこの時計は、伝説の秘密室と同じで、ゼンマイの捲《ま》き方も、針の動かし方も、死んだ渡海屋のほかにはだれも知らないということだから、村人などがあの針を動かすはずはない。では噂《うわさ》の幽霊が機械室へ忍びこんで、何十年の妄執をこめて、時計を動かしてでもいるのだろうか。

私は当時まだ二十六歳の、血気にはやる青年だったが、いくら血気さかんだといって、この死んだような山里、怪物のような伝説の時計塔、しかもその針がお化けみたいに独りでに動いたのを見ては、いささか不気味でないこともなかった。

しかし、まさか逃げ帰るほど臆病ではない。怪奇があればあるほど、かえって好奇心が湧き上がる。いくら渡海屋の怨霊だって、なんの恨みもない私を、取ってくおうとはせぬだろう。かまうものか、踏みこんでやれ。幽霊がいるならば対面しようではないか。

私はステッキをふりふり、大股に歩いて、建物の正面に近づいた。叔父から入口の鍵を預かって来ていたが、鍵なんかなくても、毀れかかった大戸はなんなく開いた。

窓の戸は毀れたところもあるが、多くは密閉されているので、建物の中は日暮れのように薄暗い。足もとも危ないくらいだ。

ほこりのうず高く積った床板を、足で探るようにして、廊下を少し行くと、頑丈な階段があった。

「まず時計塔まで登ってやろう」

私はドンドン階段を登って行った。そして三階に達すると、もう階段が見当たらぬ。時計塔への梯子《はしご》は、どっか別の場所にあるのだろうと、めくら滅法《めっぽう》に廊下を歩いて行くと、一つの部屋に行き当たった。

ドアが開いたままになっているので、いきなりはいろうとしたが、一歩室内へ足を入れたまま、私はそこに釘づけのように立ちすくんでしまった。

部屋の中に何かがいるのを気づいたからだ。窓がしまっていて夜のように暗いので、よくはわからぬけれど、闇の中に薄白いものが、フワフワと動いている。

それを見た瞬間、私はハッとある事柄を思い出して、あまりの恐ろしさに、いきなり逃げ出したい気持になった。

今度は伝説やなんかではない。たった六年前の現実の出来事なのだ。

そのころ、この幽霊塔はお鉄《てつ》婆さんという強慾な老婆の持ち物になっていた。お鉄婆さんは若いころ渡海屋に奉公していて、同家の没落したあとは、どうして譲り受けたのか、この時計屋敷を我が物とし、一人の養女と一しょに住んでいた。婆さんは一生かかって、例の秘密室の宝物を探し出すつもりかも知れないという噂さえ拡がっていた。

ところが、今から六年前、そのお鉄婆さんが、一しょに住んでいた養女のために殺されたのだ。殺される時、苦しまぎれに、下手人《げしゅにん》の手首にくいついて、その肉を噛み切り、口のあたりを血みどろにして息絶えていたという。

この事件がまた幽霊塔の怪談に一つの添え物となっていた。渡海屋の亡霊のほかに、お鉄婆さんの幽霊も出るというのだ。

婆さんの殺されたのは、時計屋敷の三階の塔の真下にある部屋だと聞いている。そこへ人がはいって行くと、今でもおきっぱなしになっている古い西洋寝台の上から、口に噛み切った肉を咥《くわ》え、顔じゅう血だらけになった白髪の婆さんが、ソロソロと降りて来るという噂《うわさ》である。

私がその時ドアを覗いた部屋は、ちょうど塔の真下辺に当たっている、ひょっとしたら、お鉄婆さんの怪談の部屋かも知れない。フワフワとうごめく白いものを見ると同時に、私は電光のようにそれを思い出したのだ。

さすがの私もゾーッとして、今にも逃げ出しそうになったが、やっとわれとわが臆病を叱って踏みとどまった。そして、いきなり呶鳴《どな》りつけたものだ。

「だれだッ、そこにいるのはだれだッ」

すると、白いものが、今までより大きくユラユラと動いて、驚いたことには、そのものが、ホホホホと艶《あで》やかに笑ったのである。

「だれです」

「あたしです。びっくりさせてすみませんでしたわね」

幽霊が若い女の声で物を云った。

私は今度は、怖さよりもいぶかしさが先に立って、ツカツカと部屋へ踏み込むと、その小さな窓の錆びついた鉄の戸を、力まかせに押し開いた。

「よくその戸が開きましたわね。あたしもそれを開こうと骨を折ったのですけれど、どうしてもだめでした」

私は窓からの光線で、古風な鉄製の寝台に腰かけている声の主《ぬし》を見た。そして、今までとは別の驚きにうたれて、突っ立ったまましばらくは声も出なかった。

ああ、これはまあ、なんという美しい幽霊だろう。闇の中で聞いた声も美しかったが、その顔の美しさは声どころではなかった。私はあとにも先にも、これほど欠点のない顔を見たことがない。眉と云い、目と云い、鼻と云い、口と云い、まるで絵に描いたようで、整いすぎていて恐ろしいくらいだ。

年は二十四、五歳であろうか。地味な和服を着ているせいか、お嬢さんというには、少しふけて見えるが、奥さんではない。どこかしらに、少しも汚れのない処女の面影がある。

だが、そうして娘さんの顔を見つめているうちに、私はふと妙なことを感じた。これがほんとうの人間の顔だろうか。こんなに欠点のない美しさが生きた人間の顔に現われるものだろうか。もしかしたらこの女は、ゴムででもこしらえた、精巧なお面を被っているのではないかしら。

「今しがた、あの大時計の針を動かしたのは、もしやあなたではありませんか」

私はふとそこへ気づいて訊《たず》ねてみた。一つには、彼女に物をいわせて、お能面のような美貌が、どんな表情をするのか確かめたかったのだ。

「ええ、そうです。あたしがあの時計をまきましたのよ」

彼女はにこやかに微笑んで答えた。お面ではない。人工のお面が、こんなに艶やかに笑えるものか。

それにしても、この女はいったい何者だろう。女の身でたった一人、この恐ろしい噂の建物へはいって来るさえあるに、何十年来だれも捲き方を知らなかった大時計を捲いて、針を動かすなんて、実にえたいの知れぬ女だ。いったいこんな辺鄙な土地に、これほど美しい女がいることからして、なんとなく妖怪じみた感じである。

「あなたは、どうして、こんな空家へはいって、時計なんか動かしていたんです」

怪しみが深まるにつれて、私は用心深くなった。

「どうかしてあの時計をまいてみようと、いろいろ工夫をして、やっと動かせるようになったところでしたの」

美しい女は、こともなげに答える。

「なぜですか。なぜ時計を動かす工夫なんかなさるのです」

「でも、あの時計のまき方をだれも知らないというじゃございませんか。あたし、自分で試して見て、この家の持ち主の方にお教えしたいと思ったものですから」

いよいよ不思議なことをいう。こんな若い女が幽霊塔の時計のまき方を研究しているなんて。しかも、何十年という長いあいだ、だれ一人解けなかった、時計のまき方の謎をちゃんと解いているなんて。

「じゃ、それを僕に教えてくれませんか」

私はこの美しい女と肩を並べて、時計の機械室へはいることを想像しながら、頼んで見た。

「でも、あなたは、ここの持ち主ではいらっしゃらないでしょう？　あたし、直接持ち主の方にお教えしたいんですの」

「僕の叔父がこの家を買い取ったのです。それで、僕、今日下検分に来たってわけなんです。ですから、僕に教えてくだされば、持ち主に教えるのと同じわけですよ」

私はいささか得意になって説明した。

「あら、そうでございましたの。存じませんで失礼しました。でも、やっぱりお教えするのはご主人直々《じきじき》でなくては……」

彼女はなかなか強硬である。

「そうですか。叔父はきっと喜ぶでしょう。いずれ僕からお引き合わせしましょう。その時は、叔父に会ってくださるでしょうね」

「ええ、どうか」

別に迷惑らしい様子もない。いや、なんとなく満足らしい様子さえ見える。

「失礼ですが、あなたはこの家に何かご関係のある方ですか」

「いいえ、そういうものではございません」

彼女は少し固い表情になって、よそよそしく云い切った。もうこれ以上質問には答えませんという冒《おか》しがたい気品を示した。そして、

「あたし、まだ少し見たいところがございますから、これで失礼します」

と、しとやかに挨拶《あいさつ》したかと思うと、とめるひまもなく、私に背を向けて部屋を出て行ってしまった。一挙一動人の意表に出る、実にえたいの知れぬ謎の女だ。だが、その

えたいの知れぬところ、その無愛想なところが、ますます私の心を惹きつける魅力となった。

私は急いで女のあとを追わないではいられなかった。薄暗い二つの階段を降りて、建物を出ると、彼女はあとをも見ずに、村の方へ歩いて行く。何かハッキリした目的があるらしい。むろん私はそのあとを尾行した。

幽霊塔から二丁ほど村の方へ行ったところに、細い枝道があって、それを少し行くと、小高い丘がある。丘の上には雑木林が茂っていて、そのあいだにチラホラと見えるのは、おびただしく立ち並んだ石碑である。村の共同墓地に違いない。

女はその丘の上へ上って行った。おや、変なところへ上って行くな、と見ていると、立ち並ぶ石碑のあいだに姿が隠れてしまった。どうやら、そこへしゃがんだらしい様子だ。

私も丘へ上って、ソッと彼女のうしろに忍びよった。

見ると謎の女は、一つの小さな石碑の前にうずくまって一心に拝んでいる。その異様に熱心な、悲しげな様子が、どうもただ事ではない。よくよく関係の深い人の墓と見える。

私はだんだんそのそばへ接近して、首をつき出して墓石の文字を見た。戒名《かいみょう》などはどうでもいい。俗名《ぞくみょう》はなんという人かしら。

「俗名、和田《わだ》ぎん、大正元年八月三日死、享年《きょうねん》二十二歳」

と戒名のわきに小さな字で、丁寧に刻みつけてある。

私はそれを読んでホッとした。男の墓とばかり想像して嫉妬のようなものを感じていたからだ。

しかし、次の瞬間、私はハッと或ることを思い出した。和田ぎん子というのはあれだ。あの女だ。六年前お鉄婆さんを惨殺した婆さんの養女の名だ。

私がどうしてその名を記憶していたかというのに、その殺人事件は叔父児玉丈太郎が、長崎地方裁判所の所長をしていたころの出来事で、和田ぎん子は事件直後捕えられ、叔父自身の裁判を受けたからだ。そして、叔父の判決によって無期懲役に処せられ、三年ほどのちに、刑務所の中で病死したと聞いている。

それと知ると、私はいよいよ不可解になって来た。いったいこの美しい女は、なんの縁があって、殺人者和田ぎん子の墓などを拝んでいるのだろう。謎の女の「謎」は深まるばかりだ。

私はもう我慢が出来なくなった。殺人者の墓などへ詣っている女に、なに遠慮することがあるものかと、今まで身を隠すようにしていた木の幹を離れて、いきなり彼女に声をかけた。

「あなたはこの女のお友達だったのですか」

すると、謎の女はびっくりして私を振り向いたが、別にこの無躾《ぶしつけ》な質問を怒る様子もなく、ただ、

「いいえ、お友達ではございませんの」

と落ちつき払って答えた。ますます不可解である。もしこの女が、こんなに涼しい目をしていなかったら、こんなに理智的な顔をしていなかったら、私は危うく相手を美しい狂女と考えるところであった。だが、気違いではない。気違いなどが、これほど私の心を惹きつけるはずはない。

「じゃ、なぜお友達でもない人の墓へお詣りなさるんですか」

私が無躾に訊ねると、謎の女は、なんて穿鑿《せんさく》ずきな人だろうという表情で、私を叱りつけておいて、

「そのわけは、いつかあなたにもわかる時が来ると思います」

と低い声で、厳粛《げんしゅく》な調子でいった。

私は返す言葉もなく、じっと彼女の左手を眺めていた。もうそんな季節ではないのに、彼女は手袋をはめているのだ。薄絹の鼠色の長手袋で、さして目立ちもしなかったし、

熱くるしい感じも与えず、かえって、この上品な姿を一そう上品に見せていたくらいだけれど、それにしても、春の和服に手袋は不釣合いだ。

殊に左の手袋には、妙に私の好奇心をそそるものがあった。その左の手袋だけに、ちょうど手首のところに、生地と同じ鼠色の糸で、薔薇《ばら》の花のようなものが刺繍《ししゅう》してあるのだ。こんな妙な手袋を見たことがない。もしやこの女は手袋で何かを隠しているのではあるまいか。私の頭の隅にかすかな疑いがきざした。そして、その疑いは、その後この女と交際を深めるにつれて、いよいよ深くなって行った。

そんなことを考えている間に、謎の女は、今度はもう私に挨拶もしないで、墓地を立ち去りそうにしたので、私は慌てて彼女を呼びとめた。

「失礼ですが、さっき叔父に時計のまき方を教えるとおっしゃいましたが、あなたのお名前は？」

そこまでいった時、彼女の目が、また私を叱っているのに気づいて、私は急いで云い足さなければならなかった。

「ああ、失礼、僕は北川光雄《きたがわみつお》っていうのです。叔父は児玉丈太郎と申します」

「裁判所長をなすっていらしった方ですわね。お名前はよく承知しております。あたし、野末秋子《のずえあきこ》と申しますの」

私はその清々しい名前を呑みこむようにして覚えこんだ。

「失礼ですが、お住まいは？」

「それは、あの、ちょっと申し上げられませんけれど、でも、今日はK町の花屋旅館に泊まります」

花屋と聞くと、私は嬉しさが込みあげて来た。

「ああ、それじゃ、僕と同じ宿です。ごいっしょに参りましょう」

女は別に嬉しそうではない。と云って迷惑らしい様子も見えぬ。まるで研ぎすました鋼鉄のように冷静だ。だが、もし私の観察がまちがっていないとすれば、彼女の冷たい鋼鉄の内部には、ただならぬ火がもえている。何物をも焼き尽くさないではおかぬ烈《はげ》しい火がもえている。彼女はその烈火を押し隠すために、精一ぱいの努力をしているのに違いない。

深まる謎

それから、私たちは肩を並べてK町への長い田舎道を歩いた。野末秋子は、しなやかな身体《からだ》にも似合わず、足早であった。その上、例の鋼鉄のように押しだまって、ほとんど口をきこうとしなかったけれど、私には、彼女と肩を並べて歩いていることだけでも、充分楽しかった。時たまポツリポツリ取りかわす会話は、その都度私の心をワクワクさせた。

道を半ばほど来たころ、日はほとんど暮れきって、物の形もおぼろげな鼠色の眼界の中に、行く手の道だけが白くボーッと浮き上がって見えた。その田舎道の向こうから、黒い二つの塊《かたまり》が、見る見る目の前に近づいて来た。二台の人力車である。

その人力車が、私たちの前を通りぬけようとした時、ふいに、車の上から呼ぶ声が聞こえた。

「そこにいるのは、光雄じゃないか」

「まあ、光《みつ》ちゃんだわ」

その調子で、私はたちまち声の主を悟った。先に呼びかけたのは児玉の叔父、あとの声は私の許婚の三浦栄子《みうらえいこ》である。

突然許婚と書いたのでは、読者にわかるまいから、私はここで、この三浦栄子という女について一《ひ》と言《こと》説明しておかなければならない。

いったい私は幼い時父母を失った孤児であったが、児玉の叔父はちょうどそのころ、ある不幸な出来事から、妻と生まれたばかりの娘とを一度に失って、孤独《こどく》の身の上だったので、私を引き取って、我が子のように養育してくれたのである。

ところが、私が叔父の仕送りで東京に遊学しているあいだに、実に困ったことが持ち上がってしまった。というのは、私の乳母《うば》に栄子という連れ子があって、幼いころからまるで兄弟のように育てられて来たのだが、私が東京に出ている隙《すき》に、乳母が巧みに叔父に説きつけて、私とその連れ子の栄子とを許婚ということにしてしまった。そして乳母は栄子を残して病死したのだから、つまりそれが遺言《ゆいごん》ということになってしまった。

私は叔父からそれを聞かされた時、どうも気が進まなかったが、恩を受けた叔父の意志でもあり、死者との約束を反古《ほご》にするのもどうかと思ったので、とにかく承知の旨答えておいた。それというのが当時私には別に意中の人などなかったからである。もし、その前に野末秋子のような女に出会っていたならば、私は決して首を縦にふらなかったであろう。

しかし、私は許婚を承諾はしたけれど、一つの条件を持ち出すことを忘れなかった。婚礼の時期は私の随意にきめるというのである。それから、叔父の家に同居して、栄子とつき合っているうちに、私はだんだん彼女が嫌いになって来た。世間の評判では、美人ということになっているけれど、私には美しいとは思われぬ。幼時一しょに遊んでいたころの「イイ……」といって下唇をつき出す、あの虫酸《むしず》の走るような意地悪な顔ばかりが、目に浮かんで来る。

　第一、栄子は女学校は辛うじて卒業したけれど、私の目からは、低能児同様の無教養に見えるし、素性《すじょう》の知れぬ乳母の連れ子だけあって、ひどく下品な上に、意地悪なことだけは人一倍だ。こんな女を妻にしなければならぬかと思うとつくづく情《なさけ》なくなる。私はこのごろでは、例の条件を幸いに、婚礼の時期を一生涯きめずにおこうかしらんと思っている。

　そういう関係の三浦栄子だから、彼女にしてみれば、私を「光ちゃん」なんていう愛称で呼ぶのも、別に不思議はないのだが、私の方では、光ちゃん、光ちゃんといわれるたびに、ゾーッと寒気がする。

　余談はさておき、叔父に呼びかけられた私は、一刹那《せつな》野末秋子の存在を忘れて、その人力車へ近づいて行った。今時分こんなところで叔父に出会おうとは、あまりに思いがけないことだった。

「光雄、怪我《けが》はどうした。そうして歩いているところを見ると、大した傷ではなさそうだね」

　叔父は私の姿を見定めて、車上からあわただしく尋ねた。またしても思いもかけぬ質問だ。

「怪我ですって？　僕が？」

「そうだよ。電報を見て驚いて駈けつけたんだ。宿で聞くと、時計屋敷へ行っているというから、こうして出向いて来たところだ」

私は狐につままれたような気持である。

「僕、別に怪我なんかしませんが、だれがそんなことをいったのですか」

「電報だよ。こんな電報が来たんだ」

叔父は懐中から電報用紙を取り出して、私に読んで聞かせた。

「光雄負傷す、すぐ来い、とある。発信人の名はないけれど、どうせお前を介抱している者が打ってよこしたんだろうと思ってね」

叔父はその電報を信じて、わざわざ長崎市から汽車に乗ってやって来たのだ。

「おかしいですね。僕はこの通りピンピンしてます。擦《かす》り傷一つありません。これはだれかが、叔父さんをここへおびきよせるために、偽電報を打ったのではないでしょうか」

「ウーム、だが、なんのために、そんな真似をするんだろう。わしにはまったく心当たりがないが」

そんな問答をしているうちに、私はだんだん不安になって来た。

「叔父さん、ともかく宿へ帰りましょう。そして郵便局に聞き合わせて見ましょう」

私は徒歩で、叔父と栄子とは車のまま、急いでK町へ引っ返すことになった。そこで、私はこの機会に野末秋子を叔父に引き合わせておこうと、やっとそこへ気がつき、秋子の姿を目で探したが、どこにも彼女の姿は見えぬ。

「ホホホホ、光ちゃん、何をキョロキョロ探していらっしゃるの？　さっきの美しい女の方？　あの方なら、もうとっくに、K町の方へ歩いていらしったわ。……あの方、光ちゃんのお友達？」

栄子のやつ、場所がらをもわきまえず、持ち前のやきもちをやいている。実に不作法《ぶさほう》なやつだ。それにしても秋子さんも秋子さんだ、先に帰るなら一《ひ》と言《こと》ぐらい挨拶してくれてもいいじゃないか。まるで水のように冷たい仕打ちだ。私はあれやこれやにムシャクシャして栄子の言葉には返事もせず、車夫をうながして、梶棒《かじぼう》をK町の方に向けさせると、走る車のあとから、私も走るようにして、道を急いだ。

K町につくと、私は叔父から例の電報紙を借りて、直ちにK町郵便局へ行き、発信人を聞き合わせた。すると局員は親切に調べてくれたが、(注2)頼信紙の発信人住所氏名欄には長崎市の聞いたこともない町名と、久留須次郎《くるすじろう》という名が書いてあった。

「長崎からここへ来ていた人が、宿を取らないで打ったものでしょう。打ちに来たのは、本人ではなくて、どっかの薄汚ない小僧でしたよ」

田舎の郵便局は暇《ひま》と見えて、局員はそんなことまで覚えていた。

なお念のために頼信紙を見せてもらうと、鉛筆の走り書きで、実に拙《まず》い筆蹟だ。わざと拙く書いたのではない。筆蹟を変えて書くほどの力もない無教育者の手だ。そして、どうやら女らしい筆癖《ふでぐせ》である。

長崎市の久留須次郎なんて、出鱈目《でたらめ》にきまっている。そんな出鱈目の人物を探すよりは、電報を持って来た小僧を探し出す方が手っ取り早いかも知れぬ。

「その小僧はどこのものでしょう。お見覚えはありませんか」

私は局員に訊ねて見た。

「この町のものですよ。ルンペンみたいなやつで、時々町で見かける小僧です」

「じゃ、一つお願いがあるんですが、もしあなたが、今度その小僧をお見かけでしたら、花屋旅館へ北川光雄というものを訪ねて来るようにお伝え願えないでしょうか。来ればドッサリ褒美《ほうび》をやるからといってくだされば、多分やって来ると思いますが」

咄嗟《とっさ》に思いついて、頼んでみると、親切な局員は「ええ承知しました」と気軽に引受けてくれた。

私は局員に名刺を渡しておいて、花屋旅館に引っ返すと、帳場に坐っていたお神《かみ》さんや番頭にも、この事を話して、もし私が長崎へ帰ったあとで、この小僧が訪ねて来たら、すぐ児玉の叔父の家までよこしてくれるようにと、小僧の旅費を番頭に預けた。あんな偽電報ぐらいに、これほど手を尽すことはないかも知れぬが、私は物事を中途半端にしておけない気質なのだ。

これでやっと気がすんだので、私は叔父の部屋へ上がって、事の次第を報告し、それから、時計塔検分のこと、そこで野末秋子に出会ったこと、彼女が大時計のまき方を知っていて、叔父に教えたいといっていたことなどを告げると、叔父は意外に乗気になって、もしその人に会うことが出来たら、偽電報がかえって、幸いになったようなものだ。この宿に泊っていられるというのなら、今夜の食事はここでご一しょにしたいから、一つ誘ってみてくれないかという話だ。

叔父の乗気に私は喜び勇んで部屋を出た。そして、秋子の部屋を尋ねるために帳場へ降りようとしていると、そこの廊下でバッタリと当の野末秋子に出会ってしまった。

「ああ、野末さん、さきほどは失礼しました。あの時車でやって来たのが僕の叔父なんです。やっぱりこの宿に泊っているんですが、あなたの事を話しますと、そういう方なら、是非お目にかかりたい。叔父の部屋で、ごいっしょにご飯を召し上がっていただけないだろうかというんです。そのことをお伝えするために、今、あなたのお部屋を探していたところなんです」

私は一と息に、まくし立てた。すると、謎の女は例の冷たい表情で、やや迷惑そうに、

「ええ、ありがとうございますけれど、あたし一人ならなんですが、連れのものがありますので……」

と云い渋っている。

「いいじゃありませんか。そのお連れの方もごいっしょにいらっしてくださいませんか」

「でも、連れの者には、妙なつきものがいますのよ」

「エ？　つきものって？」

「ホホホホ、お猿ですの。お猿を可愛がっていて、片時もそばから離しませんの。まるで気違いみたいなんですわ。まさかお猿と一しょにお呼ばれにも行けませんから……」

猫を抱いていて手離さぬ女というのは、よく聞くけれど、猿と仲よしの女なんて、聞いたことがない。謎の女のうしろには、やっぱり謎があるものだ。

「かまいませんよ、別に人に悪さをするわけじゃないでしょう。猿ぐらいのことで、この好機会をのがすのは残念ですからね。是非いらしってください。叔父からも、くれぐれもよろしくということでした」

まるで懇願である。しかし、私はこの女になれば、どんなに懇願しても惜しくなかっ

た。で、結局、秋子は私に説きふせられ、夕飯を共にすることを承諾しないわけにはいかなくなってしまった。

　そこで、「その節は、女中を呼びにやるから」と堅く約束して別れようとすると、秋子は「あの」と私を呼びとめ、

「叔父さまはあの時計屋敷を手入れして、お住まいになるとおっしゃいましたが、あなたもやっぱり、あすこへお住まいなさるのでしょうか」

　と、妙なことを尋ねる。

「ええ、それはむろんですよ。僕は叔父の息子も同様なんですから」

「じゃあ、あの、失礼ですけど、今日お目にかかった三階の部屋を、あなたのお部屋にして、夜もあすこでお寝《やす》みになってくださいませんでしょうか」

　いよいよ不思議なことをいう。謎は刻々に深まっていくばかりだ。

「でも、あの部屋はお鉄婆さんが殺されたという部屋じゃありませんか」

「ホホホ……お婆さんの幽霊を気にしていらっしゃいますの？　大丈夫よ、あたしでさえ、ああして、お婆さんの殺されたベッドに、腰かけていたくらいじゃございませんか」

「しかし、あなたは、どうしてそんなことをおっしゃるのです。僕があの部屋で寝るのが、あなたに何か関係でもあるんですか」

「それは、いつかおわかりになる時がありますわ。今は何も申し上げられませんの」

「どうしてですか、どうしておっしゃれないんですか」

私は執拗に訊ねないではいられなかった。

「あたし、心に深く誓っている、大きな使命がございますの。その使命を達した上でなければ、何も申し上げられません」

この美しい秋子の口から使命という言葉を聞いて、私は妙な気がした。使命なんて若い女には似合わしからぬ言葉だ。だが、彼女の厳粛な顔を見ると、この言葉が嘘とは思われぬ。使命でもなければ、この優しい女がまるで鋼鉄のように堅く冷やかにはなれぬはずだ。そして、恐ろしい幽霊塔にはいりこんで殺人ベッドなどに腰かけたり、友達でもない女の墓に詣ったり、あんな変な所業《しょぎょう》はせぬはずだ。

「では、あなたはだれかのきびしい命令でも受けていらっしゃるのですか」

「いいえ、他人のために動いているのではございません。われとわが心に誓いを立てて、どうしても果たさなければならぬ使命を持っているのです。ああ、あたし、こんなことをいってしまって。いけません。いけません。もうお尋ねなさらないでくださいまし。これ以上は何も申し上げられません」

「そうですか。では、僕もお聞きしますまい。何もお聞きしないで、あなたの命令を守りましょう。きっとあの部屋を僕の部屋にします」

「まあ、命令だなんて。あたし、そんなつもりではございませんのよ。でも、お聞き届けくださいまして、こんな嬉しいことはありません。それから、もう一つ申し上げておきますが、あの部屋にいらっしゃれば、昔渡海屋の持ち物であった古いバイブルがお手にはいります。それをよくご研究なされば、きっと、あなたには思いがけないお仕合わせが湧いて来ますでしょう」

まるで予言者みたいな口調だ。いったいこの謎はどこへ行ったら行きどまりになるのだろう。

私は秋子のいうがままに約束を与えて、一と先ず別れを告げたが、さて夕飯の時になって、いよいよ秋子と、猿を連れたもう一人の人物とが、叔父の部屋をおとずれると、更に一そう謎を深めるような椿事《ちんじ》が湧き上がった。

何者

夕食の時間が来たので、約束の通りに女中を迎えにやると、謎の女野末秋子は、その妙な同伴者を連れて、叔父の部屋にはいって来た。

同伴の中年婦人は肥田夏子《ひだなつこ》というので、名前のように肥え太った、熱くるしいような醜い女であったが、あらかじめ秋子が警告した通り、赤い紐《ひも》でくくった一匹の猿を従えて、取りすまして部屋へはいって来た様子は、なんとも異様な光景であった。

秋子さんは、よくもこんな品格のない女と一しょに旅行なんかしていたものだ。秋子さんにはなんとなく非現実的な、ロマンティックな、月の世界の女のような風格があるのに比べて、この肥田夏子は頭のてっぺんから足の先まで、いかにも現実的な地上の女であった。慾も深そうだし、意地もわるそうだ。きっと口先の嘘の上手な女に違いない。

秋子さんは、先《ま》ず下座《しもざ》に手をついて、しとやかに一礼すると、初対面の挨拶をするために、じっと叔父の顔へ視線をそそいだ。叔父の方でも礼を返すために秋子さんを注視した。そして、二人の視線が合ったまま少しのあいだ動かなかったが、どうしたものか、叔父の顔は見る見る青ざめ、両の目が、眼窩《がんか》から飛び出すほども見開かれて、実にゾッとするような表情になったかと思うと、たちまちクナクナとくずれるように、その場に倒れてしまった。

叔父は気を失ったのだ。長年裁判官を勤めて来た五十男の叔父が気を失うなんて、実におかしな話だが、ちょっとのあいだではあったけれど、事実失神したのだから仕方がない。秋子の姿がよくよく叔父を驚かせたものらしい。いったい全体、この美しい女のどこに、大の男を失神させる力が潜んでいたのだろう。謎の女はいよいよ謎を深めるばかりだ。

それと見ると、一同びっくりして、倒れた叔父のそばに寄ったが、みんながうろたえている中で、一ばん冷静で機敏なのは秋子さんであった。彼女はすばやくそこに出ていた煎茶茶碗に水差しの水をついで、叔父の口もとへ持って行こうとした。だが、次に機敏なのは栄子のやつであった。いや、機敏というよりは意地悪なのだが、彼女はいきなり横合いから秋子さんの手にしていた茶碗を奪い取って、

「あなた、いけませんわ。叔父はあなたを見て、あんなに驚いたのですもの。ここにいらっしゃらない方がいいわ」

と、恐ろしい剣幕で睨みつけて、そのまま茶碗の水を叔父に飲ませようとする。

折角の親切を無にされた秋子は、しかし、別に立腹する様子もなく、

「お騒がせして申しわけございません。いずれおわびに出ますけれど」

と、しとやかに云って、立ち上がろうとしたが、ちょうどその時、倒れていた叔父が、少し正気を取り戻したのか、何かに縋《すが》ろうとするように手をのばして、偶然秋子さんの左手を摑《つか》んだ。

すると、秋子さんは、なぜかひどく慌てた様子で、す早く左手を振り払い、代わりに

右手を出して、叔父を助け起こそうとした。それを見ると、私も叔父のうしろに廻って、「叔父さん、どうなすったのです。しっかりしてください」と云いながら、力を合わせて抱き起こしたが、他人のあら探しには人一倍機敏な栄子が、秋子さんの今の妙な挙動を見逃すはずはない。敵意にもえる目で、じっと秋子さんの異様な左手を見つめている。

その左手には、さすがに室内で手袋ははめていなかったけれど、例の手袋と同じ鼠色の薄絹が、シャツの袖口のように、手首を深く包んでいた。そして、やっぱり手首のところに、共糸の薔薇の花が刺繍してあるではないか。栄子が異様にその手首を見つめたのも無理ではない。

その時、叔父はまったく意識を回復して、自分の力で坐《すわ》りなおしたが、秋子さんが立ち去ろうとしている様子に気づくと、いそいで呼びとめるのであった。

「もう大丈夫です。とんだ失礼をしました。どうか席にお着きください。ハハハハハ、このごろ少し健康を害していましてね。時々目まいがしていけません。実はあなたの姿が、昔よく知っていた人に、ちょっと似ていたものですから、変な錯覚を起こしてしまいましてね。なあに、もうこの世にはいない女なんですよ。それに、よく拝見すれば、まったく私の思い違いだったことがわかりました」

おや、叔父の以前の知合いに、それほど秋子さんとよく似た女があったのかしら。

いったいだれのことをいっているのだろう。私はふと好奇心を起こしたが、不躾《ぶしつけ》と思って尋ねることはさし控えた。見ると栄子のやつも同じ思いと見え、妙に目を光らせている。

叔父の言葉に秋子さんも座について、そこで改めてお互いの挨拶が取りかわされ、それとなく世間話をしているうちに、やがて女中たちがお膳を運んで来た。

秋子さんの同伴者肥田夏子は、なかなかおしゃべりで、食事のあいだも、一人で座を持って、叔父を相手に面白くもないことを、さも面白そうに話しつづけたが、その様子で見ると、どうして一《ひ》と筋縄《すじなわ》で行く女ではない。こんな女に監督されている秋子さんはたまらないだろうと、同情に耐えなかった。

肥田夫人のペットの猿は、存外おとなしく、まるで人間の子供のように、チョコンと坐って、時々夫人が手の上にのせてやるご馳走を、しかつめらしい顔つきで味わっていた。

食事がすむころになって、叔父はやっと本題にはいって秋子さんに質問した。

「あなたは大時計のまき方をご存知だそうですが、どうしてそんなことに興味をお持ちなのですか。よほどたびたびあの塔へお昇りなすったとみえますね」

「ハア時々昇ったことがございます。どういうわけですか、わたくし、あの古風な建物が大すきなのでございます。そして、いつの間にか、時計のまき方の秘密を覚えてしまいましたの」

「それはちょうどいい。私どもはあれに手入れをして住居《すまい》にしようと思っているのですが、その修繕についても、一つあなたのご意見を聞かせていただきたいものですね」

「ええ、わたくしも、今度お住まいなさる方には、是非お話し申し上げたいと思っておりました。あの建物には、わたくしが調べましただけでも、いろいろな秘密があるのです。それをお話しすれば、きっとご参考になると存じます」

「おお、そうですか。そういう秘密までもご存知なのですか。例えばどんなふうな？」

叔父は一と膝乗り出して、すぐにもそれを聞きたそうにしたが、その様子を見ると、秋子さんは少し当惑げに答えた。

「でも、それはいずれ別の機会に……こんな席でなくて、わたくし、ご主人だけにお話し申し上げたいのです」

栄子のやつは、さいぜんから、叔父と秋子さんの会話がはずむのを、さも妬ましそうに、イライラして聞いていたが、とうとう癇癪玉《かんしやくだま》を爆発させてしまった。彼女は「光ちゃん」と、例の虫酸の走る愛称で私を呼んで、

「光ちゃん、あたしたちがいては、なんだかお邪魔のようよ。サ、あちらへ行きましょ

う」

と、秋子さんに聞こえよがしに云い放った。

「栄子、何を失礼なことをいうのだ」

叔父は苦々しげに叱りつけたが、そんなことにひるむ栄子ではない。

「どちらが失礼でしょうか。折角こうしてご飯にお呼びしているのに、あたしたちをさも邪魔者のようにおっしゃる方が、よっぽど失礼じゃありませんか。素性も知れない女のくせに……」

なんという不躾なやつだ。私はもう少しで栄子のやつを殴りつけるところであったが、それよりも早く、秋子さんの方で立ち上がってしまった。彼女は叔父に一礼して立ち上がると、物もいわず、肥田夫人ともども、静かに部屋を出て、自分たちの部屋へ引き上げて行った。そういう侮蔑《ぶべつ》には耐えられませんという、若い女には珍しいほど毅然《きぜん》とした態度だ。

いうまでもなく、その勝負は栄子のやつの負けだけれど、私は秋子さんを怒らせてしまったことが、取り返しがつかないように思われ、栄子に八つ当りしないではいられなかった。

叔父も栄子の我儘にはひどく立腹して、いつになく叱責した。すると、栄子はいよい

よふくれ上がってしまって、べそをかきながらも、

「いいわ、お二人でいくらでもあたしをおいじめになるがいいわ。あたし、あの女の素性をきっと探り出さないではおかないから。何か後暗《うしろぐら》い秘密を持っている人に違いないわ。光ちゃん、その時になって後悔しない方がいいことよ」

栄子は幼年時代の、あのイイイと唇をつき出す顔になって、白い目で私を睨みつけて、バタバタと部屋を出て行ってしまった。少し可哀そうのようでもあったが、追いかけて宥《なだ》めたりしようものなら、ますますつけ上がって、当たり散らすことがわかっているので、私は叔父と目くばせしてそのままほうっておいた。

「叔父さん、しかし、さっきはどうしてあんなに驚いたのですか。秋子さんがいったいだれに似ていたんですか」

私はそれを尋ねないではいられなかった。

「ウン、いや、わしの神経が疲れているせいだよ。なんでもない。なんでもない、その事はもう尋ねないでおくれ」

どうやら奥歯に物のはさまったような答えだったが、それ以上問いただすのは、なんとなく気の毒なようで、私は沈黙するほかはなかった。

それからしばらくたって、心待ちにしていても栄子が部屋へ帰って来ないので、叔父

が心配をして、私にその辺を見て来るように勧めた。私は別に心配もしなかったが、ともかく廊下へ出て、階段を降りて行くと、その階段の蔭《かげ》に栄子と旅館の年増女中とが、立ち話をしているのを発見した。どうもその様子が陰謀でも企らんでいるように見えたので、私は階段の中途で足をとめて、二人の会話に耳をすまさないではいられなかった。

「殺されたお婆さんの養女は和田ぎん子というのですよ。でもぎん子は懲役に行って牢屋で死んでしまいましたから……」

「それはあたしも聞いているわ。ほかにあの大時計の扱い方を知っているような若い女はなくって？」

「そうでございますね。ああ、そうそう、ありますわ。お婆さんのところに、赤井時子《あかいときこ》という美しい女中がいたんですって。この宿屋の代《だい》が変わる前のことですから、あたしなんかもその女中さんを見たことはございませんが、とても縹緻《きりょう》自慢で、おめかし屋さんで、村でも評判だったと申しますの。それが、ちょうどあの事件の少し前に男をこしらえましてね、駈落《かけおち》をしたんだっていうことでございますよ。事件の時にはやっぱり下手人の疑いを受けて、取り調べられたそうですが、男と一しょに長崎にいたあかしが立ったとかで、無罪放免になりましたそうですがね。さア、今どこにいるんでございましょうか、なんでもあの後間もなく男と二人で上海《シャンハイ》へ渡ったとかいう噂ですけれど……」

「その人幾つくらいだったの」

「十九か二十歳だったと聞いていますから、今は二十五、六でございましょうね」

「そうお、でも、そんな美しい人だったら、年よりはずっと若くも見えるわけね」

そこまで話が進んだ時、古い階段が私の身体の重みで、ギイと妙な音を立てたものだから、そういうことにはすばやい栄子はたちまち私を発見してしまった。

「まあ光ちゃん、そんなとこで立ち聞きしてらしたの？　どうお？　今の話聞いたでしょう」

と如何にも得意げである。

「ウン、ちょっと耳にはさんだけれど、それがどうしたっていうの？」

私は仕方なく階段を降りて栄子のそばに立った。年増女中は何か恐縮した体《てい》で、コソコソと立ち去ってしまった。

「どうといって、あなたまだおわかりにならないの。光ちゃんの尊敬している婦人は、まあすばらしい素性ですことね。駈落ち女中のくせに野末秋子さんて勿体《もったい》らしい変名をして、あのすましようったら」

「じゃ君は、秋子さんがその女中だとでもいうのかい。ばかだなあ、君は」

「ええ、どうせばかよ。でも、あの時計のまき方を知っているものは、お婆さんも養女も死んでしまったのだから、その女中のほかにはないはずじゃありませんか。どちらがおばかさんだか、今に見ているがいいわ」

そういわれると、私もちょっと返す言葉がなかった。秋子さんがぎん子の墓に詣っていた不思議も、もし彼女がぎん子に元召使われた女中だとすれば、わけもなく解決するではないか。これは少しおかしいぞ。いや、いや、断じてそんなばかなことはない。たといどんな証拠をつきつけられても、あのしとやかで理智的で自尊心の高い秋子さんが、駈落ちなんかした女中と同一人なものか。違う、違う。

私は栄子の主張を黙殺して部屋に引き返したが、さて、その翌朝になってみると、どうやら私の旗色がわるくなるような出来事が起こってしまった。

朝の食事をすませると、私はもう我慢が出来なくなって、秋子さんたちの部屋を訪ねて見た。昨夜のおわびをするというのが口実だ。ところが、行ってみると、秋子さんの部屋は空《から》っぽであった。女中がいうのには、二人は今朝五時ごろ、なぜか大急ぎで出発してしまったのだそうである。がっかりして、部屋に帰って来ると、廊下に待ち構えていた栄子のやつが、さも小気味よげに、底意地わるく私をからかうのであった。

「ホホホホ、ご愁傷さま。どうお？　まだ目がさめなくって？　あなたの尊敬する秋子さんはとてもお行儀のいい方ね。ひとことの挨拶もしないで、まるで泥棒かなんかのように、夜の明けないうちにコソコソと出発してしまうなんて。ああ、あたしやっと胸がせいせいしたわ」

神秘の呪語

時計のまき方を教わるつもりの秋子さんがいなくなってしまったので、叔父も失望したけれど、折角ここまで来たものだから、一度時計屋敷を見ておきたいというので、その朝叔父と栄子と私とは、例の古風な人力車をつらねて、昨日の道を幽霊塔へ急いだ。

広い土蔵造りの建物は、昨日と同じく薄暗くて、湿っぽくて、陰気であったが、部屋から部屋を見廻っているうちに、叔父はその一風変《いっぷうかわ》ったがっしりとした建て方や複雑な間取りが、ひどく気に入ったらしく、ここをこうして、あすこをああ直してなどと、修繕の腹案《ふくあん》に夢中であった。

やがて私たちは、昨日秋子さんに出会った、例の殺人の部屋にたどりついたが、ふと見ると、昨日はまったく気づかなかった部屋の一方に、開け放った出入口があって、その奥に狭い階段が見えている。むろん時計塔への昇り口に違いない。

だが、昨日はここが密閉してあって、ドアがあることさえわからなかったのに、だれが何時の間にこれを開いたのであろう。もしかしたら秋子さんが、今朝宿を出てから、わざわざここへ立ちよって、私たちに時計塔への昇り口を示しておいてくれたのではなかろうか。

私はなんとなくそんな気がしたので、ほかに秋子さんが来たことを確かめるような物はないかしらと、部屋の中を見廻した。すると、あった、あった。あの薄気味わるい老婆殺しのベッドの上に血のように赤い一輪の椿の花。

「まあ、こんな花が……おや、今朝だれかここへ来た人があるらしいわ。この椿は枝からつみ取ったばかりよ。こんなに生々《いきいき》しているんですもの」

例によってすばやい栄子が、それを拾い上げてしまった。私は秋子さんの形見《かたみ》の花を横取りされてなるものかと、彼女のそばに駈け寄っていきなり引ったくったが、その隙に迂潤《うかつ》にもまたしても栄子に先《せん》を越されてしまった。

「じゃいいわ、あたしこの方を貰っておきますから」

そういって、これ見よがしに、見せびらかすのは、古風な一つの銅製の鍵であった。

秋子さんは、この鍵を受け取ってくださいという目印に、椿の花をおいたものであろう。その肝腎《かんじん》の鍵の方を栄子に取り上げられてしまったのだ。

むろん私は、また栄子に飛びついて行って、その鍵を奪い取ろうとしたが、栄子のやつすばやくどこかへ隠してしまって、例のイイイという唇をして見せる。どうも仕方のないお茶っぴいだ。

それから、叔父と私とは、階段を登って、時計塔の機械室を調べたが、全体が大きな鉄板で蓋されて、どこをどうすれば捻子《ねじ》がまけるのか、針が動かせるのか、見当もつかない。かえすがえすも秋子さんのいなくなったのが残念である。それというのもまったく栄子のお茶っぴいのなせる業《わざ》だと、私はまた憤慨《ふんがい》を新たにしたが、ちょうどその時、そのお茶っぴいの甲高《かんだか》い叫び声が、下の部屋から聞こえて来た。

「ちょっと降りて来てごらんなさい。妙なものを見つけたわ。早く、早く」

何事が起こったのかと、急いで降りて行くと、栄子は多分さいぜんの銅の鍵を試みたのであろう。ベッドのそばの壁にポッカリと四角な穴が出来ていた。そこに秘密の金庫といったような隠し戸があったのだ。

穴の中には何もなくて、ただ一冊の厚ぼったい洋書がおいてある。取り出して見ると、古い古い革表紙に、塵《ちり》もつもっていないところでは、多分この本も最近にだれかが開いたものに違いない。

本は十九世紀の初めごろに印刷された、古風な英文の聖書であった。恐らくは渡海屋市郎兵衛が、例の英人技師から譲られたものであろうが、すると、渡海屋は少し英文が読めたのかしらと、厚い表紙を開いて見ると、その表紙裏に、毛筆《もうひつ》で五行ばかり、たどたどしいイギリス文字がしたためてあった。むろん英人の筆ではない。渡海屋はやっぱり英語を少しは心得ていたのである。

あまり幼稚な英文なので、判読するのにも骨が折れたが、冒頭に見出しのように記してある「秘密の咒文《じゅもん》」という言葉が、いきなり私の好奇心を刺戟《しげき》した。

そこで、叔父と一しょになって、その英文を判読すると、大体左のような意味であることがわかった。

世の中が静かになったら、我が子孫は財宝を取り出さなければならぬ。鐘が鳴るのを待て。緑が動くのを待て。そして、先《ま》ず昇らなければならぬ。次に降《くだ》らなければならぬ。そこに神秘の迷路がある。委細は心して絵図を見よ。

「叔父さん、これはあの伝説の宝の隠し場所を暗示したものですよ。渡海屋が子孫のために書き残しておいたのでしょう。伝説は嘘じゃなかったのですよ」

私は有頂天になって叫んだ。

「そうかも知れないね。しかし、わしはそんな宝を目あてに、この邸《やしき》を買い入れたのじゃない。物ほしそうに騒ぐのではないよ。それに、こんな曖昧な文句では、なにがなんだか、さっぱりわからんじゃないか、鐘が鳴るの、緑が動くの、昇るの降るのと、まるで謎々じゃないか。だれかのいたずらかも知れないよ」

叔父はひどく現実的な常識家だったから、こういうお伽噺《とぎばなし》めいた話にはなかなか乗って来ない。

「でも、僕はなんだかそんな気がするんですよ。ここに絵図を見よとありますね。その絵図さえ見れば、嘘かどうか確かめることが出来るかもしれませんよ」

私は叔父のように冷淡でいることは出来なかった。どこかに絵図面がないかしらと、聖書のページを繰ったり、本をさかさまにして振って見たりした。するとヒラヒラと本のあいだから床に落ちたものがある。

「ああ、これだ。これが絵図ですよ」

私は大急ぎで拾い上げて拡げて見た。如何にもそれは縦横に線を引いた絵図面のようなものであった。いわゆる「迷路」の見取図に違いない。しかし、よく見ると、残念なことに、図面は未完成のものであった。恐らく渡海屋がこれを半ば書き上げた時に、迷路の中へ迷いこんで出られなくなり、そのままになってしまったものに違いない。

「それごらん、こんな子供のいたずら書きみたいな図面では仕方がないじゃないか。慾ばるのはよしなさい」

叔父に叱られても、私は諦めることは出来ない。

「いや、僕がゆっくり研究して見ますから、これは叔父さんが預かっておいてください。いつか謎のとける時が来るかも知れませんから」

そこで、ともかく、聖書と図面は叔父が保管することになったが、例の銅製の鍵だけは、栄子がまたどこかへ隠してしまって、どうしても手離さない。そして、

「あたし、この鍵をきっと役に立てて見せますわ。光ちゃん、よく覚えていらっしゃいね」

と妙なことをいって、目を光らせている。ハテナ、栄子のやつ、そんな鍵をいったいなんの役に立てるつもりなのだろう。

「ああ、そうだわ、きっとそうだわ」

彼女は何を考え出したのか一人うなずいていたが、私を片隅へつれて行って、こんなことを囁《ささや》くのだ。

「あたし、やっと野末秋子の企《たく》らみがわかってよ。あの女は元この屋敷に住んでいたお婆さんの女中をしていた時に、聖書と図面を盗み出したんだわ。そして、宝物を自分のものにしようという悪企みをしているんだわ。それであの女は、この屋敷のことをあんなによく知っているのよ。でも、今度叔父さんが屋敷をお買いになったので、勝手にこ

こへはいり込むことが出来なくなったでしょう。だもんだから、新しい持ち主の家族のうちに、相棒《あいぼう》をこしらえようと企らんでいるんだわ。光ちゃん、用心なさい。とんだばかを見るかも知れなくってよ」

栄子のやつ、嫉妬のあまりの邪推《じゃすい》とはいえ、なかなか鋭い観察をする。なるほどそういわれて見れば、頭から否定するほどの確信はない。若い女の身空《みそら》で、幽霊の出るというベッドの部屋へ、たった一人入り込んでいた事実だけでもなんとなく怪しげである。秋子さんは何か使命を持っているようにいったが、その使命というのは、つまり宝を盗み出すことを意味するのかも知れない。和田ぎん子の墓に詣ったのも、首尾よくその目的を達しますようにと祈願したのかもしれない。

だが、あの天使のように美しい秋子さんが、そんな悪企みをする女だろうか。信じられない。信じられない。決して信じられないけれど、しかし、いろいろな事情はどうやら栄子の邪推を裏書きしているように見えるのだ。私は考えれば考えるほどわからなくなって、不愉快に黙り込んでしまった。やがて時計屋敷の検分も終わって、車を連ねて花屋へ帰り、それから午後の長崎行きの汽車に乗ってからも、その日一日、私は唖のようにに物をいわなかった。

大魔術

さて、叔父は長崎へ帰ると、専門の技師に嘱《しょく》して、いよいよ幽霊塔の修理を始めさせたが、それが出来上がるまでに、ここに書き漏らすことの出来ない大椿事が持ち上がった。

事の起こりは、同じ長崎市の北のはずれに住んでいる軽沢《かるざわ》家という物持ちの主人からの一通の招待状であった。

軽沢という人は、親譲りの財産で会社の重役などに名前を連ね、呑気《のんき》に遊び暮らしている身の上であったが、なかなか多方面の趣味家で、近ごろは西洋手品に凝って、いろいろと高価な道具などを買い込んでいるという噂であったが、いよいよ熟練をつんだと見えて、一夜《いちや》西洋大魔術の披露会を催すから御来観《ごらいかん》を得たいという、大袈裟な招待状を知友のあいだに配ったのであった。

叔父は手品などには、いっこう趣味のない方であったから、もし招待状にああいう追って書きがなかったら、決して出席などしなかったであろうが、その追って書きに、

『なお当夜は閨秀作家《けいしゅうさっか》野末秋子嬢の特別出演を乞い、同嬢御堪能《ごたんのう》のピアノ弾奏《だんそう》を御聴きに達する予定に御座候《ござそうろう》』

とあっては、叔父も私も、この招待を断わるどころではなかった。

「すると、あの人は小説家だったのだね。お前それを知らなかったのかい」

叔父は喜ばしげにいうのだ。

「知りませんでしたね。中央の女流作家には、そんな名前はありませんよ」

私も不思議に思ったが、あとでわかったところによると、秋子さんは小説家ではなくて、むしろ女流評論家であり、最近東京の有名な出版社から「上海」という評論随筆集を出版したばかりの、いわば新進作家であった。彼女は長いあいだ上海にいて、その体験による著述であることも、やがて明らかになった。

それはともかく、私たちはむろん軽沢家の招待に応じることになった。多分私たちを監視するためにであろう、栄子も同行を申し出た。

ところが、その晩、私たち三人が自動車に乗って、軽沢家の近くまで行った時、突然警官のために行く手をさえぎられる椿事がおこった。

「曲馬団の虎が檻《おり》を破って逃げたのです。この向こうの山に逃げたらしいので、今山狩りを始めているところですが、もし大切なご用でなければ、危険があるといけませんから引き返していただきたいのですが」

警官は車の窓に近づいて、丁寧に注意を与えた。見れば町には人通りも途絶え、青年団員や消防隊などが、手に手に棍棒《こんぼう》や猟銃を携えて、物々しく右往左往している。

私たちは車内でしばらく協議したが、結局、軽沢家とは、目と鼻のところまで来て引き返すのも残念だから、ともかく一応同家まで行って見ることにした。

普通の招待なら、一議なく引き返すのだが、野末秋子の魅力が私たちを勇敢にした。まさか虎が自動車の中まで襲いかかることはなかろう。いやそれよりも若《も》し秋子の身に万一のことがあってはと、私はもう中世の騎士のような気持にさえなっていた。

そこで私たちは、警官に火急《かきゅう》の要件があるのだからと断わり、そのまま車を進めて、間もなく軽沢家の西洋館の玄関に到着した。

全体を緑色に塗った古風な木造西洋館である。明治の中ごろ、あるイギリス商人が邸宅として建築したのを、その商人の帰国する際、軽沢氏が買い取ったもので、したがって内部の構造も、日本人の住まいとは思えないほど西洋くさい感じであったが、変わり者の軽沢氏は、それを一つの自慢にしていたのである。

案内を乞うと、洋装をしたハイカラな女中さんが、玄関わきの応接間へ案内してくれた。そこへ軽沢夫人が出てきて、

「まあ、よくお出でくださいました。今ちょうど宅《たく》の大魔術とやらが始まったところですのよ。さア、どうかすぐ会場の方へ」

と、いつに変わらぬ快活な応対である。

「奥さん、今道で大変なことを聞いて来ましたよ。曲馬団の虎が逃げたというのです。曲馬団は確かこの近くで興行していたと思いますが」

叔父も挨拶を抜きにして、あわただしく椿事を報告した。

「ええ、それは私どもも知らせを受けて存じているのでございますが、主人はお客様をお騒がせしてはいけないからと、まだ皆さんには申し上げていませんのですよ。その代わりに主人の銃器室の鉄砲にはすっかり弾《たま》をこめて、いざという時の用意がしてございますの」

「それはよくお気がつきました。やっぱりプログラムが終わるまでは、ソッとしておく方がよろしいでしょう」

叔父も主人の計らいに賛意を表した。銃器室というのはこれも軽沢氏の一つの趣味で、好きの道の猟銃をいろいろと買い集めて、そういう名前をつけた部屋の中に飾っているのである。

それから、夫人の案内で奇術の会場の広間へはいって、席に着くか着かないに、たちまち部屋じゅうの電燈が消えてまっ暗闇になってしまったが、夫人はそれを説明するように、

「これから始まりますの。今に舞台へ美しい方が現われますから、びっくりなさらないように」

と囁いた。

軽沢氏はいったい何を見せるのかと、舞台の方角を見つめていると、やがて正面にポッツリと幻燈《げんとう》の絵のようなものが現われた。一尺くらいの豆人形のような人間の姿だ。あまり小さいので顔形まではわからぬけれど、イヴニングドレスを着た若い女である。

不思議なことに、その女の姿が、少しずつ大きくなっていく。見る見る背丈が伸びて行く。そして二尺となり三尺となり、やがて等身大の女になって、客席に向かってニッコリ笑って見せたのだが、ああ、その顔、私は危うく声を立てるところであった。秋子さんだ、秋子さんだ。まるで一年も会わなかったような気がする秋子さんに、思いもかけぬ奇術の舞台で再会したのだ。

先日の地味な和服に引きかえて、今夜の洋装の美しさ、といって決して女優の美しさではない。社交場裡《しゃこうじょうり》の貴婦人の美しさだ。しかしたった一つの目ざわりは、例の左の手首に、今夜はまた、服装とは似てもつかぬ、ひどく不恰好《ぶかっこう》な真珠《しんじゅ》をちりばめた帯のような巾の広い腕環《うでわ》をはめていることだ。

軽沢氏のいわゆる大魔術は、手品としてはそれほどのものではなかった。幻燈がいつの間にか本物の人間に変わるという仕掛けは、昔からよくある奇術だ。しかし素人芸《しろうとげい》としてはなかなか手際よく演じられたし、舞台に立ったのが、秋子さんという飛び切りの美人だったので、客席からは破《わ》れるような喝采《かっさい》が起こった。

喝采のあいだに、室内の電燈が元のように点じられ、舞台は昼のように明るくなったが、それを合図に、秋子さんは客席に一礼して、舞台右手のグランド・ピアノに近づき腰をおろして、静かにショパンの夜曲を奏《かな》ではじめた。

私は音楽のことは不案内であるが、秋子さんはなかなか難曲《なんきょく》らしいものを、実に手際よく、巧みに弾《ひ》きこなし、客席をうっとりさせてしまった。ああ、なんという才女であろう。文筆ばかりか音楽までも、これほどに熟達していようとは、ほとんど思いもかけぬところであった。私の敬愛の情が切ないほどに高まって行ったのが無理であろうか。

弾奏が終わった時の喝采は、奇術の時に倍するすさまじさで、いつまでも鳴りやまなかった。やがて、その拍手の調子がアンコールの意味を含めていることがはっきりして来たので、秋子さんはややきまりわるげに微笑して、再び弾奏台につき、ごく軽い一曲を奏し終わって舞台を降りた。再び起こる拍手の嵐、この才媛《さいえん》を取り囲んで讃辞をあびせかける客人の群れ。

この騒ぎが少し静まった時、秋子さんは客席の中に私たちの姿を見つけて、急ぎ足に近づいて来たが、それを立ち迎えた叔父の褒め言葉を押さえるようにして、

「先日はほんとうに申しわけない失礼をいたしました。連れの者がひどく出発を急ぎましたものですから、お別れもしませんで、それに、今夜はまた、お恥ずかしいところをお目にかけてしまいまして……」

と、しとやかに挨拶した。すると、栄子のやつがまたしても横合いから口を出すのだ。

「まあ、すばらしうございましたわ。ピアノは申すまでもありませんけれど、あたし、あの魔術にはすっかり感心してしまいましたわ。どうしてあんなにうまく化けられるんでしょう」

とめる暇もなかった。栄子はこういう下心で私たちについて来たのに違いない。これはもう明らかに挑戦ではないか。化けるとはなんという言い草だ。

しかし、秋子さんは気にもとめぬ様子で、さりげなく答えた。

「こちらのご主人はまるで玄人《くろうと》のようなお手際ですわね。あたしが化けたんではなくて、幻燈の仕掛けがうまく化けさせてくれましたのよ」

だが、敵意にもえる栄子のやつは、なかなかそのくらいのことで引っ込みはしない。

「いいえ、あなたがお上手なのよ。赤井時子が野末秋子さんに化けおおせたお手際なん

て、あたし、すばらしいと思いますわ」

いよいよ栄子の決心のほどが明らかになった。彼女は無礼千万にも、秋子さんを幽霊塔に使われていた赤井という女中の変名と信じて、その化けの皮を満座の中で発《あば》こうとしているのだ。

「まあ、なにをおっしゃいますの。あたしにはよくわかりませんが、その赤井時子がどうかいたしましたの？」

秋子さんもさすがに腹に据えかねた様子である。

「赤井時子という女中さんが、まんまとお嬢さんに化けおおせたということよ」

「なんですか、あなたの言葉では、あたしがその赤井時子と同じ人のように聞こえますわね」

「ええ、そうよ。何もそんなにお隠しなさらなくってもいいじゃありませんか。時子が上海へ逃げて行ったこともちゃんとわかっているんですからね」

我儘一方に育てられた栄子は、こうなるともうまるで駄々《だだ》っ子《こ》である。行儀作法にかけてはまったくの低能児だ。

叔父も私も、これ以上恥をかかせたくないと、しきりにとめるのだが、それを聞くようなやつではない。秋子さんが何といわれてもいっこう平気で微笑しているので、栄子

はますますやっきとなり、

「それじゃ、あなたは赤井時子をご存知ないとでもおっしゃるのですか」

と詰めよった。すると秋子さんはとうとう笑い声を立てて、おかしそうに答えた。

「いいえ、赤井時子なら、あたしよく存じていますわ。今はどこにいますか知りませんけれど、幼いころには友達のように仲よく遊んだものです」

ああ、なんという造作もない答えであろう。こうあからさまに、無邪気に出られては、さすがの栄子も反《かえ》す言葉がない。ギャフンとまいった形である。叔父も私も思わず微笑しないではいられなかった。いや、私たちだけではない、ごく近くにいた二、三人の客たちも、栄子のあまりの駄々っ子ぶりに、つい頬をほころばしたのであある。

それと気づくと、栄子は完全に敗北したことを悟って、恥ずかしさに涙ぐんでしまった。

「いいわ、いいわ、みんなして、たんとあたしをいじめるがいいわ」

彼女はそんな他愛もないことを口走って、その場にいたたまらぬように、いきなり顔を押さえて、どこかへ駈け出して行ってしまった。

叔父はすっかり恐縮して、秋子さんに、ひたすらわび言を述べた。

私はわび言ぐらいでは気がすまなくて、栄子のやつの不作法を罵り立てた。

「いいえ、栄子さんをあんなに怒らせてしまって、みんなあたしが悪かったのですわ。どこへいらっしゃったのでしょう。わたくしが探してまいりましょうか」

ああ、なんという胸の広い言葉だろう。秋子さんと栄子とでは、人間としての等級が十段も二十段も違っているのだ。

「いや、それには及びません。今に悪かったことを悟っておわびに戻って来るでしょうから」

そうしてしばらくのあいだ、気まずい雑談をかわしているところへ、この家の書生が一枚の紙片を手にして私たちの前に現われ、

「これをあなた様に、お渡しするようにとおっしゃいました」

と、その紙片を秋子の前に差し出した。

チラと見ると、紙片には何か鉛筆で手紙のような文言《もんごん》がしたためてある。どうやら栄子のやつの筆蹟らしい。いったい何を云って来たのだろう。もしかしたら女同士の果《は》し状《じょう》というようなものではないかしら。

「栄子からですか。手紙なんかで、何を云って来たのです」

私が尋ねると秋子さんは例の鋼鉄のような冷静な面持ちで、

「いいえ、なんでもございません。あちらの部屋に待っていらっしゃるそうですから、

あたし、これから行って、仲直りしてまいりますわ」

と、云い捨てたまま、私たちが止めるのも聞かず、広間を出て行ってしまった。

私は栄子の癇癖《かんぺき》と非常識をよく知っているので、気が気ではなかった。またつまらない諍《いさか》いを始められては恥の上ぬりだと思い、様子を見るために、ソッと秋子さんのあとをつけて行った。

秋子さんはそれとも知らず、広間を出ると長い廊下を奥まった階段のところまで行き、その階段の横にある一室にはいって行った。

私は軽沢家へ懇意に出入りをしているので、その部屋が軽沢氏のいわゆる銃器室であることをよく知っていた。栄子のやつ秋子さんを銃器室なんかへおびき寄せて、いったい何をするつもりだろうと、なお近づいて行くと、突然、階段の蔭からソッと忍び足で現われたものがある。栄子だ。では部屋の中で待ち受けていたのではなかったのかと、いぶかしく思う間もあらせず、栄子はまるで猫が鼠に近づくような恰好で、銃器室のドアに忍びより、外からピチンと鍵を掛けてしまった。そして、如何にも人目をはばかるように、急ぎ足で、別の廊下へ曲がって行った。

「おや、変な真似をしたな。秋子さんを銃器室へとじこめて、いったいどうしようというのだろう」

私はますます不安になって来たが、幸い階段の中ほどから銃器室の通風窓《つうふうまど》が覗《のぞ》けることを知っていたので、ソッと階段を上り、部屋の中を隙見《すきみ》した。

と同時に、私はたちまち化石したように身体が硬直してしまった。一刹那心臓がピタッと鼓動を止めた。毛髪がことごとく逆立った。そして、全身の毛穴という毛穴から冷たい脂汗《あぶらあせ》がジリジリと湧き出して来た。

虎の顎《あぎと》

ああ、その時の驚きを、私は今でも昨日のことのようにまざまざと思い出す。一《ひ》と目《め》、銃器室を見おろすや否や、私はあまりのことに、身体が石のように硬直してしまった。心臓は早鐘をつくように躍り出し、頭髪は一本一本針のように逆立つかと感じられた。

銃器室の中には、秋子さん一人ではなかった。彼女のほかに、もう一つの生きものがいたのだ。その生きものとは……ああ、こんなことがほんとうにあり得るだろうか。私は夢を見ているのではあるまいか。読者諸君、そこには一匹の虎が、血に飢えた一匹の猛虎が、今にも飛びかかろうとする身構えで、前肢《まえあし》を低くして、じっと秋子さんを睨んでいたのである。

軽沢家の邸内に虎がいるなんて、まるで想像も出来ない奇怪事だ。私はさいぜんの軽沢氏の西洋魔術のつづきではないのかと、われとわが目を疑うほどであったが、やがて事の仔細《しさい》がわかって来た。

私たちは軽沢家へ来る途中、この附近で興行している曲馬団の虎が、檻を破って逃げ出したから注意するようにと警告を受けていた。軽沢家でもそのことを知っていて、主人は万一の用意に、銃器室の猟銃に弾丸《たま》をこめておいたということであった。

なんという偶然であろう、その銃器室へ問題の虎が、いつの間にかはいりこんでいたのである。恐らく虎は軽沢家の裏手の生垣を乗り越え、邸内をさまよっているうち、ちょうど銃器室の窓が開いていたので、そこから室内へはいって来たものに違いない。

栄子のやつは秘かにそれを知って、この偶然の椿事を彼女の恐ろしい復讐に利用したのだ。そして、何気なく秋子さんをここへおびき寄せ、外から鍵をかけて、恋敵《こいがたき》を虎の餌食《えじき》にしようと企らんだのだ。ああ、なんと見さげた女だろう。いくら嫉妬にのぼせ上がったとはいえ、まさかあの子供みたいな栄子のやつが、こんな人でなしな企らみをしようとは、今の今まで思いも及ばなかった。私は女というものの復讐心の恐ろしさに、心の底から震え上がってしまった。

秋子さんはと見ると、ああ、私にはやっぱり女はわからない。この土壇場《どたんば》になっても、彼女は依然として鋼鉄のように冷やかなのだ。大抵のものなれば、とっくに気を失っているところを、秋子さんは、まるで恐れを知らぬもののように、冷やかに虎を見つめて、スックと立ったまま、身動きさえしないのである。

だが、いくら秋子さんが冷やかでも、相手は人情を解しない野獣である。そんなことに遠慮をしているはずはない。あの不気味に前肢を低くした姿勢がハッとくずれた刹那、秋子さんは虎の顎にかかって、たちまち血まみれになるのは知れたことである。そうなっては取り返しがつかない。助けるなら今だ。この一瞬間をはずしては、いくら悔んでも悔み足りないことが起こるのだ。

しかし、どうして助けたらいいのだ。人を呼ぼうにも声を立てることが出来ない。どんなかすかな物音でも、虎の耳にはいったら、もうおしまいだ。猛獣はそれを合図に餌食に飛びかかるにきまっている。

私はもう死にもの狂いであった。秋子さんを救うのには私自身の命を捨てるほかはないと思った。騎士の役目を果すのは今だと決心した。私の咄嗟の計画がうまくいくかどうかはわからない。だが、そんなことを冷静に考える暇はないのだ。ええ、一《いち》か八《ばち》かやッつけろと心にきめた。

私は物音を立てぬように、すばやく階段の手摺《てすり》をくぐり、すぐその下にある銃器室の通風窓の枠にしがみつき、そこから身体を横にして、ちょうど虎の背後を目がけて、思いきって、パッと飛び降りた。

あとで考えてみると、実に無謀な所業であったが、私の咄嗟の考えでは、そうして猛獣の注意を私の方へ向け、私の身を犠牲にして、そのあいだに秋子さんが窓からでも逃げ出してくれるようにと願ったのであった。

非常に無理な姿勢で飛びおりたので、私はドスンとひどい音を立てて、床の上にころがってしまったが、起きあがる暇もなく、物音に驚いた野獣は、目に見えぬすばやさでクルッとうしろに向きを変えたかと思うと、一と飛びで、もう私の上にのしかかっていた。

「あら、北川さん」

かすかに秋子さんの叫び声を聞いたように思う。だが、私はそれどころではなかった。私の顔の真上に、お化けみたいな醜怪きわまる猛虎の顔が、かぶさるように迫っていた。私の目の十倍もある恐ろしい目がギラギラと私を見すえていた。洞穴のようなまっ赤な口が、黄色い牙をむき出しにして、雷のような喉を鳴らしながら、ヌルヌルとした涎《よだれ》と一しょに、熱いむせっぽい息を私の顔にはきかけていた。

私のような目に遭ったものでなくては、眼前五、六寸の近さに迫った虎の顔というものが、どんな恐ろしい形であるか、ちょっと想像もつかないであろう。それはもう、動物園の檻の中にいる可愛らしい虎ではなくて、一つの化けものであった。ドス黒く黄色い毛並は、ウネウネと脈うつ山脈のように見えた。口辺の白い髭《ひげ》は、その一本一本が鋭い剣のように見えた。赤い舌には、ゾッとするような無数の突起物《とっきぶつ》が逆立っていた。

私はそんなことを暢気《のんき》らしく観察していたのではない。ほとんど一刹那に、それらのものが、どんな映画の大写しも及ばぬほど詳細に、私の眼底にやきついてしまったのだ。

意気地のない話だけれど、私は抵抗することはおろか、その醜怪な化けものを見ている気力もなくて、そのまま眼をとじてしまった。だが、いくら眼をとじてもゴロゴロという喉の音や、火のように熱い息を感じないわけにはいかぬ。それよりも何よりも、虎という動物が、こんないやらしい臭気《しゅうき》を持っているとは、今の今まで想像もしていなかった。それはもう、呼吸《いき》の根もとまるばかりの、恐るべき毒気であった。

締木《しめぎ》のように胸の上を踏みつけていた虎の前肢がグイと動いた。すると、バリバリと音がして、私のチョッキの羅紗地《らしゃじ》が、鋭い爪に引き裂かれた。

ああ、もう駄目だ。この次の動きで、私の喉笛《のどぶえ》は、あの黄色い牙に抉《えぐ》りとられてしまうに違いない。いよいよ最期だ。

私はもう観念の目をとじて、じっと身動きもしなかった。

その時である。突如として、地震のような物音が、ガラス戸を震わせ、部屋じゅうに鳴り渡った。

すると、これはどうしたというのだ。私の上にのしかかっていた猛虎が、一《ひ》と声恐《こえ》ろしい唸り声を立てたかと思うと、まるで大きな材木でも倒すように、私の横に音を立てて打ち倒れ、そのままグッタリと動かなくなってしまった。

「北川さん、お怪我はありませんでして？」

その声に、ハッとして秋子さんの方を見ると、彼女はあの美しい夜会服の小脇に、一挺の猟銃を抱えて、にこやかに立っていた。猟銃の銃口からは、まだかすかに白い煙が立ち昇っている。

ああ、わかった。今の物音は、秋子さんが、そこの棚にかけてあった軽沢氏の猟銃を取って、虎を射殺してくれたのであった。私は秋子さんを助けるどころか、反対に、危機一髪の命を、か弱い秋子さんに助けられたのである。

「ありがとう、僕は無謀なことをして、危うくこいつに喰い殺されるところでした。でも、よく鉄砲に気がつきましたね。お蔭で、僕は命拾いをしましたよ。ありがとう、この御恩は忘れません」

私は極《きま》りわるく立ち上がりながら、ただもう、秋子さんの男も及ばぬ機敏な処置に、感嘆するばかりであった。

「いいえ、私こそ、あなたに助けていただいたのですわ。あなたが、あんな命がけの冒険をしてくださらなかったら、あたしどうなっていたかわかりません。ほんとうにあなたのお蔭で助かったのですわ。北川さん、ありがとうございました」

彼女は心底から感謝するように、丁寧に頭をさげた。私にしては、この感謝のたった一と言で、さいぜんからの恐怖が、すっかり帳消しになって、まだおつりが来るほどの喜びであった。私はともかくも騎士の役目を果したのだ。そして、わが女神のお褒めにあずかったのだ。

それにしても、あの猛虎の倒れた一刹那、ハッと目を開いた私の前に、にこやかに立っていた秋子さんの神々《こうごう》しさ美しさはどうだったろう。地獄の呵責《かしゃく》を受けている罪人が紫の雲に乗った観音薩埵《かんのんさった》のご来迎を仰いだ時には、ちょうどあのような感じがするのではないだろうか。私はその時の秋子さんの凜々《りり》しい愛らしい立ち姿を、一生涯忘れることが出来ないであろう。

「あなたは射撃のお心得があったのですね。でも、この虎をたった一発でしとめるなんて、実に見上げたお手並です」

「いいえ、ただ、あなたにお怪我をさせてはいけないと、一生懸命だったものですから、神様のご加護で、うまく命中しましたのよ。あたしの手柄ではございませんわ。あたし、こちらのご主人から、銃器室の鉄砲に弾丸がこめてあるということを聞いていましたので、それは最初から気づいていたのですけれど、もしあたしが目をそらしたり、身動きしたりしたら、すぐ虎が飛びかかって来そうで、鉄砲を取ることが出来ませんでした。ああして睨み合いをしているのが精一ぱいでしたわ。あなたが、そちらへ飛びおりて、虎の注意をそらしてくだすったので、やっと鉄砲を取ることが出来ましたの。ほんとうにあなたのお蔭で救われたのですわ。でなかったら、睨み合いの気力がなくなって、もう少しで、あたし倒れてしまうところでした」

秋子さんはあくまで謙遜《けんそん》であった。だが、彼女が謙遜すればするほど、そのえもいわれぬ奥床しさに、私の敬愛の念はいよいよ深まるばかりであった。

電報の主

秋子さんの放った銃声が、邸内の人々を驚かしたのはいうまでもない。

やがて、主人を初め多勢の男客が、銃器室につめかけ、ドアに鍵がかかっているので、召使を呼んで合鍵を取り寄せるやら大騒ぎをした後、一同室内になだれ込んで来たが、一と目《ひ》《め》虎の死骸を見るとアッと立ちすくんでしまった。

「さては、北川君がこいつを射殺したんだね。そして、野末さんの危ないところを助けたのだね」

軽沢氏が、先に立って、やんやと私を褒め上げるので、とうとう実際とはあべこべに、私が虎退治の英雄にされてしまった。

私も秋子さんも、それに対して別に弁解はしなかった。下手に弁解すれば、栄子を罪に陥《おと》すことになるので、人々の思い違いを幸いに、何気なく辻褄《つじつま》を合わせてしまった。もし人々が冷静に考えれば、入口のドアに鍵がかかっていた点に、不審をうたなければならないのだが、虎退治の興奮にまぎれて、だれもそこまで疑うものはなかった。

それから、知らせによって警察官がやって来る、曲馬団の支配人がわびごとを云いながら虎の死骸を引き取りに来る、折角の軽沢氏の奇術大会も、滅茶滅茶に終わってしまった。そして、騒ぎが一段落して、私たちが帰路についたのは、もう十一時をすぎたころであった。

栄子はあれっきりどこへ隠れたのか、いくら探しても姿を見せないので、帰りの自動車は、叔父と私の二人だけであった。

「光雄、今夜の騒ぎは栄子の所業だろうね。お前は栄子をかばって黙っているようだが、そのくらいのことがわからぬわしではない。あの銃器室に外から鍵がかけてあったのを、幸いだれも疑わなかったようだが、わしは栄子の所業に違いないと睨んだ。いや、それればかりではない。わしは銃器室の中で、こんな紙きれを拾ったのだ。見なさい。これでもう栄子の罪は一点の疑いもない。あいつが、どこかへ姿を隠してしまったのも、自分の犯した罪の恐ろしさに、いたたまらなかったからであろう」

そういって叔父が差し出した紙片には、栄子の手蹟で、左のような文句がしたためてあった。

> あなたとさし向かいでお話ししたいことがありますからすぐに銃器室までおいでください。もし逃げ隠れなさるようでしたら、あなたが元の幽霊屋敷の女中赤井時子であることを、御自分で認めたものと考えます。

ああ、なんという毒々しい言い草であろう。これが秋子さんをあの危地《きち》へ陥《おとしい》れた手紙かと思うと、私はもう栄子をかばう気にはなれなかった。

「こんな証拠があっては仕方がありません。如何にもあれは栄子の所業でした。秋子さんを銃器室におびき入れて、外から鍵をかけているところを、僕はこの目で見たのです」

「ウン、そうだろう。実にあきれはてたやつじゃ。わしは今まで、栄子をただ無邪気な我儘者とばかり思っていたが、こういう罪悪を犯すようでは、捨ててはおかれぬ。お前もあんな女に未練はないだろう、わしは今日かぎりあれを勘当《かんどう》をする決心をした。むろんお前との許嫁も取り消しじゃ」

運転手に聞かれぬように声を低めてではあったが、叔父は非常な怒りを示して、断乎として云い放った。むろん私に異存のあろうはずはない。

だが、家へ帰ってみると、こちらから勘当するまでもなく、栄子の方でいち早く家出をしてしまったことがわかった。

女中のいうところによると、栄子は私たちの帰る一時間ほど前に、あわただしく帰宅して、これから旅行するのだと、トランクに着更えなどを詰め、一通の置手紙を残して自動車を呼ばせ、あたふたと出て行った由である。

女中の差し出す置手紙というのを披《ひら》いて見ると、私に宛《あ》てて、逆恨《さかうら》みの言葉が、毒々しくしたためてあった。

光雄さん、あなたが命を捨てて私の計画の邪魔をするとは、ほんとうにあきれてしまいました。あなたがどれほど秋子さんを愛していらっしゃるか、どれほど私を嫌っていらっしゃるか、はっきりとわかりました。許嫁と思えばこそ、私はずいぶんあなたに尽して来たつもりですが、もうこれで何もかもおしまいです。許嫁の約束は私の方から潔く取り消します。私が家出をしたあとは、定めしあの野末秋子が、我がもの顔に出入りをして、あなたや叔父さんをたぶらかすことでしょう。お二人があの女の甘い口車に乗って児玉家の財産を思うままにされてしまうことは、今から目に見えるようです。ただ老婆心までに申し上げておきますが、野末秋子の左の手首に注意をなさいませ。あの手首に、あの人のすべての秘密が隠されているのです。もしあなたが秋子と結婚なさるのでしたら、手首の秘密を確かめた上にしてください。これだけはくれぐれもご注意申し上げておきます。早まったことをして後悔なさいますな。

私はこれを読んで、いささか栄子が可哀そうになったが、先方から婚約を解いてくれたのにはせいせいした。もう私はだれに恋しようと自由の身になったのだ。ただおしまいの文句が少々気に入らぬ。秋子さんの左の手首は、私もかねていぶかしく思っているのだが、栄子もやっぱりそこへ気がついていたとすると、これは衆目の見るところだ。いったい全体あの手袋や腕環の下には、何が隠されているのだろう。秋子さんに限って、後暗い秘密などあろうとは思わぬけれど、どうもなんとなく気掛かりである。

それはともかく、栄子が如何に悪人であるとはいえ、若い娘の家出を、そのままほうっておくわけにもいかぬので、叔父とも相談の上、親戚や知人に使いを出したり、警察の力まで借りて、捜索につとめたけれど、どこへどう姿を隠したのか、栄子の行方は杳《よう》として知れなかった。

一方野末秋子さんとは、虎退治の騒ぎ以来ひとしお親しみを増して、栄子が予言した通り、秋子さんの方でも私たちを訪ねるし、叔父も私も、軽沢家を訪問して、秋子さんに会うのを楽しみにするというわけで、ほとんど毎日顔を合わせぬことはないほどになってしまった。

交際を重ねるにつれて、私はいうまでもないことだが、叔父までが秋子さんの才能に惚れ込んでしまい、とうとう秋子さんを口説《くど》いて、女秘書として雇い入れる約束をしてしまった。

「時計屋敷の手入れの指図もしてもらいたいし、わしの図書室の整理や、手紙の代筆などにも適任だからね。いや、実をいうと都合によっては、秋子さんを栄子の代わりに、養女にしようと思っている。別に身寄りもない様子だから秋子さんもいやとはいうまいじゃないか。むろんお前は大賛成だろうね。ハハハハハ」

叔父はそんなことをいって、意味ありげに笑った。栄子の代わりに養女にするといえば、間接には、秋子さんを私の許婚にすることを意味しているからだ。私は察しのいい叔父の言葉に、思わず赤面しないではいられなかった。

さて、それから間もなく、幽霊塔修繕の工事が始められ、それらの完成するまでの二カ月余りというもの、私たちは秋子さんともども、足繁くK町へ通って、工事の指図をした。秋子さんはそのあいだも、やっぱり例の鋼鉄のような奥底の知れない冷やかさを失わず、容易に馴れ親しむことは出来なかったけれども、それにしても、虎退治の事件でお互いに命を救い救われた仲なのだから、以前とは違ってどことなく心の通じ合うところがあり、思いなしか、秋子さんは私を頼みがいのある男として、なんとなく寄り縋《すが》るような様子も見え、その二カ月余りの楽しさというものは、今でも忘れることが出来ないほどである。

だが、天国の隣にはいつも地獄が待ちかまえている。その楽しい二カ月が終わるや否や、私たちは第二段の怪奇と恐怖の渦巻《うずまき》にまきこまれなければならなかった。だが、時計屋敷の修繕が完成し、私たち一同がそこへ移り住む日までは、別段これという出来事もなく過ぎ去った。ただ次の一事を除いては。

それは、虎退治の事件があってから、半月ほどのちのことであったが、ある午後のこと、書斎で読書をしていた私のところへ、女中が妙な顔をしてはいって来て、今玄関へ乞食みたいな男の子が来て、私に会いたいと云っていると告げた。

乞食のような男の子と聞いて、私はハッと思い当たることがあった。読者諸君も記憶されるであろう。私が最初幽霊塔を検分に出掛けた日、何者かが偽電報を打って、叔父をK町へ呼び寄せた事件があった。その時郵便局員の話では偽電報をうちに来たのは本人でなくて、ルンペンみたいな小僧であったということだった。では、もしその小僧をお見かけになったら、充分報酬をやるから、K町の私の宿を尋ねるように伝えてくださいと頼んでおいたのだが、ひょっとしたら、その小僧が叔父の家を聞き合わせて、はるばる長崎へ出かけて来たのかも知れない。

急いで玄関へ出てみると、ボロボロの半纏《はんてん》を着た、垢《あか》だらけの十四、五の小僧が、ふてぶてしい顔で突っ立っていた。

「俺《おい》らK町の郵便局で聞いて来たんだが、小父《おじ》さんが北川光雄っていうのかい」

いけぞんざいな口をきくやつだと思ったが、案《あん》の定《じょう》、偽電報の小僧とわかったので、私はわざとやさしく答えた。

「ああ、僕がその北川だよ。じゃ君はあの電報を打ったんだね。いったいだれにたのまれたんだね」

「それを教えたら、いくらくれるんだい」

「ほんとうの事をいえば、五円(注3)やるよ」

　すると、小僧は俄《にわ》かに白い目をして、

「それんぽっちじゃ、お話にならないや」

と云い捨てて、サッサと立ち去ろうとする。憎々しい不良少年だ。しかし、こちらは電報の謎を解きたい弱味があるので、残念ながら、虫を殺して下手《したて》に出るほかはない。

「オイ、待ちたまえ、それじゃ、お前はいくらほしいというんだ」

「そうだね、この相場はまあ二十両《りょう》(注4)だろうね」

　まるで蝙蝠安《こうもりやす》(注5)みたいな小僧だ。

「二十円だって？　ばかなことをいうものじゃない」

「そっちでいやならよしにするだけよ。あの電報を頼まれた人から、手紙をよこして、きっと電報のことをお前に訊ねる人があるから、その時知らぬと云い通してくれたら今から二た月あとで必ず十円上げると、口どめして来ているんだぜ。お前さんがいやならその人に貰うだけさ」

　十円という口どめ料を出すところを見ると、電報の主はよくよく我が名を厭《いと》うものに違いない。それほど秘密にするからには、あの電報には何か深い企らみがあったのにきまっている。二十円を惜しむ場合ではない。

「よし、さあ、ここに二十円ある。これをやるから、すっかりほんとうのことをいうんだぜ」

小僧は二枚の十円札を引ったくるようにして、ふところへねじ込むと、

「これだけ貰っても、ここまでやって来た汽車賃もかかっているんだから、大して儲《もう》かりやしないんだ」

と小面憎《こづらにく》いことを云いながら、さて語り出したところによると、
幽霊塔から七、八丁へだたったところ、例の殺人女和田ぎんの墓のある共同墓地の裏手に、通称烏婆《からすばあ》さんといわれている、ひどく色の黒い老婆が開いている「千鳥屋《ちどりや》」という草花屋《くさばなや》がある。いろいろな花を作っては長崎やその附近の町々へ売り出す商売で、男の雇い人を使っているのだが、時には手不足のこともあって、ルンペン小僧も草花の配達を手伝って、小遣《こづかい》を貰うこともある。

ちょうどあの日のお午ごろ、烏婆さんに頼まれた配達をすませて千草屋に帰って来ると、そこへ四十ぐらいのひどく肥った立派な女の人が来合わせていて、小僧をソッと物蔭に呼び、だれにも知れぬように、これを打って来てくれと、例の電報をことづけたというのである。

「その女の人は、もしや猿をつれてはいなかったかね」

私はふとそこへ気づいて訊ねて見た。

「ウン、そうそう、つれていたよ。小さな猿を大切《だいじ》そうに抱きかかえていたよ」

もう疑うところはない。確かに野末秋子の同伴婦人肥田夏子に相違ない。

「だが、お前の話だけでは信用がおけない。何か証拠はないかね。ああ、そうだ、君はさっき、その人から手紙が来たといったね。その手紙をここに持っていないのかい」

「ウン、どうせそう来るだろうと思って、証拠の手紙を持って来たよ。だがね小父さん、この大切な手紙をただで捲き上げるって法はないよ。買っておくれよ」

小僧はいよいよつけ上がって来る。

「うるさいやつだな。さア、五円だ。これでその手紙を売ってくれ」

私は後日のためにその手紙を保存しておきたいと思ったので、また五円奮発して、合わせて二十五円の散財《さんざい》をしてしまった。

手紙を受け取って調べてみると、いつか郵便局で見せてもらった頼信紙の筆蹟とよく似た実に拙い女文字だ。肥田夏子は見るからに無教育らしい女だから、恐らくこんな下手な字しか書けないのであろう。

それだけ確かめると、もう用はないので、このことをだれにもいってはいけない、その女の人に会っても固く秘密を守るようにと口どめをして、小僧を帰したが、この新発見は、私を憂鬱《ゆううつ》にしないではおかなかった。

むろん秋子さんは知らぬことに相違ない。だが、どういう関係かはわからぬけれど、彼女はあの猿ずきの豚肥え婦人と、生涯離れられぬ因縁で結ばれている様子だ。現に秋子さんが叔父の秘書になってからも、叔父の家に同居せず肥田夏子と一しょに借家を借りて住んでいるほどである。その切っても切れぬ同伴者の夏子が、あの由ありげな電報の発信人だとすると、秋子さんが叔父の財産や、それから幽霊塔に隠されているという秘密の財宝を狙《ねら》って、一と仕事企らんでいるという栄子の邪推も、まんざら根のないことではないとさえ疑われて来る。

だが、あの神々しいまでに気高い秋子さんが、そんな大それた悪党だろうか。もっとも、考えてみれば女の身で恐ろしい幽雲塔の中をさまよっていたことと云い、和田ぎん子の墓に詣っていたことと云い、それから、あの左の手首のなんとなく薄気味わるい秘密と云い、疑えばいろいろと怪しげな点もあるけれど、といって、あの秋子さんが悪党だなどとは、理窟はどうあろうとも、私の心臓が信じない。あんな神々しい、しとやかで、美しい悪人なんてあるもんか。

さて、修繕工事の二カ月は瞬《また》く間に過ぎ去って、私たちは一家を挙げて、あの不気味な伝説の幽霊塔に移り住むことになり、お話はいよいよ本舞台に移るのだが、そこにはどんな恐ろしい怪奇が待ち構えていたことであろう。叔父も私も、新装なった時計屋敷に、まだあれほどの執念がつき纏《まと》っていようとは、夢にも想像しないところであった。

青大将

あの虎騒ぎがあってから二た月ほどののち、いよいよ幽霊屋敷、いや時計屋敷の修繕も出来上がり、叔父一家はそこへ移り住むことになった。そして、この機会に、かねて話のあった秋子を養女に迎えることを決定し、その披露《ひろう》と転宅の祝いを兼ねて、盛大な宴会を催すことになった。

叔父は「これで幽霊話も消えてなくなるだろう」と大はしゃぎであったが、消えてなくなるどころか、あとになって考えてみると、この目出度《めでた》い披露宴をきっかけにして、事件はいよいよ怪奇と戦慄《せんりつ》の本舞台にはいったのであった。先《ま》ずその披露宴の当日の朝からして、私はなんとなく不気味な前兆のようなものに出くわさなければならなかった。

その朝、私は引っ越しをしたばかりの物珍しさに、散歩を兼ねて、時計屋敷の附近を歩きまわって見たのだが、歩いているうちに、われにもなく、例の村の共同墓地へ出てしまった。

読者諸君もご承知のように、そこには老婆殺しの和田ぎん子の墓があるのだ。いつかはここで秋子さんの泣いているのを見たんだなと、あの時のことを思い出しながら、心覚えのぎん子の墓の方へ目をやると、ハッとしたことには、またしてもそこにお詣りをしている人の姿があったではないか。

だが、今日は女ではない。三十歳ぐらいの意気な背広を着た青年紳士だ。それにしても、こんな立派な紳士が、いまわしい殺人犯人の墓へお詣りしているというのは、なんとなく変ではないか。

私はつい好奇心を起こして、先方に気づかれぬよう、立木の幹に隠れて、じっと見ていると、紳士は男のことだから涙を流したりはしないけれど、いつかの秋子さんと同じほどの熱心さで、さも懐かしげに石碑を見つめ、立ち去りかねる風情《ふぜい》である。

ほとんど五分間ほども、そうしているあいだに、私は青年紳士を充分観察することが出来たが、その紳士は痩せ型で、非常に背が高くて、まるで役者みたいにノッペリとした好男子であった。いや、世間の娘たちは多分そういうであろうが、私はそのあまりにノッペリとした顔が、どうも虫が好かなかった。妙な例えだけれど、青年紳士の顔から私は蛇を連想した。ニョロニョロと木の枝などを伝わっている陰険な青大将を連想した。

そんな失礼なことを考えているうちに、紳士はやっと墓の前を離れて歩き出したが、多分K町の旅館に泊まっている客であろうと、想像していたのに反して、彼は裏道伝いに時計屋敷の方角へ、ノコノコと大股に歩いて行く。

いよいよ変だ。披露宴の客にしては時間が早すぎるし、といって、この村にこんな都会風の紳士が住んでいようとも思われぬ。虫が知らせるというのであろうか。私はなんとなく気掛かりなままに、この紳士のあとをつけてみる気になった。

見え隠れについて行くと、やがて、行く手に片田舎には珍しい、一軒のささやかなバンガロウ風の建物が見えて来た。ああ、ここに住んでいたのか。この建物は時計屋敷とは目と鼻のあいだなので、私はむろん知らぬではなかった。聞くところによると、数年前長崎のある物ずきが別荘として建てたのだそうだが、ここ一年ほども空家になって、売物に出ているという話であった。

ついこのあいだ、時計屋敷へ来た時も、この建物は荒れ果てたまま住み手もない様子であったが、今見ると綺麗に掃除が出来て、開かれた窓の中には新しいカーテンなどもさがっている。急に借り手がついたのかも知れない。青年紳士は多分この家の新しい主人なのであろう。

見ていると、案の定、紳士はそのバンガロウの小さなドアを開いて、家の中に消えて行った。それはまあ別状なかったのだが、紳士の後姿を見送って、ひょいと目を転じると、私はまたなんだか変なものにぶッつかってしまった。

バンガロウの窓から、じっと私を見ていたやつがあるのだ。私がそれに気づいて相手の顔を見定めようとすると、パッとカーテンの蔭へ隠れてしまった。だが、咄嗟のあいだに私の網膜《もうまく》に写ったのは、派手な洋装をした女の姿であった。青大将紳士の細君《さいくん》かも知れない。しかし、その細君がどういうわけで、あんなに意味ありげに私を覗いていたのか。そして、私に見られることを恐れるように姿を隠したのか。なんとなく変な感じである。私はそのバンガロウの小さな建物の中に、妙に不気味な敵意のようなものがこもっているのを予感しないではいられなかった。

まさかバンガロウへ踏みこんで、相手を確かめるわけにもいかぬので、私はそのまま時計屋敷の方へ歩を転じたが、あとで考えてみると、この小別荘の中には、確かに私たちへの烈しい敵意がこもっていたのだ。私たちの幸福を呪う蛇のような悪念がこもっていたのだ。派手な洋装の女が、なんと意外な人物であったことか。いや、それよりも、あのノッペリとした青年紳士がどんなに恐ろしい青大将であったことか。

黒川《くろかわ》弁護士

午後三時ごろから、披露宴に招かれた人々が、次々と到着した。叔父は顔の広い人であった上に、噂に高い幽霊塔というものが、客たちの好奇心をそそったばかりでなく、美貌《びぼう》の閨秀作家野末秋子の名も少なからぬ魅力となって、当日は来客百人に近い盛会であった。

陽《ひ》のあるうちは、叔父が先に立って、客たちに時計屋敷の内外を案内して廻った。時計屋敷は、さすがに渡海屋の贅《ぜい》を尽した建築だけあって、土台や骨組みはビクともしていなかったので、修繕といっても、ただひび割れた白壁を塗り直したり、破れたドアを新しく作らせたり、室内の壁紙を張り替えたり、天井を塗り替えたりしたばかりで、間取りなどはすべて元のままであったが、そうして美しく塗り変えられ、絨毯《じゅうたん》を敷き、カーテンをさげ、家具調度を適宜に配置された建物は、見違えるほど明るくなって、化物屋敷の感じは、すっかりなくなっていた。

門も新しく建てられ、塀も修繕された上、草叢《くさむら》のようになっていた庭園も、一面すがすがしい芝生と変わり、適当に樹木も配置されて、建物の裏には、叔父の道楽の熱帯植物を育てる大きな温室まで建てられ、建物と庭園との異国趣味を一そう引き立てていた。

母屋《おもや》の裏側には、建物に接して天然の池が、満々と水を湛《たた》えて、庭園に風致を添えていた。だがそれは池というよりも古沼という感じで、私はなんとなく虫が好かなかったので、いっそ埋め立ててしまってはと勧めたのだが、叔父は「庭園に水がなくては殺風景だし、それに夏はプールの代用にもなるのだから」といって、埋めることを承知しなかった。もしその時、叔父が私の意見に従っていたら、後になってその池の底から、あんな首なし死体が引き上げられるような恐ろしい事件も起こらないですんだかも知れないのだが……。

私も叔父と一しょになって案内役を勤め、建物の内外を何度もグルグルと歩きまわらなければならなかったが、日暮れ近くなると、すっかり疲れてしまって、どこか人目のない場所で、一《ひ》と休《やす》みしたくなった。庭に立って見廻していると、先に書いた新築の温室の中は、人影もなくヒッソリしている様子なので、こいつはありがたいと、私はさっそくそこへ飛び込んで、熱帯植物の大きな葉蔭に腰をおろし、ゆっくりと煙草《たばこ》をふかし始めた。

ところが、私の紙巻煙草が半分ほども灰になったころ、なんとなく人目をはばかるような足音がして、温室の中へ誰かがはいって来た。一人ではない二人づれだ。しかも男と女である。

　彼らは私という先客がいるのを少しも気づかず、ちょうど私の腰かけているうしろの、壁のように人目をさえぎった熱帯植物の向こう側に並んで腰をおろした。どうせこんなところへはいって来るからには、内密の話をするためにきまっている。他人の密談など聞きたくないけれど、今さら逃げ出すわけにもいかず、私は仕方なく息を殺すようにして、じっとしているほかはなかった。

「あなたと二人きりで、こんなところにいるのを、もし人に見られてはなんですから、ご用を早くおっしゃってくださいまし」

　おや、あの声は秋子さんだ。私はハッとして、思わず腰を浮かすと、熱帯植物のあいだから、その方を隙見しないではいられなかった。

　見ると、確かに秋子さんだ。彼女は私たちと同じように主人がわの一人として、女客などの案内役を勤めているのだが、今の口ぶりでは、男客の一人に、無理にこんなところへ連れ込まれたのに違いない。それにしても、相手はいったい何者であろうと、私はもう気が気ではなく、その方をすかして見ると、黒の背広に縞《しま》ズボンという如何にも事務家らしい風体《ふうてい》、鼻の下にチョビ髭《ひげ》をはやした四十前後の小男である。

　ああ、黒川弁護士だ。むろん今日の招待客の一人なのだが、彼は例の老婆殺しの和田ぎん子の官選弁護士を勤めて世間に名前を知られた男だ。その黒川が、さも慣れなれしく、秋子さんをこんな場所へ連れ込むというのは、どうしたわけであろう。

「秋子さん、そんなにつれなくするものじゃありませんよ。あなたは私の指図には、どんなことでも従うという固い約束じゃありませんか」

黒川は妙なことを云い出した。どんな指図にも従うなどとは、実にけしからん話ではないか。秋子さんはいったいそんな約束をしたのだろうか。

「ええ、それはよくわかってますわ。ですから、あなたのお指図に従って、こんなところへ来ているではありませんか」

するとと、秋子さんはやっぱり、そういう約束をしたものと見える。

「ああ、またそんなふうにはぐらかしてしまう、なるほどあなたは私の指図にはなんでも従ってくださる。ただ一つの事を除いてはね。だが、僕にしては、ほかのことはどうでもいいのだ。ただ一つの事が望みなのですよ。秋子さん、あなたには、この僕の気持がわからないはずはない。それを、いつまで待っても、そしらぬ振りでいるなんて、僕はもうこれ以上待つことは出来ないのですよ」

「黒川さん、それはご無理ですわ。いくらお約束したからといって、そのことだけは別ですもの。それは、あなたにはもう一方《ひとかた》ならぬご恩になっているのですから、私の力に及ぶことならどんなお礼でも差し上げたいのですけれど、あなたは金銭の報酬は決して受けないとおっしゃいますし……それではこれからあなたのお指図にはなんでも従うというお約束をしたのですが、すると、あなたはこんな難題を……」

「難題ですって。ハハハハハ、秋子さん、よく考えてごらんなさい。あなたは世間にまたと例のない不思議な身の上なのですよ。今までにも女の身では堪えられぬほどの苦労をしていらしったが、これから先も、今までに劣らぬ艱難《かんなん》が待ち構えているのですよ。それをあなた一人の力で切り開いて行こうというのは、あまりに無謀というものです。

「僕の申し出は、難題どころか、あなたの将来を安全にするためには、このほかに方法がないといってもいいくらいです。僕以外の人では、どんなに愛情があり力があっても、あなたを保護することは出来ないのです。それはあなた自身よくご存知のことじゃありませんか。僕を敵にしては、あなたは一日も生きていることは出来ないのです。その代わりにまた、僕を味方にしておきさえすれば、あなたは永久に安全なのです。ですから、あなたと僕は当然結び合わなければならない運命なのですよ。あなたは僕の申し出を承諾して、僕と結婚するほかに生きて行く道はないのですよ」

聞くに従って、私は心臓の鼓動が早まって来るのを感じた。なんともいえぬ不安と焦燥に、私は熱帯植物の葉蔭で、ただ拳を握るほかはなかった。

秋子さんはなんと答えるであろう。どんな事情かは知らぬが、二人のあいだにはずいぶん複雑な関係があるらしい。もしや彼女は、せっぱ詰まって、黒川の申し出を承諾してしまうようなことはないだろうか。

耳をすましていると、秋子さんはしばらく答えかねていたが、やがてホッと溜息《ためいき》をつくと、恨めしげに云いはじめた。

「どうして男の方って、すぐにそういうことをおっしゃるのでしょうね。男と男が助け合うように、女と女が助け合うように、ただ友達として兄妹《きょうだい》として、女を助けるということは出来ないのでしょうか」

「それは出来ぬこともないでしょうが、あなたに対してはむずかしいのです。あなたのような美しい人に、ただの友達や兄妹のつもりでいよというのは、男にとってはまったく不可能なことです、罪は僕にあるのではなくて、むしろあなたのその並はずれた美しさにあるのですよ。ハハハハハ」

秋子さんはほとんど泣き声になって、

「ああ、こんな顔に、こんな顔に……」

と、われとわが美貌を呪うような不思議な言葉を呟いた。

「こんな顔にといって、あなたはもともと美しく生まれついていたんだから仕方がありません。だれを恨むこともないのです。……秋子さん、よく考えてごらんなさい、もしあなたが僕を怒らし、僕を敵に廻したら、どんな結果になると思います」

「それは……あなたを敵にすれば、あたしはもう身の破滅です。この世に生きていることは出来ません」

「それごらんなさい。ですから、あなたは僕と結婚するほかに、まったく道はないのです。そうすれば、あなたは生涯、安全に終わることが出来るのです。さア、決心してください。僕の願いを聞き入れてください」

「いけません、いけません」

秋子は黒川の手を振り払った様子である。

「あなたは、あたしの弱味につけ込んで、脅迫《きょうはく》なさるのですわ。あたし、あなたがそんな方だとは思いませんでした」

彼女の声は怒りに震えている。

「脅迫といわれても仕方がありません。僕はもうあなたなしにはいられないのです。秋子さん、秋子さん……」

二人はついに立ち上がった。黒川の荒々しい息遣いが聞こえる。彼はもう前後の見境もなく、激情のままに、秋子さんに迫って、彼女を抱きしめようとしたのだ。

秋子さんはもう逃げ出すほかはなかった。彼女は男の手を逃れて、偶然にも、私の隠れている場所へ走りこんで来た。

こんなところで立ち聞きしていたと思われるのは厭《いや》であったが、それをいっている場合ではない。私は秋子さんを保護するために、スックと立ち上がった。

秋子さんは、私の姿を見てよほど驚いたらしく、サッと顔を赧《あか》くしたが、そうしているあいだにも男の足音が迫って来るので、物をいう暇もなく、私の保護を感謝するように、私のうしろへ身を隠した。

その次の瞬間には、黒川弁護士の小柄な精悍《せいかん》な身体が私の目の前に現われたが、そこに怖い顔をして立ちはだかっている私を見ると、ハッと立ちすくんでしまった。数秒のあいだ、私たちは無言のまま身動きもせず睨み合っていた。

「光雄さん、君でしたか、君がここにいようとは少しも知りませんでした。僕は実に不注意なことをしてしまった」

黒川は、何よりもさいぜんの話を立ち聞きされたことを悔むように呟いたが、さすがに男らしく、愚痴《ぐち》な口争いなどはしないで、そのまま温室の外へ立ち去ってしまった。

私は計らずも秋子さんの危急を救ったわけであるが、黒川と彼女との関係をどう考えていいのか、まったく見当がつかなかった。黒川が秋子さんに思いを寄せていることはいうまでもないが、秋子さんの方ではそれを迷惑に思っているのだ。それでいて、一身の命令権を黒川に与えているらしいのは、いったいどうしたわけであろう。

　黒川の態度は脅迫といえば脅迫だけれど、いわゆるゆすりがましい感じではない。何か秋子さんと共通の秘密を持っていて、お互いに深く理解し合っているようなところも見える。黒川弁護士という妙な人物が一枚加わって、秋子さんを包む神秘の謎は、更に一そう複雑となり、不可解を増したかに感じられる。

　黒川が出て行ってしまうと、秋子さんは恥かしげに私のそばを離れて、無言のままどこかへ立ち去ろうとした。

「秋子さん、誤解しないでくださいね。僕は立ち聞きしていたのではありませんよ。僕がここで休んでいるところへあなた方がはいって来たので、立ち去る機会を失ってしまったのです」

　私は一言弁解しないではいられなかった。

「ええ、それはよくわかっていますわ」

　秋子さんは恥かしさのためか、私に秘密の一部を聞かれたおそれからか、ひどく言葉少なである。

「秋子さん、あなたはさいぜん、なんの報酬も要求しないで男が女を助けることは、出来ないだろうかと云いましたね。僕にはそれが出来るように思いますよ。もしあなたが、何もかも打ちあけてくだされば、僕はきっと黒川氏のような要求を持ち出さないで、あなたのお力になれると思いますが」

私は夢中になってそんなことを口走ったが、冷静に考えて見れば、黒川氏の轍《てつ》を履《ふ》まない自信などあり得ようはずがなかった。

「ありがとう。でも、あなたにはその力がありませんわ。広い世界に、あたしをほんとうに助けてくれることの出来る人は、黒川さんのほかには一人もないのです」

秋子さんは悲しげに云い残したまま、逃げるように私の前を立ち去ってしまった。

私は茫然《ぼうぜん》として独り取り残された。考えれば考えるほどわからなくなるばかりだ。謎は十重二十重《とえはたえ》の雲に包まれて、その真相を窺《うかが》い知るべくもない。だが、私はなんとなく秋子さんが可哀そうに思われて仕方がなかった。か弱い女の身で、なんという重荷を背負っていることだろう。たった一人の味方だという黒川氏すら、今のように彼女の恐ろしい敵となる場合があるではないか。秋子さんはほんとうに独りぼっちなのだ。独りぼっちで、何かしらいうにいわれぬ艱難と闘っているのだ。

こうして温室の出来事は一応無事にすんだけれど、可哀そうな秋子さんの行く手には、目に見えぬ危難が幾つとなく待ち構えていた。一難去ってまた一難、早くもその夜のうちに、第二のどえらいやつが襲いかかって来ようとは。

復讐戦

夜にはいると、時計屋敷の広間に盛大な晩餐会が催された。料理は長崎の割烹店《かっぽうてん》から出張して来た板前が腕を揮《ふる》い、給仕は同じ店の女中たちが盛装をして勤めた。養女秋子さんの披露も無事にすみ、食事が終わると、広間に用意された仮舞台では、長崎市の師匠連の寄附になる三曲合奏《さんきょくがっそう》や少女の手踊りなどが始まった。そのあいだには、例の素人奇術家軽沢氏の小奇術などもまじって、夜とともに歓は尽きなかった。

私は広間の片隅に、秋子さんと並んで、それとなく彼女の護衛を勤めながら、舞台を見ていたが、ふと気がつくと、例の豚肥え夫人肥田夏子が、小猿を抱えて、なぜか顔色を変えて秋子さんのところへやって来た。この不愉快な豚肥え夫人は、秋子さんが叔父の養女ときまっても、そのそばを離れようともせず、当分のあいだ、客分として時計屋敷に滞在することになっているのだ。

肥田夫人はソソクサと秋子さんのそばへ寄ると、囁き声で、

「秋子さん、大変ですよ。悪い人がやって来ました。さア早くお逃げなさい。折角ここ

まで漕ぎつけたのに、あんな邪魔者がやってくるなんて、ほんとうに何というへまなことでしょう」

と、わけのわからぬことを云いながら、非常な剣幕で、秋子さんを引っ立てんばかりにして、広間の外へ連れ去ってしまった。

私はいったい何者がやって来たのかと、キョロキョロ場内を見廻したが、やがて、秋子さんたちが立ち去ったのとは別の出入口に、叔父のモーニング姿が現われ、しきりに私を手招きしているのが目にはいった。

私はすぐさまそこへ近づいて行って、

「何かご用ですか」

と尋ねると、

「栄子がやって来たのだよ。おわびかたがたお祝いに上がったといってね。あいつは秋子を養女に迎えたこともちゃんと知っているんだよ。謝まって来たものを追い帰すわけにもいかず、ともかくもあちらの部屋へ通しておいたが、栄子には妙な男がついているんだ。そして、その男がお前や秋子に会いたいというんでね」

叔父は私に気兼ねするような口振りである。あんな悪人でも、幼い時から手塩にかけた娘であってみれば、どことなく恩愛の絆《きずな》を絶ちがたいのであろう。

妙な男が秋子に会いたがっていると聞くと、私はたちまち、肥田夫人が恐れたのはその男に違いないと直観したが、それにしても、妙な男とはいったい何者であろうと、叔父のあとに従って、その小部屋へはいって行った。

「あら、北川さん、しばらくでございました。いつかはいろいろとご迷惑をかけまして、今日はお祝いに上がりましたのよ」

私の顔を見るや否や、栄子のやつは恥じらう気色《けしき》もなくしゃあしゃあと取ってつけたような挨拶をしたが、見ればしばらく会わぬ間に、痩せでもすることか、少し肥りさえして、派手な洋装と云い、濃いお化粧と云い、いよいよ品格を失ったように感じられた。

だが、そんなことよりも、彼女の傍《かたわ》らに佇《たたず》んでいるモーニングのヒョロ長い紳士が、私をハッと驚かせた。ほかでもない、それは今朝殺人女和田ぎん子の墓へ詣っていたあのバンガロウの主人公の青大将であったのだ。おやおや、するとあの時別荘の窓から私を覗いていて顔を隠したのは、栄子だったのか。栄子のやつ、妙な相棒を見つけ出して来たものだ。

彼女はそれとも知らず、

「ご紹介します。この方、私のお友達で、長田《ながた》長造《ちょうぞう》さんとおっしゃいますの。あなたはご存知ないでしょうが、この時計屋敷の以前のもち主の長田鉄というお婆さんの養子の方ですの。そういう御縁で、叔父さまにもご挨拶申し上げたいし、野末秋子さんにもお目にかかりたいとおっしゃるもんですから……」

と意味ありげにいって、ニヤニヤと勝ち誇ったような笑い方をした。

さては、青大将は殺されたお鉄婆さんの養子だったのか。そう聞けば、彼が和田ぎん子の墓に詣っていても不思議はない。彼は事件が起こるまで、ぎん子と一しょに暮らしていたはずなのだから。

読めた、読めた。栄子のやつ、この長田という男を、どこかから探し出して、秋子さんの首実検にやって来たんだな。虎騒動で失敗した仕返しをするために、わざわざ今日という日を目がけて、復讐戦に乗りこんで来たのだな。

お鉄婆さんの養子とあれば、婆さんに使われていた下女の赤井時子とやらを、よく見知っているはずである。栄子は秋子さんをあくまでその赤井時子と同一人だと云い張るために、長田という生証人《いきしょうにん》を連れて来て、秋子に赤恥をかかせる魂胆《こんたん》に違いない。

いくらなんでも、あの気高い秋子さんが下女などとは信じられないことだが、しかし、肥田夏子があれほどおそれをなし、秋子さんも同意して逃げ出したところを見ると、そうでないとも云いきれぬ。私はなんとなく不安を感じないではいられなくなった。

「あたしたち、ついご近所にいますのよ。北川さん、あのバンガロウの別荘をご存知でしょう。あたしたち、あすこを借りて、当分この土地に滞在することにしましたのよ。ご近所ですから、これから度々お目にかかれますわね」

栄子はもうすっかり他人行儀だ。縁を切って赤の他人になったからには、一歩も譲るものかという剣幕だ。

私はその図々しさにあきれはててしまったが、こちらも負けないで他人行儀に、

「ああ、そうでしたか。それで合点《がてん》がいきましたよ。今朝あのバンガロウの窓から覗いていたのはあなただったのですね。僕の姿を見て急にカーテンの蔭に隠れたのは」

と敵の急所を突いたつもりだったが、相手は千枚張りの面《つら》の皮で受け流し、びくともするものではない。

「ええ、そうよ。失礼しましたわね。でも、不意にお邪魔して、びっくりさせて上げようと思ったものですから。ホホホホホ。それはそうと、秋子さんはどこにいらっしゃるのでしょう。あたし早くお会いしたいわ。長田さんも是非お目にかかりたいとおっしゃっていますのよ」

さア秋子さんをここへ出せといわぬばかりだ。

「宴会場では見かけないようでしたよ。どこへ行ったのかしら。ちょっと行って、探して来ましょう」

私はそういって部屋を逃げ出してしまった。いけ洒蛙洒蛙《しゃあしゃあ》とした栄子の顔を見ているのが、堪《たま》らなく不愉快だったからだ。といって、むろん秋子さんを探す気はない。どうかうまく姿を隠していてくれるようにと、彼女があの不気味な青大将と対面しないことを願うばかりであった。

庭を散歩したり、廊下をぶらついたりしながら、それとなく様子を見ていると、あくまで図々しい青大将と栄子とは、叔父を中にはさんで、宴会場に陣取り、キョロキョロとあたりを物色しながら、いっかな引き上げる気色《けしき》も見えなかった。

やがて、余興の番組も終わり、時計屋敷に泊まるはずの数組の男女を除いた客たちは、K町からの終列車に間に合わせるために、次々と叔父に挨拶をして、帰り支度を始めた。

門前にはK町から狩り集めた人力車が二十何台、ズラリと梶棒を揃えて待ち構えていた。それに乗って一《ひ》と足《あし》先に帰るもの、車を辞退して夜道を高声に話しながら歩くもの、用意のぶら提灯《ちょうちん》をさげてそれを見送る女中たち、この騒ぎを知って、今夜の女主人公である秋子さんが、そうそういつまでも姿を隠しているわけにはいかぬ。多分肥田夫人のとめるのを振りきって出て来たのであろう。秋子さんはいつの間にか玄関に現われて、帰る客たちに笑顔を見せて挨拶していた。

気のせいか、幾分青ざめているようだけれど、少しも取り乱した様子はない。心の底

に一点でも疚《やま》しいところがあれば、こうまで冷静ではいられぬはずだ。私はそれを見て

いくらか安堵するところがあった。

　玄関の騒ぎが一段落つくと、やはり同じように客を送り出していた叔父が、すかさず秋子さんを呼びとめた。

「さいぜんからお前を探していたのだよ。栄子がお前におわびをしたいといって、わざわざやって来たのだ。お前は会いたくもないだろうが、折角そうして来ているのだから一《ひ》と目《め》でも会ってやってはくれまいか」

　こんなに頼むようにいわれては、むろんいやとはいえぬ。

　秋子さんは、叔父に従って広間にはいって行った。私もおくれじとあとにつづく。

　広間には執念深い青大将と栄子とが、帰りもせず待ち構えていた。

「まあ、秋子さん、しばらくでしたわね。あたし今日はおわびに上がりましたのよ」

　秋子さんの姿を見つけると、栄子のやつは飛び立つように席を立って、例によって厚顔無恥《こうがんむち》の挨拶をした。

　秋子さんは、栄子のうしろにいる長田長造を一と目見ると、気のせいか、ギョッとしたように見えたが、それもただ一瞬間のことで、たちまち日ごろの鋼鉄のような冷静さを取りもどした。

「まあ、おわびだなんて、そんなこと何もないじゃありませんか」

　秋子さんは、ほんとうに何もなかったかのように、静かな表情で答えた。すると、栄子は、ここぞと顎をつき出して、

「いいえ、あなたにそんなふうにおっしゃられると、あたし消え入りたいようですわ。軽沢さんの奇術の会の時、皆さんの前であなたを幽霊塔の女中だったなんて、ほんとうに失礼なことをいってしまって、あたし、どんなに後悔しているでしょう」

と、詫言《わびごと》に託して、またもや女中女中と、広告を始めた。

　秋子さんはそれに取り合わず、

「いいえ、あたしちっとも気になんかしていませんわ。あなたはあの時、何か思い違いをしていらしったんですもの。おわびなさることありませんわ」

「そういってくださるとなんですけれど、でも、あたし気になるものですから、今日はおわびのしるしに、あなたの昔のお友達を誘ってまいりましたのよ。きっとあなたに喜んでいただけるでしょうと思って。ホホホホホ」

　栄子はそういって、勝ち誇ったように笑った。

　いよいよ仇敵《きゅうてき》の化けの皮をひんむいて恨みをはらす時が来たと、嬉しさに堪えないのであろう。私はその笑い声を聞くと、執念の恐ろしさに、思わずゾッと身ぶるいしない

ではいられなかった。

だが、秋子さんはいっこう平気で、

「エ、あたしの昔のお友達ですって?」

と怪しむように聞き返した。

「そうよ、あなたがよくご存知の長田さんよ。長田長造さんよ。長田さん、この方今では児玉家の養女ですのよ」

栄子が、さアどうだといわぬばかりに、二人を引き合わせると、待ち構えていた青大将が一歩前に進み出て、じっと秋子さんを見つめた。

もし、この男が秋子さんを見知っていたらと、私は思わず手に汗を握った。自分の動《どう》悸《き》が聞こえるほどの烈しい胸騒ぎを感じた。

秋子さんの表情を見るさえ怖かったけれど、見ないわけにはいかぬ。もしや狼狽《ろうばい》の色が現われるようなことがありはしないかと、じっと息を殺してその方を盗み見た。

すると、案外にも、秋子さんの表情は水のように静かであった。顔の筋一つ動かさず、冷然として相手の視線を受けていた。読者諸君は記憶されるであろう、私が初めて彼女に出会った時、もしやゴム製のお面でも被っているのではないかと疑ったことを。むろんそんなばかばかしい疑いは、すぐに解けてしまったが、今この瞬間、私はまたしても、秋子さんの顔からお面を連想しないではいられなかった。それほども、彼女の表情は一糸乱れぬ端正さであった。むしろ荘厳でさえあった。何かしら人間以上の凄味のようなものさえ感じられた。

一方青大将の長田長造はと見ると、初めから、彼のノッペリした美貌には、なんともいえぬ悪念がただよっていた。栄子から、秋子というのは赤井時子に違いないと吹きこまれているものだから、おのれ正体を見現わしてくれんと、その刹那を楽しんでいたのかも知れない。ところが、今目の前に冷然とたたずんでいる秋子さんを見ると、彼の顔になんともいえぬ驚きの色が現われた。悪意の表情などはどこかへ消えてしまって、恐怖に近い表情が浮かんだ。

彼はたちまち人違いを感じたらしい。しかし、人違いの驚きだけで、あんなに顔色まで変わるものだろうか。秋子さんの姿には、何かしら彼を激動させるものがあったのに違いない。彼は恐れに堪えぬものの如く、一度は顔をそむけようとさえしたが、また意力を取りもどしたように目をいからせて、凝然《ぎょうぜん》と秋子さんに見入った。

青大将が蛙に見入っているように、彼の両眼からは青い火花が散るかと疑われた。その眼光はX光線みたいに、秋子さんの皮膚を貫き、肉を通し、背後につき貫《ぬ》けるかとさえ怪しまれた。だが、それほど凝視しても、彼はいっこう解決に達しない様子だ。秋子さんの正体を曝露《ばくろ》する眼力はない様子だ。

　私はもう握りしめた手の平に、ビッショリ汗をかいていたし、栄子は栄子で、勝つも負けるもこの一瞬と、長田に劣らぬ凄い目で、秋子さんを睨みつけているし、中にはいった叔父も、一同の異様な態度に、なんとやら心配そうな顔をしていたが、ただ一人、当《とう》の秋子さんだけはまったく冷静であった。長田が思う存分彼女の顔を見尽したころ、まるで何事もなかったかのように、静かに口を開いた。

「わたしには、なんだかちっともわかりませんわ。昔のお友達とかおっしゃったようですけれど、いくら考えても思い出せませんわ。ひょっとしたらお見忘れしたのかも知れません。失礼ですが、どこでお目にかかりましたのでしょうか」

　この無邪気な反問に、長田青大将はへどもどして、

「いや、どうも、私にも、なんだかよく思い出せません」

と気まずい返事をした。

　私はホッと安堵の溜息をついた。秋子さんは恐ろしい試験を苦もなく通過したのだ。彼女は女中やなんかでなかったことがここに証明されたのだ。幽霊塔の元の住人さえまったく見知らぬ秋子さんだ。閨秀作家野末秋子さんだ。

　ちょうどその時、私たちの遙か頭上で、ゴーン、ゴーンと時の鐘が鳴りはじめた。例

の大時計が秋子さんの力で動くようになっていたのである。

　すると、これはどうしたというのだ。青大将の長田長造の顔色がサッと変わった。彼は非常な恐怖に打たれたもののように、

「おや、十二時かしら？」

　と呟いて、時の鐘を指折り数えはじめた。十二時がなぜ恐ろしいのか、彼はまるで幽霊にでも出会ったように震えおののいているのだ。
　九、十、十一と数えて、そこでバッタリ音がやむと、彼はホッと安心したように、
「ああ、十一時か」

　と独り言をいったが、一同が妙な顔で見ているのに気づくと、苦笑いにまぎらして、

「いや、失礼しました。この音を聞きますと、つい亡くなった養母のことを思い出して、神経がたかぶるのです。なんでもありません、なんでもありません」

　と弁明したが、それでは、殊さらに十二時だけを恐れる説明にはならぬ。養母を思い出すという以上は何か深い秘密がありそうだ。

　さて、ここでちょっと、長田長造という男の身の上を説明しておくことにしよう。むろんこれはあとになって蒐集《しゅうしゅう》した知識なのだが、彼は幼い時から、この幽霊塔で和田ぎん子と一しょに、お鉄婆さんに育てられた。お鉄婆さんは二人が大きくなったら夫婦に

するつもりでいたところ、どういうわけかぎん子が長造を嫌い、いかに口説いても結婚に同意しない。そこで、老婆はぎん子の機嫌を取るために、彼女を相続人と定め、一切の財産を譲るという遺言状まで書いたけれど、やっぱり長造の細君になるとはいわぬ。すると長造の方では、相続人にもしてもらえないし、ぎん子と結婚も出来ないというので、グレ始め、ついに老婆を恨んで家出をしてしまった。

老婆はそれでも諦めず、いろいろ手を尽してぎん子を説いたが、やっぱり結婚に同意しないので、とうとう我を折って、財産はもともと通り長造に譲ることにし、いよいよ遺言状を書きかえようとしているうちに、何者かのために惨殺されてしまった。

ぎん子がその下手人として捕えられ、獄中で病死したことは前に述べたが、その事件は長造が家出をして間もなくのことだったので、一応は長造も嫌疑を受け、厳重に調べられたけれど、当夜遠方にいたというアリバイが成立したのと、遺言書きかえ前に老婆を殺しても少しも利益にならないという理由のために、直ちに放免されたということである。

遺言状には、ぎん子を相続人と定め、もしぎん子死亡の節は長造へと指定してあったので、ぎん子の獄死と共に、老婆の遺産は長造のものになったというわけである。

これだけが、その後私の耳にはいった長田長造の履歴である。後々《のちのち》に関係もあることだから、読者諸君は、これらの事実を、一応頭の隅に入れておいていただきたい。

それはさておき、長田長造が秋子さんをまったく見知らぬことがわかると、私の安堵に引きかえて、栄子の失望は見るも気の毒であった。彼女はどうかして、一方の血路を開きたいと、まるで気違いのような目をして、秋子さんの全身を眺め廻していたが、ふとその左手首の、例の真珠の腕環に気がつくと、これだといわぬばかりに、最後の戦いを挑みはじめた。

「まあ、見事な腕環ですこと、これ、秋子さんの考案ですの？　でも、あたし、今までこんなに手首の近くに腕環をはめている方、見たことがありませんもの。それに、あなたの腕環、ばかに幅が広いのね」

ああ、なんという不躾な云い草であろう。これでは、腕環の下に何か隠しているのじゃないかと訊問するも同然ではないか。いや、そればかりではない。栄子のやつは口でいっただけでは気がすまないと見え、不作法にも、ツカツカと秋子さんのそばに近づくと、いきなり彼女の左手を取って、腕環を改めて見ようとした。

これにはさすがの秋子さんも立腹しないではいられなかった。彼女は、

「何をなさる」

と烈しくたしなめると、非常なすばやさで、左手をうしろに隠してしまった。見ると、

彼女は珍しく顔色を変え息遣いさえ早くなっているのだ。

だが、この出来事で顔色を変えたのは、秋子さんばかりではなかった。もう一人、当《とう》の秋子さん以上に、烈しい驚きを示した人物がある。

それはほかでもない、青大将の長田長造であった。彼はただ長い顔をひとしお長く引きのばし、口をポカンとあけて、土のように青ざめてしまった。さいぜん時の鐘におびえたよりも、更に更に烈しい恐怖の表情である。

彼は秋子さんの異様な腕環に、初めて気がついたのだ。そして例のX光線のような恐ろしい視線が、秋子さんの身体を通して、そのうしろの左手首を凝視しているのだ。

やがて、彼の喉の奥から「オオオオ」というような、けだものの声ともなんとも形容の出来ない、物凄い恐怖の叫び声がほとばしった。

血を流す幽霊

長田長造のうめき声を聞き、彼の表情を眺めて、私は思わず手に汗を握った。もし腕環を取って見せてくれなどと云い出しはしないか、秋子さんはのっぴきならぬ身の破滅になるのではないかと、我がことのようにビクビクしないではいられなかった。心臓が乱調子にドキンドキンと打ちはじめた。

だが、青大将の長田長造も、さすがにこの衆人環視《しゅうじんかんし》の中で、秋子さんに腕環をとれなど不躾なことは云い出しかねたらしく、無言のまま、恐れに耐えぬものの如く、秋子さんを見つめていたが、見ているに従って、いよいよ恐怖が募って来るのか、ついには彼女を正視する力もなく、顔をそむけたままジリジリとあとじさりをして、挨拶もソコソコに、逃げるようにその場を立ち去ってしまった。

私はホッと安堵の溜息をついたことだが、それは謂《い》わば一寸逃《いっすんのが》れの安堵であって、秋子さんの左手首の問題はこれで終わったわけではない。終わるどころか、つい数日の後には実に恐ろしい大事件となって再燃した。それがもとになって、前代未聞の奇々怪々な殺人事件さえ突発することになったのだ。

だが、それは後《のち》のお話。さて、その夜はもう別段の出来事もなく、私たちはめいめいの寝室に引き取ることになった。私の寝室は例の三階の塔の真下の部屋である。お鉄婆さんが惨殺され、幽霊になって出るというあの因縁つきの部屋である。そんな気味の悪い部屋を選んだのは、何も私の酔興《すいきょう》からではない。敬愛する秋子さんから是非そうして下さいと頼まれたからだ。なぜだか私にもわからない。わけを尋ねても、彼女は例の鋼鉄の表情になって、わかる時にはわかりますというばかりであったが、わけなんかどうだって構わない。私はただ秋子さんの信頼が嬉しかった。中世の騎士にでもなった気持で、喜び勇んで幽霊部屋を私の寝室にきめてしまった。

幽霊部屋といっても、天井や壁は塗り変えられ、窓や入口のドアは新しくなり、新しい絨毯を敷きつめ、椅子や小テーブルや、西洋箪笥《せいようだんす》などが調和よく並べられた今では、まったく面目を一変して、なかなか落ちつきのあるよい部屋になっている。

殊に四方の壁は古風な彫刻のある腰板張りになっていて今時の建築には真似も出来ない贅沢なものだし、天井から下がっている鈴蘭型《すずらんがた》の傘を三つ組み合わせた電燈も、これは今度叔父が部屋に合わせて作らせたものだけれど、如何にも明治時代の感じで、その下の古風な鉄製ベッドに横たわっていると、私自身歴史物語の中の人物にでもなったようで、一種異様の物珍しさに、急には眠気もきざさないのであった。

ところが、そうして三十分ほどもまじまじしていると、突然天井の電燈がパッと消えた。恐らく停電であろう。或いは電線の故障かも知れない。しかし、眠るのに明かりなぞはない方がいい。私はちょうど電燈を消すためにスイッチのところまで起きて行こうかと思っていたところなので、かえって手数が省けたくらいに考えて、そのまま闇の中で目をとじてしまった。

だが、しばらくそうしていても、なぜか異様に頭が冴《さ》えて眠れない。また眼を開いて、闇の中を見廻していると、眼が慣れるにつれて、窓の輪郭が薄明るく見えて来る。椅子やテーブルの姿が物の怪《もののけ》のように浮き上がって来る。

私は耳をすました。どこからか、かすかな物音が聞こえて来たからだ。足音を忍ばせて人が歩いているような音だ。シトシトと廊下を踏みしめる音だ。

私は少し薄気味わるくなって来た。この夜ふけに家人《かじん》が上がって来ることはない。もし私に用事があれば声をかけるはずだし、だいいち家の者なれば明かりを持って上がって来るのが当たり前だ。

気のせいかも知れない。自分の心臓の鼓動が人の足音のように聞こえたのかも知れない。私は心を静めてなおも耳をすました。

だが、やっぱり物音は続いている。シトシトという足音は部屋の外の廊下を、だんだんこちらに近づいて来る。

意気地のないことだけれど、私はお鉄婆さんの幽霊の話を思い出さないではいられなかった。白髪を振り乱し、口に嚙み切った肉片をくわえ、顎から胸にかけて、タラタラと血をたらした老婆の幻影を、幻に描かないではいられなかった。

私は思わずベッドの上に上半身を起こして、すぐそばの椅子にかけてあった洋服のポケットを探ると、幸いにマッチがあったので、それをすってかざして見た。

可なり広い部屋なので、マッチの光くらいでは隅まで見通すことは出来なかったが、一方の端から一方の端へと目で追って行くうちに、私は実にいやなものを見てしまった。

ハッと思って、見直そうとするうちに、マッチが燃えつきたので、ハッキリはわからなかったけれど、それはまっ白な人の腕であった。部屋の正面にガラス窓があって、その向こうは廊下になっているのだが、そこの窓に接する板壁の上に、人間の腕ばかりが、水平にただよっていたのだ。

「だれです。そこにいるのはだれです」

相手が人間であろうがなかろうが、私はともかく声を出して見ないではいられなかった。二度三度それを繰り返した。

しかし、相手は何も答えない。シーンと静まり返って、気のせいか、こちらの様子をじっと窺っているように思われる。

いけない、いけない。今夜はどうかしているぞ。そんなばかなことがあるものか、今のは幻覚にきまっている。夕方からのいろいろな出来事のために神経がたかぶっているものだから、ありもしない音が聞こえたり、妙なものが見えたりするんだ。

私は自分を叱るようにして、そのままベッドに横たわろうとしたが、すると、その時、つい身近の闇の中から「ハーッ」という人の溜息が聞こえて来た。ひどく物悲しげないやあな溜息であった。こんな場合、泣き声や笑い声も恐ろしいが、溜息と来ては一そうたまらない。実に背中から水をあびせられたような、なんともいえぬいやあな心持だ。

私はもうそのまま眠る気にはなれなかった。いきなり、ベッドを飛びおりて、マッチを何本もすりながら、部屋の内外を歩き廻ってみた。今にも老婆の幽霊に出っくわすかと、その心構えで、用心しながら歩いてみたが、どこにも怪しいものの影さえない。

では、やっぱり私の幻聴だったのかしらと、いささか腑甲斐《ふがい》なく思いながら、さいぜん腕のただよっていた辺を、マッチの光で調べているうちに、私はまたしても実にいやなものを発見した。ちょうどその壁のところに、麻布《あさぬの》のカバーをかけた一脚の安楽椅子《あんらくいす》がおいてあったのだが、その白い麻布の上に、生々しいまっ赤な血潮が点々としてたれていたではないか。

さわってみると、ベットリと指の腹に着いて来る。粘り気と云い、匂いと云い、まぎれもない血潮である。

お化けが生きた人間のように血を流すなんて、話に聞いたこともないけれど、お鉄婆さんは、断末魔《だんまつま》に人間の肉を噛み切って死んだのだから、幽霊になってからも、こんなに血を流すのかも知れない、などと考えると、あまり、いい心持はしない。

マッチが一本消えるたびごとに、モヤモヤした暗闇の中から、血をたらしたお婆さんの顔が、ボンヤリ浮き上がって来るような気がする。

さすがの私も、もうその部屋にはいたたまらなくなった。元のベッドへ戻ったところで、おちおちと眠られるものではない。幽霊が血を流すなんて、理窟では考えられぬことだけれど、それを調べるのは、明日明るくなってからのこととして、今夜はどこか別の部屋で寝ることにしようと、私は毛布をかかえて三階を逃げ出してしまった。

寝入りばなの人々を起こすでもないと思い、二階におりると、大きなソファのおいてある部屋にはいり、その上に毛布を被って横になった。そうして場所を変えても、まだ血を流した老婆の幻が目先にちらついて、なかなか眠られなかったけれど、やがて、事多かった昼間の疲れに、いつしかウトウトと夢路を辿っていた。

猿の爪

その翌朝、私はソファに寝たことなどだれにも悟られぬようコッソリ三階にもどって、例の肘掛椅子の不思議な血痕を調べてみたが、もう黒く固まっていたけれど、確かに血潮に違いない。すると、昨夜のあの足音も、溜息も、宙にただよう白い腕も、すべて私の幻想ではなくて、現実の出来事だったのであろうか。

なおよく調べてみると、血痕は椅子の上だけでなく、床にも二、三滴落ちていることがわかった。

むろん化物が血を流したわけではないだろうから、それは人間かけだものの血に違いない。もしや天井裏で猫が鼠をとったというようなことかも知れないと、天井も充分調べてみたが、白く塗り変えられたばかりの天井には、どこにも一点の汚点らしいものも見当たらぬ。いよいよ不思議だ。この朝の陽光の中でもやっぱり化物じみた不気味さに少しも変わりはないのである。

いつまで調べていてもなんの手掛かりもつかめないし、そのうち朝食の時間が来たので、私は一《ひ》と先《ま》ず下におりて、泊っていた客たちと食卓を共にし、それからお昼ごろ一同が帰り去るまで、なにかと忙しく、とりまぎれて化物のことも忘れていたが、その騒ぎも一段落して、ホッと客間のソファに休んでいると、やっぱり頭に浮かんで来るのは、昨夜の一条であった。

するとそこへ秋子さんがはいって来て、何か意味ありげな様子で、

「あの手帳をお出しになったの、あなたですの？」

とわけのわからぬことを尋ねるのだ。

「手帳？　手帳ってなんです」

私がけげんな顔で尋ね返すと、秋子さんはなぜかハッとした表情で、

「あら、あなたではありませんでしたの？　でも、変ですわねえ。どうしたのかしら」と何かひどく慌てている様子だ。

「手帳がどうかしたのですか」

「いえね、あたし大切な手帳を或る場所へ隠しておきましたの。それが今しがた見ると、無くなっているんですの」

秋子さんは、声を低めて、さも一大事らしく囁くのであった。

「どこへ隠しておいたのです」

「あなたのお部屋へ」

「エ、僕の部屋？　僕の部屋のどこへ？」

「壁にある秘密の戸棚の中ですの」

壁の秘密戸棚と聞くと、私は思い当たることがあった。最初この幽霊屋敷を検分に来た時、秋子さんがそれとなく残しておいてくれた銅製の鍵によって、秘密戸棚を開き、例の妙な咒文を記した聖書と未完成の図面とを発見したことである。秋子さんのいっているのは、あの秘密戸棚のことではないかしら。

おやッ、待てよ。あの時、あの部屋のベッドの位置は、今とは反対の側にあったのだぞ。すると、当時のベッドの側にあった隠し戸は、ちょうど、あの血潮が滴っていた、そして、あの白い手のただよっていた辺の壁に当たるじゃないか。ああ、忘れていた。あすこにはあの秘密戸棚があったのだ。それを、部屋全体が面目を改めたものだから、ついうっかり忘れていたのだ。

「で、その手帳というのは、何か大切なことでも書いてあったのですか」

「ええ、そうですの。他人に知られてはいけないことが書いてありますの」

秋子さんはいよいよ低い囁き声になって、

「あなた、あの聖書の表紙裏の咒文をごらんなすったでしょうね。それから、あの絵図面も」

「ええ、見ました。両方とも叔父さんが保管しています。しかし、あんなもの別に大した意味はないのじゃありませんか」

私の冷淡な言葉に、秋子さんは非常に真剣な表情をした。

「いけません。そんなふうにお考えになってはいけません。あれにはほんとうに重大な意味があるのです。あなたももっと研究してくださらなくては。他人のあたしでさえ、こんなに一生懸命になっていますのに。その手帳と云いますのは、あたしがあの呪文と絵図画を敷き写して、呪文は日本文に翻訳した上、いろいろあたしの考え出した解釈まで書いてあるのです。それが、いつの間にかなくなっているところをみると、だれかこの秘密を知っていて、盗み出したのに違いありません」

「ああ、そうでしたか。じゃ、あいつがその泥棒だったんだな」

「エ、何かありましたの。それはいったいだれのことです？」

「いや、だれだかわかりませんがね、実は昨夜夜ふけに変なことがあったのです」

私はそこで、昨夜の不思議な出来事について詳しく話して聞かせた。

「まあ、じゃ、それがやっぱり泥棒なんですわ。あの秘密戸は今は鍵もかけてありませんから、場所さえ知っていれば、手帳を盗み出すのは訳もないのです。あたし、まさかあなたの部屋へ、そんなお化けをよそおった泥棒がはいろうなんて考えなかったものですから」

「すると、血がしたたっていたのは、泥棒が手帳を盗むとき、隠し戸の中の釘かなんかで怪我をしたのかも知れませんね」

「そうだと思いますわ。それから、あの部屋の怪談を利用して、お化けをよそおったのも、何か下心があるんです。あなたを驚かせてあの部屋で寝かせないようにする魂胆かも知れません。そうすれば自由に時計塔へ登れるわけですからね。その泥棒は時計塔の機械室へはいって、呪文の秘密を解きたいのですよ」

「だが、いったい何者の仕業《しわざ》でしょう。この屋敷の秘密を知っているやつに違いありませんが、この附近に、そんな人物が沢山いるとも思われませんね」

私の脳裏を長田長造や三浦栄子や弁護士の黒川太一《たいち》の面影が、かすめ通って行った。

「それにしても、外部からあの部屋へどうしてはいることが出来たのでしょう。まさかこの家にいる人の仕業とも思われませんが」

「でも、それはなんとも云えませんわ。泥棒は私たちのつい身近にいるものとして、用心しなくてはいけませんわ」

秋子さんはひどくうち沈んだ様子で、意味ありげにいって、じっと私の顔を見つめた。ひょっとしたら、彼女は犯人を知っているのかも知れない。知っているけれど、何かの事情のために、それと云い出せないでいるのかもしれない。彼女の表情から、私はなんとなくそんなふうに感じないではいられなかった。

それから二人で三階の私の部屋へ行き、隠し戸棚を調べて、いよいよ私たちの想像が間違いでないことを確かめた上、お互いに身辺に気を配ることを申し合わせて別れたが、これをきっかけに、時計屋敷には次々と恐ろしい事件が起こることになった。先《ま》ず順序を追って、肥田夏子の奇妙な熱病のことから記して行くことにしよう。

その午後になって、肥田夫人が病気にかかったことを知った。

召使の話によると、夫人は例の猿と戯《たわむ》れていて、その爪で右手をひどく引っ掻かれ、痛みが烈しいので、朝からずっと部屋に引きこもっていたが、午後になると、傷口から黴菌《ばいきん》がはいったものとみえ、急に熱が出て身動きが出来なくなり、今K町から医者を呼んだところだということであった。

どうも虫の好かぬ豚肥え夫人だけれども、そう聞いては見舞わぬわけにもいかぬ。私は急いで二階の夫人の部屋へ行って見た。

肥田夏子は、ベッドの上に大病人の体《てい》で横たわっていた。右手にはグルグル繃帯《ほうたい》を巻いて、さも痛そうに胸の上にのせている。

「お加減はいかがです。ひどい目にお遭《あ》いになりましたね。猿の爪も油断が出来ませんね」

見舞いをいうと、夏子はさも大儀《たいぎ》らしく目を開いて、しわがれた声で、

「ありがとうございます。こいつのためにえらい目に遭いましたよ。熱が高くってね。それに傷口がズキンズキンと痛むものですから」

といって、熱にうるんだ目で、恨めしそうにベッドの裾の猿を睨んで見せた。猿はご主人の病気も知らぬげに、夏子の足の辺に、チョコンと坐って、とぼけた顔でキョロキョ

ロとあたりを見廻している。

「看病人はだれもいないのですか」

「今まで秋子さんがいてくれたんですけれど、ちょっと用事があるといって……」

「ああ、そうですか、何か僕に出来ることがあったら、遠慮なくおっしゃってください。何か飲みたくはありませんか」

するとこ夏子は、妙に疑い深い目で部屋の入口の方をジロジロと見ながら、声を低めて、

「いえ、そんなことよりも、北川さん、あなたに折り入ってお頼みしたいことがあるんですけど、聞いていただけないでしょうか」

と、まるで拝むような調子で、異様なことを云い出した。

「いったいどんなことです。僕に出来ることなら、なんでもして上げますよ」

「そこの小机の抽斗《ひきだし》をあけてくださると、紙に包んだ四角なものがはいっています。それを、中をごらんなさらないで、そのまま、机の上にある小函《こばこ》に入れて、ええそれ、その函に入れて、小包郵便にして出していただきたいのです。だれにも知れないよう、ソッとですよ。秋子さんにも云ってはいけませんよ」

なんだかいやな仕事だと思ったが、弱りきっている病人の頼みを聞かぬわけにもいかぬ。いわれるままに、その紙包みを取り出し、函に入れて、やはり机の抽斗にあった紐《ひも》

で荷造りをした。

「これでいいのですか」

「ええ、ありがとう、ありがとう。それから、そこにペンがありますから、上書《うわが》きを書いていただきたいのですが」

私は不機嫌にペンを取って、ぶっきら棒に宛名《あてな》はと尋ねた。

「ええ、申しますよ。よござんすか。長崎市西浦上村滑石養虫園《ながさきしにしうらかみむらなめいしようちゅうえん》にて、岩淵甚三《いわぶちじんぞう》様、わかりましたか」

夏子はその奇妙な宛名を、三度ほどせかせかと繰り返した。滑石といえば、滑石峠《なめいしとうげ》の入口にある淋しい片田舎だ。そこに養虫園というものがあるのかしら。虫を飼っているところに違いないが、蜜蜂かしら、それとも……。

私はいわれるままにペンをとりながら、その宛名を記憶にとめたが、その時もし養虫園というのが、あんな恐ろしい場所と知ったら、そしてまた、夏子が中を見るなといった紙包みがなんであるかを悟ったら、まさかいくらお人よしの私でも、唯々諾々《いいだくだく》として小包の宛名を書いたり、それをわざわざ自分で郵便局へ出しに行ったりはしなかったであろう。あとになって考えて見れば、私は実にあきれ返った馬鹿者であった。

さて、夏子の使いを果して、郵便局から帰ってみると、ちょうどK町の医師が診察を

すませて出て来るのと、廊下で行き会った。私は挨拶をして、容態《ようだい》を聞き、何気なく、

「猿の爪も油断がなりませんね」

というと医師はけげんな顔をして、

「え、猿の爪？　患者さんも何かそんなことをおっしゃっていましたが、あの傷は古釘かなんかで引っ搔いたものですよ。一目《ひとめ》見ればわかります。錆びた金物は時によるとひどい禍《わざわい》をすることがあります」

と意外な返事である。

私はさりげなく辻褄《つじつま》を合わせて医者と別れたが、「古釘」と聞いてギョッとしないではいられなかった。

もしや昨夜の幽霊は肥田夏子ではなかったかしら。そして、秋子さんの手帳を盗み出す時に、隠し戸棚の中の「古釘」で怪我をしたのを、幸い猿を連れているものだから、その爪で引っ搔かれたなどと、うまい嘘をついているのではないかしら。

そんなふうに考えて行くうちに、私はまたギクンと思い当たることがあった。手帳だ。あれがその手帳だったのだ。中を見てはいけないといって私に荷造りさせたあの紙包みの中に、秋子さんの手帳がはいっていたのに違いない。私は自分の愚かさが無性に腹立たしくなった。

ともかく一度確かめて見ないでは気がすまなくなったので、私は大急ぎで再び郵便局に駆けつけ、事務員に頼んでみたが、その小包は一と足違いで本局へ送ってしまったから、もう取り戻すことは出来ないとの返事であった。この上は記憶している宛名先へ出かけて、岩淵という人物がどんな男か見とどけるほかはない。

私は翌日、ほんとうに滑石へ出かける決心をしていた。ところが、さてその翌日になってみると、もう手帳の穿鑿どころでない大事件が持ち上がってしまった。

密室の毒刃

翌日朝食をすませると、私は養虫園へ出かけるために、その附近の詳しい地図と旅行案内を見ておこうと、階下の叔父の書庫へはいって行った。書庫は建物の一方の隅にあって、その前に、控えの間というような五、六坪ほどの部屋があるのだが、私がその控えの間にはいろうとすると、中から男と女らしい話し声が聞こえて来た。意味はわからなかったけれど、確かに男女の声であった。

しかし、遠慮していては、書庫へはいることが出来ないので、私は咳払いをして、ゆっくりドアを開いたが、見ると、部屋の中には思いがけぬ三浦栄子がたった一人でたたずんでいた。

私は当惑して引き返そうかと思った。栄子には会いたくない理由があったのだ。その朝私は栄子から手紙を受け取っていた。すぐ近所に住んでいるくせに、手紙をよこすというのも変だし、その内容が実に鼻持ちのならない恋文のようなものだったので、今彼女と会ったのでは、私としていうべき言葉がないのだ。

栄子のやつは、今までのことは皆私が悪かったのだから許してくれ、離れて見るとやっぱり児玉家が懐かしい。どうか叔父さんにとりなして、もともと通り家族の一員に加えてくれ。私はあなたのおそばにいないでは生きがいのないことがハッキリわかった。というようなことを、いやらしい美文で、くどくどと書いてよこしたのだ。

元の廊下に引き返そうとすると、栄子のやつはすばやく私のそばにかけ寄って、

「お逃げなさらなくてもいいじゃありませんか」

と怨《えん》じた。私は耐らなく不愉快であったが、まさかそういわれて逃げるわけにもいかぬので、「おや、君でしたか」とよそよそしく呟くと、栄子はすねたような表情を作って、

「お気の毒さま、秋子さんでなくって」

と下品な口をきいた。

「君一人ですか。今話し声がしていたようだが」

「いいえ、一人っきりよ。あたし歌を唄っていましたからそれをお聞きになったのでしょう。だれもいやしませんわ」

栄子のやつどうやら嘘をついている様子だ。さっきのは確かに男の声であった。歌なんかと聞き違えるはずはない。だが見渡したところどこにも男の姿がないのは不思議だ。

私はツカツカと書庫の中へはいって、立ち並ぶ書棚のあいだを覗いてみたが、そこには人の気配さえない。おかしい。私のはいって来たドアのほかに出入口はないのだから男が立ち去ったとは考えられぬ。声は確かに聞いた。それが消えうせるようにいなくなってしまったのだ。実に不思議というほかはない。

「そんなことよりも、あの手紙お読みくださって？」

栄子は私にくっつくようにして、書庫の中へはいって来て、いやらしく話しかける。

「いや、忙しくてまだ読みません。こんな近くにいて、手紙なんかよこすことはないじゃありませんか」

私はあくまで突っぱなすような態度に出たが、この相手にはいっこう利き目がない。

栄子はいよいよあまったれた調子になって喋《しゃべ》りつづける。

「まあ、ひどいわ。ご本をお読みになる暇はあっても、あたしの手紙を読んでくださらないのね。じゃ、あたし云いましょうか。あのね、あたしほんとうに後悔していますのよ。叔父さんやあなたにお詫びしたいと思っていますのよ。許していただけないかも知れないけれど、でも、あたし淋しくって、昔の生活が思いだされて仕方がありませんの……」

「待ってください。僕は今少し急ぐことがあるんだ。君のそんな話を聞いているひまはないんです。あとにしてください。明日か明後日、またゆっくり聞きましょう。今は勘弁してください」

私はもう我慢が出来なくなって、栄子を押しのけたまま地図を探しはじめた。

「いいわ、北川さん、あなた秋子さんがどんな人かご存知……今見せて上げるわ。待っていらっしゃい」

栄子は訳のわからぬことを、まるで夜叉《やしゃ》のような勢いで呶鳴り立てたかと思うと、物狂おしく部屋を駈け出して行った。

私はむろん留めはしなかった。厄介払いをしたような気持で、地図探しをつづけたが、もし栄子の恐ろしい決心を知ったなら、私はどんなことをしても、彼女を引きとめるためにあとを追ったに違いない。ああ、その見通しがつかなかったばっかりに、実に取り返しのつかぬことが起こってしまった。だが、私の敵は栄子一人ではなかった。その時栄子よりも早く、もう一人のもっと恐ろしいやつが、私の身辺に近づいていた。

私は地図を探すために、書庫の中をあちこちと歩きまわった。そして、大きな書棚に背を向けてしゃがんでいたときであった。私は背中に鋭い痛みを感じた。

ハッとして振り向くと、そこに白く光った双刃《もろは》の剣が突き出ていた。だが、それが私の目を射たのは一瞬間であった。よく見直そうとするうちに、剣は消え失せてしまった。しかもおかしいことに、それは本棚に並んでいる洋書の中へ消え去ったように見えた。人の姿はどこにも見えなかった。隠れるような場所もなかった。まるで魔法のように空中から剣がひらめいて、私を刺した感じであった。

幻覚かもしれない。だが、幻覚かどうかを確かめる余裕はなかった。私はたちまち眩暈《めまい》がしてそこに倒れてしまったからである。

ますます不思議だ。背中の傷は焼くように痛むけれど、気を失うほどの深傷《ふかで》ではない。それにもかかわらず、私はパッタリ倒れたまま身動きが出来なくなってしまった。いや身動きばかりではない。人を呼ぼうとしても、まるで唖になったように声が出ないのだ。つまり全身の筋肉が無感覚になってしまったのだ。

腑甲斐ないことだけれど、じっと倒れているほかはなかった。耳も聞こえるし、目も見えるし、思考力もある。ただ筋肉だけがいうことをきかないのだ。そこで、私の思考力はめまぐるしく回転した。

いったいこれはどうしたというのだ。人間がいなくて剣だけが空中から飛び出して私を刺した。刺されたかと思うと、傷の痛みとは別に全身不随になり、唖になってしまった。こんな不思議なことがあり得るだろうか。恐ろしい夢でも見ているのではないのかしら。

それについて思い出されるのは、さいぜん控えの間にはいる前、男の声を聞いたことだ。あの時も声だけがして、姿はまるで見えなかったではないか。すると、この辺に肉眼では見ることの出来ない人間が、さまよっているとしか考えられない。

そのまるでガラスみたいに透明なやつが、現に私の全身にのしかかり、私の口を蓋しているのではないだろうか。

私はゾッとしないではいられなかった。理窟では考えられない魔法の国へでもはいったような、一種異様の不気味な感じであった。

だが、私がそういう奇妙な状態で、本棚の蔭に横たわっていた時、次の控えの間から二人の女の話し声が聞こえてきた。そして、それが実に身の毛もよだつ大椿事の発端となったのだ。

「北川さんはどこにいらっしゃるのですか」

それは秋子さんの声であった。

「あら、どうしたんでしょう。いないわねえ」

それは栄子のやつの妙に潤《うるお》いのある声であった。その声とともに、栄子の姿が書庫の入口に現われ、室内を見廻す様子であったが、まさか私が書棚の蔭に倒れていようとは知らぬものだから、いないものと思いこんで、そのまま控えの間に引き返してしまった。

「でも構わないわ。あたしあなたにお話があるのよ」

「あたし、北川さんが呼んでいらっしゃるとおっしゃるので、来たんですけれど、あなたのお話でしたら、のちほど伺いますわ」

では栄子のやつは私が呼んでいるなんて嘘をついて、秋子さんをここへ引っぱって来たのだな。

「いいえ、そんなゆっくりしたことじゃありませんの。今すぐお話ししなければならないのです」

「それじゃおっしゃってください。どんなご用ですの？」

「あなた、手を引いてくださいませんこと？」

ああ、なんという毒々しい口のきき方だろう。

「手を引けって？」

「叔父や光雄さんをたぶらかすことを今日限りよしていただきたいと思いますの」

「まあ、何をおっしゃるんです。たぶらかすなんて」

「いいえ、そうです。あたしは何もかも知っています。あなたは恐ろしい秘密を持っていらっしゃるじゃありませんか。児玉家は判事まで勤めた正しい家柄です。あなたのようなうしろ暗い人の来るところじゃありません」

「まあ、栄子さん、それはあんまりですわ。あたし何もうしろ暗いことなんか……」

「ホホホホ、ないとおっしゃるの？　それじゃ見せてください。見せられないでしょう。ほらね。それが何よりの証拠じゃありませんか」

「何を見せよとおっしゃるの？」

「あら白々しい顔をして、ホホホ。……あなたの左の手首よ。その長い手袋を脱いで見せてくださいというのよ」

「エッ？」

「ホホホ、……まあ、まっ青になったわね。それでもうしろ暗いことがないっていうの？　さア、見せてください。さア」

「いけません。栄子さん。勘弁してください。あなたのおっしゃる通りにします。あたし今日限り児玉家から立ち去ります。ですから、どうかこれを脱ぐことだけは勘弁してください」

だが栄子のやつはいよいよ勝ち誇って、もうそんな妥協に応じようとはしなかった。いきなりむしゃぶりついた様子だ。二人の若い女が無言のまま上を下に格闘している物音が手に取るように聞こえて来る。

読者諸君、私のその時の焦躁を察してください。秋子さんを助けたい。栄子のやつを叩きのめしてやりたいと、気はあせるけれど、身体はまったくいうことをきかないのです。呶鳴りつけようにも声が出ないのです。

「まあ、……恐ろしい！」

突然栄子の震え上がるような叫び声がした。彼女は見たのだ。ついに目的を達して、秋子さんの手袋をめくり取ったのだ。そして、彼女の左手首の秘密を目撃したのに違いない。でなくて、あんな魂《たましい》も凍《こお》るような叫び声を立てるはずはない。

ああ、可哀そうに、秋子さんは、あれほど苦心をして、隠しに隠していた秘密を、栄子のお茶っぴいのために、とうとう見露《みあら》わされてしまったのだ。だが、その左手首の秘密とはいったいなんであろう。ああ、起き上がれないのが残念だ。

「栄子さん」

秋子さんの異様に落ちつき払った鋼鉄のような声が聞こえて来た。

「あなたは、これを見ましたね。さア、お誓いなさい。決してこの秘密を人に漏らさないとお誓いなさい」

「いやです。あなたはあたしを脅迫なさるのですか」

栄子の声は震えている。どうやら主客転倒の形だ。

「ええ、脅迫しますとも、決して他言しないと神様にお誓いなさるまでは、この部屋を一歩も外へは出しません。さア、お誓いなさい」

秋子さんはそう云いながら、あちこちと歩きまわって、窓には鑰《かけがね》をかけ、ドアには鍵をかけ、栄子が控えの間から出られないように忙しく立ち働いた。私の倒れている場所からも、チラチラとその姿が眺められた。

「まあ、何をなさるのです。その鍵をお渡しなさい」

栄子はもう泣き声である。

「いいえ、渡しません。あなたが誓うまでは、決して渡しません」

二人はまたもや組みうちをしそうになった。烈しい息遣いが聞こえる。

私はもうほうっておけないと思った。今度はどちらかが傷つくかも知れない。いや傷つく以上のことが起こるかも知れない。

私は動かぬ身体に全身の力をこめて起き上がろうとした。やっと少しばかり上半身が動いた。五寸、六寸、一尺ばかり身を浮かすことが出来た。しかし、それが精一ぱいであった。アッと思う間に、私はまたバッタリ転がってしまった。そして、その拍子に「ウーム」と一《ひ》と声《こえ》うめいたまま気を失った。

ふと気がつくと、

「北川さん、しっかりしてください、北川さん、北川さん」

と、しきりに私を介抱しているものがある。秋子さんだ。私のさっきのうめき声に、驚いて駈けつけたに違いない。

「栄子さん、早く来てください。北川さんが大変です。栄子さん、まあ、栄子さんはどうなすったのでしょう」

栄子は返事をしない。すねているのであろう。

私はそんな中にも、秋子さんの左手に目を注がないではいられなかった。栄子をあのように驚かしたものがなんであったかを確かめたいと思った。だが、秋子さんはさすがに用心深く、手首のところへハンカチを巻いて、いち早くその箇所を隠してしまっていた。

「栄子さん、栄子さん」

彼女はまた控えの間に向かって連呼したが、依然として答えがない。

「北川さん、少しお待ちくださいね。あたし一人ではどうすることも出来ませんから、栄子さんを呼んで手伝っていただきますからね。早くベッドへお連れしなければ、そしてお医者さまを呼ばなければ」

秋子さんは気が気でないように云い残したまま、控えの間にはいって行ったが、

「あら、どうしたんでしょう。栄子さんたら、どっかへ隠れてしまって」

と、さも不思議そうな声が聞こえて来た。

だが、隠れようとて、控えの間には、人間一人隠れおおせるような場所はないのだ。ドアの鍵は秋子さんが離さず持っているのだし、私の倒れている場所からも出入口が見えるのだが、そこは密閉されたまま開かれた形跡はない。

「どうしましょう。栄子さんが見えなくなってしまいましたわ、どこにも出て行くところなんかありやしないのに」

秋子さんのびっくりしたような顔が帰って来た。

「窓もドアの中からしまりがしてあるのですか」

私はやっと声が出せるようになって、気がかりなまま尋ねてみた。

「ええ、そうですの。あたしが締《しま》りをしましたの。それがどこも元のままなのに、栄子さんの姿が見えなくなってしまったのです」

読者諸君、こうして三浦栄子は永遠にこの世から消えうせてしまったのである。だが、人間一人水のように蒸発することは出来ない。そこには何かカラクリがなければならなかった。いずれ彼女は何者かによって、どこかへ運び去られたのに違いない。誰が？如何なる手段によって？

だが何人《なんぴと》もそこまでは想像出来なかったに違いない。数日ののち、彼女があのような恐ろしい死体となって、あのような意外な場所から現われようなどとは。

名探偵

栄子の不思議な消失のことはともかくとして、私の手傷を捨てておくわけにはゆかぬので、秋子さんは鍵で戸をあけて家人を呼びに走ってくれたが、やがて、叔父をはじめ召使たちが駈けつけて、私は別の一《ひ》と間《ま》のベッドの上に運ばれた。

さっそくK町の医院へ電話がかけられ、間もなく医師が来診してくれたが、私の容態を見て、いぶかしげに小首を傾けた。

「おかしいですね。傷は大して心配するほどのことはないのですが、このくらいの傷で身動きが出来なかったり、口がきけなかったというのは、如何にも変です。検査をしてみなければ、ハッキリしたことは申せませんが、これは刃物の先に何か毒物を塗ってあったのではないでしょうか。印度《インド》に産する(注6)クラーレという草やグラニールという草の汁を刃物の先につけて人を刺すと、ちょうどこんな症状を起こすということを書物で見たことがあります。しかし、そういう毒草が、この辺で手にはいるとは思えませんがねえ」

　そして私の血液を検査して見ることになったが、結局確実なことはわからなかった。しかし、そういう毒草でも使用しなければ、即座にあんな反応を示すことはない。普通の薬局などで、手にはいる薬でないということだけは確かめられた。

　すると、この屋敷には、医者でさえわからないような毒物を所持する、恐ろしい刺客《しかく》が入り込んでいるのであろうか。それにしても、まったく人の姿はなく、空中から剣が湧き出したとしか思えないのだから、ますます奇々怪々である。

　叔父はすぐさま書庫を綿密に調べてくれたが、だいいち私を刺した刃物すら、現場には影も形もないことがわかった。では、私のチラッと見たあの剣のようなものは、何かの幻覚だったのかしら。しかし、幻が人を傷つけるなんて、話に聞いたこともないではないか。

幽霊塔にはやっぱり幽霊が出るのかも知れない。あれは渡海屋の幽霊の仕業だったのかも知れない。ばかばかしい想像だけれど、怪談とでも考えるほかには、理窟のつけようがないのだ。

それから、もう一つの出来事の方も、幻の短剣に劣らぬ奇怪事であった。三浦栄子はいったいどこへ行ったのか。密閉された部屋の中で僅か三、四十秒のあいだに、まるで蒸発でもしたように消えうせてしまった。これもまた怪談である。栄子のやつ、秋子さんの秘密を発《あば》いた天罰で、幽霊に攫《さら》われてしまったのかも知れない。

むろん屋敷の中は一階から三階まで、時計塔の機械室までも、手分けをして家探しをしたが、栄子の姿はどこにもない。広い庭も隅から隅まで捜索したし、もしや家《うち》へ帰っているのではないかと、栄子の借りている別荘へ人をやって訊ねて見たが、そこにもいないというのである。

やがて、叔父の訴えによって、K町の警察から多数の警察官がやって来て、綿密な調査をしたけれど、これという手掛かりも得られなかった。一日とたち二日と過ぎても、幻の短剣の秘密は少しも解けないし、栄子の行方もまったくわからなかった。

県警察部でも、何しろ元地方裁判所長の屋敷の出来事だし、事件の性質が如何にも奇怪なので、捨ておけずとあって、県下第一の名探偵といわれている、長崎警察署の森村《もりむら》刑事に命じて、この事件を捜査させることになった。

森村名探偵が私たちの屋敷へやって来たのは、事件の三日後のことであった。その頃は、私の負傷もいくらかよくなって、部屋の中ぐらいは歩けるほどになっていた。

森村探偵というのは、年頃は三十五、六歳、背が高くて引きしまった体格、浅黒い顔に、鋭い目、鼻下には洒落《しゃれ》たチョビ髭をたくわえた、如何にもはしっこそうな男である。

叔父はかねて知り合いの仲なので、何か手掛かりをつかむまでは邸《やしき》に泊りこんで調べてくれるように申し出たが、探偵も元裁判所長の申し出を喜んで受けることになった。

探偵はその日一日、家族の一人々々と問答をしたり、屋敷の内外を歩きまわったりして、捜査に努めたが、夜になって、食事のあとで彼が語ったところによると、私を傷つけた短剣がどうして現われたか、また、栄子が密閉された部屋からどうして消え失せたかということは、さすがの探偵にもまだ解釈がつかなかったが、少なくとも二つの重大な手掛かりが発見され、それが二つとも、どうやら栄子の行方不明について、何かしら不気味な消息を語っているらしいということであった。

その一つは、秋子さんと栄子とが口論をした部屋に、大きなテーブルがおいてあるのだが、そのテーブルに掛けてあった紋織《もんお》りのテーブル掛けが、事件の日から紛失していることであった。

これはむろん、森村探偵が発見したというわけではなく、あの当日女中の一人が気づいて、警察官にも話したのであるが、それを一つの有力な手掛かりとして取り上げたのは森村氏であった。

「皆さんに訊ねて見たのですが、どうもあのテーブル掛けは、栄子さんと一しょに消えうせているらしいのです。問題は、栄子さんが姿を消すについて、どういうわけで、あの大きなテーブル掛けが必要であったかということです。そこに謎があるのですよ」

探偵はチョビ髭のはえた口辺に奇妙な薄笑いのようなものを浮かべて、こんなことを云った。

「すると、栄子があのテーブル掛けを持って、どこかへ姿をくらましたとでも……」

叔父が変な顔をして聞き返すと、探偵は、いやいやと手をふって、

「そうじゃありますまい。栄子さんはご自分の力であの部屋を出られたのではないでしょう。何者かが栄子さんの自由を奪って、連れ出したのです。連れ出すについて、どうしてテーブル掛けが必要だったかということです。……ひょっとすると、もうその時、栄子さんは生きていらっしゃらなかったかも知れませんよ」

「では、栄子はあの部屋で殺されたとおっしゃるのですか」

「断言は致しません。しかし、これにはもう一つ、テーブル掛けなんかよりは、ずっと重大な手掛かりがあるのです。裏庭の林の中に池がありますね。あの池の岸に、一カ所ひどく草の乱れたところがあるのですよ。何か人の辷《すべ》り落ちたとでもいうようなふうに、草が踏みにじられて、やわらかい土に大きなもので擦《こす》ったような痕《あと》がついているのです。

「それがちょうど低い木の茂みのうしろだものですから、どなたもお気づきがなかったらしい。警察のものにも訊ねてみましたが、迂潤にも見落としているのです。

「道も何もない茂みの蔭ですから、庭を散歩していて、あんな場所へはいるということは考えられません。わざと人目につかぬところを選んで、何者かがあすこへ立ち入った。そして、あんな大きな痕のつくような何かの行為をした、と想像するほかはないのです」

　叔父も私も、それを聞くとギョッとしないではいられなかった。むろんそんな場所に人の辷り落ちたような痕のあることは、今の今まで、だれも知らなかったのである。

「非常に突飛《とっぴ》な想像ですが、私はこの池の岸の状況と例のテーブル掛けの紛失とを結びつけて、一つの犯罪径路を描いてみたのです。

「そこで、私は明朝、あの池の底を探ってみたいと思うのです。ひょっとしたら私の推察は間違っているかも知れません。しかし、今日一日、あれほど充分調べましたのに、ほかに何一つ手掛かりが得られなかったとしますと、たとい無駄であっても、一応池の底を探って見るほかはないと思うのです」

むろん叔父も私も、この探偵の申し出に不賛成を唱える理由はなかった。そこで、その翌日は、近所の百姓を雇って、古池に舟を浮かべ、いよいよ池の底を捜索することになった。

読者諸君、この名探偵の推察は果して的中したであろうか。古池の底から、私たちはいったい何を発見するであろう。事件はますます異様に不気味に進んで行くのである。

異様な風呂敷包み

翌日の早朝から、裏庭の古池に一艘の小舟が浮かべられ、それに森村探偵と二人の人夫とが乗って、錨《いかり》を結びつけた麻縄《あさなわ》や、錨のついた竹竿で、池の底を探る作業を始めた。

K町の警察からも数名の警官が出張して来たし、叔父の家のものは皆池の岸に立って捜索の模様を見物していたし、例の青大将の長田長造も、騒ぎを知って駈けつけて来るし、裏庭の林の中は、時ならぬ賑いを呈したのである。私は負傷が治りきっていないので、医者の注意を守って、野外に出るのを見合わせ、裏庭に面した部屋の安楽椅子に腰かけて、窓からその様子を見守っていた。

ややニ時間ほどのあいだ、小舟はなんの収穫もなく古池の中を漕ぎ廻っていたが、ついに人夫の一人が、妙な叫び声を立てたかと思うと、池の底を探っていた錨の綱を熱心に引き上げはじめた。

こちらから見ていると、錨にかかったものは、なかなか重い様子で、一人の力には及ばぬらしく、もう一人の人夫も、自分の竹竿を捨てて、加勢を始めた。森村探偵も二人のそばに寄って、一心に池の中を覗きこんでいる。

私は少し動悸が早くなるような感じであった。池の岸に見物している人々のあいだにも、異常な緊張が見受けられた。

麻縄は二人の百姓の手によって、一寸ずつ、一寸ずつたぐり上げられ、やがて、黒い錨が水面に頭を出した。そして、その錨の先には、何か嵩張《かさば》った布の塊のようなものが引っ掛かっていた。

それがだんだん水面に現われて来るに従って、何かべら棒に大きな、風呂敷包みのようなものであることがわかった。大きな布の四角《よすみ》をまん中に合わせて、結びつけてあるように見える。

おや、あれは何かしら？

その風呂敷包みのあいだから白いものがニューッと突き出している。泥に汚れてまだらになった非常に不気味な感じのものだ。

私はなぜかゾッとして、思わず顔をそむけたが、怖いもの見たさで、またその方を眺めないではいられなかった。

もう巨大な風呂敷包みはすっかり、水面に現われて、今三人がかりで小舟の上に引き上げているところであった。が、よく見ると、あの白いものは人間の足の形をしていることがわかった。もう一方から突き出しているのは、人間の腕だ。空《くう》を摑《つか》んだような指の恰好まで、ありありと見えている。死骸だ。死骸が奇妙な風呂敷包みになって、池の底に沈められていたのだ。

森村探偵の想像は見事に的中した。栄子はやっぱり殺されていたのである。

半ば予期したこととはいえ、死骸の風呂敷包みという、この無残な有様を見ては、今さらのように驚愕と悲歎とを感じないわけにはいかなかった。

栄子は悪い女だったけれど、こうなってみると実に可哀そうだ。幼い時から兄妹のようにして育った仲だけに、肉親の死骸でも見せつけられるような、なんともいえぬ悲痛な感じである。私ばかりではない。叔父などは一そう不憫《ふびん》に思ったのであろう。見れば池の岸に立って、両手で顔を押さえている。泣いているのかも知れない。

それにしても、これは尋常一様の犯罪事件ではないようだ。いったい犯人は何者であろう。私はふとそこへ考え及ぶと、まるで傷口にでもさわったような感じで、慄然《りつぜん》としないではいられなかった。

私は思わず池の岸に立っている人々のあいだを、目で探しまわった。しかしその人の姿はないのだ。若い女の身でこんな激情的な場面に立ち合うことを避けたのかも知れないけれど、ただ一人その人の姿が見えないというのも、なんとなく疑えば疑えぬこともないような気がした。

私はその人のために、まるで我が身の上のような恐れを感じた。愛しているからだ。たといその人が恐ろしい殺人者であったとしても、私のこの深い愛情は醒《さ》めそうにないからだ。

やがて、小舟は人々の激情のうちに岸に漕ぎ寄せられ、無残な死体は黒く群がる人々のあいだに挟《はさ》まれて、母屋の一室へと運ばれた。むろん私はすぐさま死体のおかれた部屋へはいって行った。

そこでは森村探偵が主人公であった。彼は人夫に命じて風呂敷包みを解かせながら、

「児玉さん、これが紛失したテーブル掛けです。私の突飛な想像が当たりました。犯人

は死体が浮き上がらぬよう、大きな石と一しょに、このテーブル掛けに包んだのです」と説明した。

テーブル掛けの風呂敷包みが解かれていくにつれて、無惨な死体の腿《もも》が現われ、腹部が現われ、ふっくらとした胸が現われた。それらの肉体の、まだ生きているような水々しさが、人々の涙をそそった。私は幼馴染《おさななじみ》の変わりはてた姿に、思わず顔をそむけた。

だがちょうどその時、人々の口から「ハッ」というような、ただならぬ声が発せられた。

「これはひどい！」

森村探偵のゾッとするような呟きが聞こえた。

何事かと、私は再び死体に目をやったが、一目《ひとめ》それを見ると、ウッと息を呑まないではいられなかった。

包みをすっかり解いてみると、この死体には首がなかったのである。喉のところを鋭利な刃物で切断したらしく、可哀そうな栄子は、非常に不恰好な胴体ばかりの姿になっていた。

森村探偵を初め、長いあいだだれも物をいわなかった。ただお互いに目をそらし合って、まじまじとたたずんでいた。

だが、いつまでもそうしているわけにはいかぬ。探偵の発議によって、再度池の底を探ってみることになった。しかし、更に二時間にわたる捜索はまったく無駄に終わった。栄子の首と胴体とは別々の場所に隠されたとしか考えられなかった。

　死体は着衣は剝ぎ取られていたけれど、左手の指にはめた二つの指環が、栄子に違いないことをハッキリ物語っていた。その一つは叔父が数年前妻の形見として与えたもので、ほかには類のない品であった。人々は皆その二つの指環を見覚えていた。

「実に惨酷だ。僕は栄子さんのために復讐しなければなりません。森村さん。警察の方々も聞いてください。僕はこの犯人の捜索に千円（注7）の懸賞をつけたいと思います。どなたでも、真犯人を捕えてくださった方に、それだけの現金を即座にお渡しします」

　まだその場に残っていた長田長造が、青ざめた顔に決心の色を浮かべて申し出た。

　長田はああして、栄子と夫婦のように同居していたのだし、彼自らも栄子と婚約を結んだといっていたほどだから、妻の復讐を思い立つのは至極もっとものことであった。

「そうですか。それはわれわれも大変励みになるわけですが、今になってみると、私は少し見こみ違いをしていたのではないかと思うのです。まさか首無し死体とは思いも及びませんでした。死体に首がないとなると、この事件は非常にむずかしいことになります。これは決して簡単な殺人事件じゃありませんよ」

　森村探偵はなぜかひどく失望の面持ちで、考え考え物をいった。

「それにしても、わざわざ死体の首を斬り離すなんて、犯人はどうしてこんな惨酷な真似をしたのでしょう」

叔父はなんとなく腑に落ちぬ様子である。

「それは犯人が栄子によくよく深い恨みを持っていたのですよ。ただ殺しただけでは気がすまなかったのでしょう。昔から例のないことではありません。それにしても、栄子をそれほど恨んでいたやつは何者でしょう。僕にはなんだかその辺に、そいつがウロウロしているような気がしますよ」

長田長造がジロリと私の顔を見ながら、奥歯に物のはさまったような云い方をした。私は、ギョッとしないではいられなかった。実は私自身さえも、ひそかにその人を疑っていたからである。万人の見るところは同じに違いない。森村探偵もそ知らぬ振りをしながら、内心では彼女を容疑者と目ざしているのかも知れない。

彼女とはいうまでもなく秋子さんだ。栄子は秋子さんにはどんなに恨まれても仕方のないような事を仕出来《しでか》している。秋子さんを猛虎の部屋へとじこめて、その牙にかけようとさえした。つまり殺人未遂の大罪まで犯しているのだ。

そのほか栄子は秋子さんの素性を発《あば》こうとして、いろいろ意地のわるい企らみをした。満座の中で罵り辱《はずか》しめたこともある。そして、事件の当日はあのいさかいだ。

あの時秋子さんは、もしそれがわかっては身の破滅になるような、左手首の大秘密を、栄子に見られてしまった。秋子さんは心から立腹した。他言しないと誓わなければ、どんな目に遭わせるか知れないとさえ公言した。女にあるまじき取っ組み合いさえ始めた。そして、その直後私が意識を失っている間に、栄子の姿が消えてなくなったのだ。

ほかに犯人がないとすれば、先《ま》ず秋子さんに疑いのかかるのは当然のことである。私は不本意にも、愛する人を疑わないではいられなかった。しかし、もし彼女が真犯人であったとしても、私の愛情は決してさめないであろう。それどころか、独りぼっちでこの苦境に立っている彼女を、命を的《まと》にしても救いたいほどに感じていた。いざという場合には、森村探偵と決闘してもいいとさえ思っていた。

意外意外

昼食の時には、秋子さんは部屋にとじこもったまま、気分がわるいといって顔出しをしなかった。附添婦人の肥田夏子も、例の熱病がまだ全快していないのを口実に、今朝から姿を見せなかった。

秋子さんが昼食に出ないとわかった時、一座の人々は「無理もない」といわぬばかりに、目でうなずき合っているように見えた。皆が彼女を疑っているのだ。しかし、迂潤にそれを云い出すものはだれもいなかった。会話の中へ彼女の名が出そうになると、ハッとして噛み殺すという有様であった。

検事の臨検は、午後三時ごろになるだろうという話なので、それまでは栄子の死体を納棺《のうかん》するわけにもいかず、ただ一室に蒲団《ふとん》を敷いてその上に死体を横たえ、上から白布をかぶせたばかりであったが、それが終わると叔父は悲しみに打ちひしがれて、一室にこもってしまうし、森村探偵は報告書を作るのだといって、叔父の書斎へはいるし、私は話し相手もなく、ただイライラと秋子さんの身の上を心配するばかりであった。

諸君、この時の私の胸中をご推察ください。私は生涯のうちに、いろいろ怖い目や、危ない目にも遭ったけれど、それから二時間あまりのあいだに味わったなんともいえぬ苦しさは、ほかに比べるものがなかった。

探偵に会って彼の判断を聞いてみようか。いや、私には恐ろしくて、とてもそんな気にはなれなかった。秋子さんの部屋を訪ねて、彼女を慰《なぐさ》めようか。いやいや、これは一そう恐ろしいことだった。

私はもう医者の注意など忘れてしまって、一人で庭の林の中を歩きまわった。気違いのように歩きまわった。二時間あまりというもの、自分がどこを歩いているのか、何をしているのか、ほとんど意識しないで、グルグル廻る脳味噌《のうみそ》の中で、なんの意味もないことを繰り返し繰り返し考えつづけた。

「北川さん、何をお考えですか」

突然声をかけられて、ハッと振り向くと、そこに恐ろしい森村探偵が立っていた。

「いや、別に。退屈なものですから、歩きまわっているのですよ」

私は変なことをいってしまった。すると、探偵は別に怪しむ様子もなく、一歩私の方に近づいて、声を低くして云い出すのであった。

「北川さん、あなたはこの事件をどうお考えですか。犯人は何者とお思いになりますか。長田さんのご意見も聞いてみましたが、あの方は秋子さんが怪しいとハッキリおっしゃっているのですよ」

私は腋《わき》の下からタラタラと汗を流しながら、しばらくは口もきけなかったが、やっと心にもない答えをした。

「ハハハハハ、そんなばかなことがあるものですか。秋子さんの気質はよく知っていますが、そんな残酷な真似の出来る人ではありませんよ」

「そうでしょうね。僕もなんとなくそんなふうに感じるのです。しかし、いろいろな事情がすべてあの人を指さしていますので、私も一応は疑ってみました。ところが、池の中から現われた死体に首がないとなると、その考えは放棄しなければなりません。おわかりですか。今度の事件で一ばん重大な点は、この死体の首がないということですよ」

愚かな私は、この探偵の意味ありげな言葉を理解することが出来ないで、ただなんとなく聞き返した。

「と云いますと？」

「犯人はなぜ首を切断しなければならなかったかということです。憎悪のあまりそういう振舞いをすることは考えられなくもありません。しかし、その首だけをわざわざ別の場所へ隠すなんて、理由がないではありませんか。あのテーブル掛けを使ったり、指環をそのままにしておいたところをみると、被害者がだれだか分からないようにするためではないのです。僕はこれはまったく逆に考えなおしてみなければならないのじゃないかと思うのですよ。

「ところでね、北川さん、一つお願いがあるんですが、あなた、栄子さんの死体を、もう一度よく見てくださるわけにはいきませんでしょうか」

探偵の目的はここにあったのだ。私はまだ彼の言葉がよく腑に落ちなかったけれど、何かしらおぼろげな曙光《しょこう》のようなものが、私の胸中に漂いはじめたので、いわれるままに探偵のあとに従って、栄子の死体のおいてある部屋へはいって行った。

洋室の床の上に、白いシーツをかけた蒲団を敷いて、その上に人体の裸形《らぎょう》の曲線を描いて白布が蔽《おお》われていた。頭部がスッポリ落ちこんで、異様に背の低い人の姿が、なんともいえぬ不気味さであった。

「さア、よく見てください」

探偵は私を前へ押しやるようにして、重々しい調子でいった。

私は思わず、白布の隅を取って、死体の足の方をめくり上げた。

そこには二本の青白く、ふっくらとした女性の足があった。これがあのお茶っぴいの栄子のやつかと思うと、私は鼻の奥がキュウと痛くなって来た。もう少しで涙をこぼすところだった。

だがその瞬間、まるで稲妻のように、私の頭の中に閃《ひら》めいたものがあった。

ああそうだ。栄子の右の足の腓《ふくらはぎ》には大きな傷痕があったはずだ、七、八つの時分、私と一しょに避暑地の海で遊んでいて、大怪我をしたことがある。その痕が今でもだんだん大きくなっていると、いつか栄子自身話していた。

私はこの思いつきにワクワクしながら、死体の両方の足を綿密に調べてみた。ところが、これはどうだ。そこにはかすり傷の痕さえも見当たらぬではないか。私はわが目を疑って、何度も見なおした。探偵にも見てもらった。しかし、やっぱりなんの痕もないのである。

当時五つ針も縫ったほどの大怪我だから、その傷は成人するにつれて大きくこそなれ、消えてしまうはずはないのだ。

私はさらに白布をめくって、全身を眺めた。じっと眺めていると、あらゆる部分が、なんとなく栄子ではないように感じられて来た。栄子の腕はこんなに太くはなかったはずだし、指などもどこかしら形が違っていた。

私は茫然として探偵の顔を眺めた。

「違ってますか」

森村氏はさてこそといわぬばかりに、やや得意の色を浮かべて訊ねた。

「ええまったく違っています。森村さん、これは栄子じゃありません。偽者です。偽者です」

私は嬉しさのあまり、思わず甲高《かんだか》い声を立てた。

「やっぱり僕の想像が当たりました。それでこの事件はまったく別のものになってしまったのですよ。僕は至急長崎へ帰らなければなりません。こんな事件は現場附近をいくら捜査したって無意味です。この謎を解く鍵は恐らく長崎に在るのですよ」

探偵はもう次の捜査方針を立てていた。むろん私にはその意味がよくはわからなかったが、さすがは名探偵といわれる人だけに、脳髄《のうずい》の廻転の早さは驚くばかりであった。

さて、死体が偽者であるとわかると、またしても家内じゅうの大騒ぎとなったが、いったいこの事は何を意味するのであろう。考えてみれば実に変てこな話である。三浦栄子が消え失せて、その代わり一個の死体が発見されたが、それが栄子の死体ではないとすると、彼女は依然として行方不明のわけである。いったい全体どこへ神隠しにあったのであろう。それから、今度は死体の主が恐ろしい疑問となって残るのだ。あれはそもそも何者の死体なのか、だれが殺したのか、そして、だれがあの古池へ沈めたのか。

その上おかしいのは、栄子のでもない死体が、栄子の指環をはめていたことである。と考えて来ると、どうやらこれは、別人の死体を栄子と見せかけ、あの部屋のテーブル掛けなどに包んで、秋子さんを殺人の罪におとしいれる魂胆に違いない。だが、何者がそんな恐ろしい魂胆をめぐらしたのか。

はてな、もしかしたら、その陰謀の主は栄子のやつではないのかな。あの場合栄子のほかにそういう企らみをおこない得るものはなかったはずだ。そうだ。それに違いない。なんてあきれ果てた女だろう。虎に喰い殺させようとしただけでは足りないで、今度はこんな手のこんだ復讐を企らむとは、思えば恐ろしいやつだ。これではもうお茶っぴいどころか、押しも押されもせぬ大犯罪者じゃないか。

それにしても、あいつはどこからこんな死体を手に入れたのか。その首はどこへやったのか。あいつは秋子さんをおといれるために人殺しまでしたのであろうか。だいいち不思議に堪えないのは、どうしてあの密閉された部屋を逃げ出したかということだ。だが、それらの謎は、ずっと後になるまで、私にはまるで見当もつかなかった。

暗夜の怪人

私は何はおいても秋子さんを安心させてやらなければならぬと考えた。彼女が朝から一《ひ》と間《ま》にとじこもって、姿を見せないところをみると、定めし我が身に疑いがかかりはしないかと恐れているのに違いない。

行ってみると、秋子さんは机の前に端然と腰かけて、何かの本に読み入っていた。例によって奥底の知れない落ちつきぶりだ。

「秋子さん、安心して下さい。池の中から引き上げられた死体は栄子ではありませんでしたよ」

私は彼女と並んでそこの長椅子に腰をおろすと、いきなりそれをいって、手短かに前後の事情を物語った。するとさしも冷静な秋子さんも、よほど嬉しかったものと見えてぽっと頬《ほお》を赧《あか》らめながら、ニコニコとした。

「まあ、そうでしたの。またあなたに救われましたわ。いつかの虎の時と、これで二度目ですわね。ほんとうにお礼申します。あたし、きっと嫌疑をかけられるだろうと思って、実は気が気じゃありませんでしたの。むろん身に覚えのないことですから、構わないようなものですけれど、だんだん原因にさかのぼって、調べられるのが怖かったのです。そうすれば、何もかもわかってしまって、私がこれほど苦労していることがすっかり駄目になってしまうのですもの」

「ああ、いつかおっしゃった秘密の使命とやらですね」

「ええ、それですから、あたし万一のことを考えて、実は弁護士の黒川さんを呼びましたのよ。つい今しがた帰ったばかりですの」

「ヘエー、黒川君を？　あなたはよほどあの男を信頼していらっしゃるようですね。このあいだあんなことがあったばかりなのに」

私は嫉妬を感じないではいられなかった。思わず不機嫌な口調になった。

「あら、信頼なんて。あの、これにはいろいろ事情がありますの。でも詳しいことは、どうか聞かないでくださいまし。いつか時が来れば何もかもおわかりになるんですから」

秋子さんは切なそうだ。その様子を見るとつい可哀そうになって、これ以上責め問う気にはなれぬ。

「しかし、僕は黒川君がうらやましいなあ。それほどあなたに頼みにされているかと思うと」

「あら、頼みといえば、あたし、あなたをどんなにかおたより申しているでしょう。それに、二度も危ないところを助けていただいたのですもの。ほんとうに感謝していますわ」

「ねえ、秋子さん」

私は、もう自分を制することが出来なかった。この奇妙な機会に、とうとうそれを口にしてしまった。

「それがほんとうならば、僕に約束してくださることは出来ませんか」

私は非常な勇気を出して、並んで腰かけている彼女の右手を取った。

「あら、あたし、そういうお約束の出来る身分ではありませんのよ。あたし、いろいろ深い事情がありまして、奥様なんかになれる身の上ではないのです」

しかし、彼女は別に私の手を振り払うでもなかった。女らしい恥じらいを一生懸命になって隠そうとしている様子が、こよなくいじらしかった。

「どういう事情か知りませんが、そんなもの、僕の力でなくして見せます。ただ、あなたがその秘密を僕に打ちあけてくださりさえすればいいのです」

私はいよいよ大胆になった。

「いいえ、それはとても駄目ですの。あなたにどれほどの智恵や力がおありなすっても、この私の不思議な運命を打ち開いてくださることは出来ません。人間業《にんげんわざ》には及ばないほどの、それはそれは深い事情がありますの。これがお話し出来たら、あなただってきっと無理はないと思ってくださるでしょうにねえ」

秋子さんは、さも苦しげにホッと溜息をついた。見れば日ごろの彼女にも似合わない、今にも泣き出しそうな表情になっている。私はますます彼女が可哀そうになった。これほどにいうからには、定めし私などの想像も及ばない、よくよくの事情があるのであろう。

「それじゃ、もうお訊ねはしません。しかし、ねえ秋子さん、こういうお約束をしてくださるわけにはいきませんか。それはね、もしあなたが結婚してもさしつかえないような境遇になった場合は、ほかの人とでなく、僕と結婚してくださるという」

私は彼女の右手をもてあそびながら、思いきって事務的に申し出でた。

「でも、そんな空《くう》なお約束をしましても、あたしは生涯人の妻になれる身の上ではありませんから」

「いや、かまいません。どんな空《くう》な約束でもかまいません。もし万々一そういう場合が出来たら、僕の妻になると約束してください。僕はそれだけで充分満足します。それ以上のことは決して望みません」

「ホホホホホ、そんなお約束をして、もしあなたのお気がすむのでしたら」

秋子さんは淋しそうに笑った。

「ええ、気がすみますとも、どうか約束してください」

私はもう駄々っ子であった。

「では、お約束いたしますわ。そんなお約束、実現する時は永久にあるまいと思いますけれど……」

彼女は悲しげに語尾をにごして、さしうつむくのであった。

私はもうすっかり有頂天になっていた。少なくとも秋子さんに愛情のあることは確かめられた。この上は、実際上の関係はどうあろうとも、あくまで妻として保護しなければならない。秘密が漏らせなければ聞かなくてもいい。私はただ私の力の及ぶ限り、秋子さんの身を守るのだ。もし敵があればその敵を倒すのだ。

「北川さん、あたしこのあいだからお訊ねしたいと思っていたのですけれど」

秋子さんは照れ隠しのようにまったく別のことを云い出した。

「あの、いつか肥田夏子の部屋へお見舞いにいらしったのですってね。もしやその時、あの人、あなたに何かお頼みしませんでして？」

「ああそうそう、頼まれましたよ。何か小さな紙包みを木の箱に入れて、郵便で送ってくれって頼まれたんです。僕はなんだかいやだと思ったけれど、まるで手を合わせて拝むように頼むものですから、仕方なく、僕自身で郵便局まで行って上げましたよ」

「で、その宛名はどこでしたの？」

「それはよく覚えてますよ、西浦上村滑石、養虫園にて、岩淵甚三っていうんです」

「エッ、それじゃ、やっぱりそうですわ。あの人私の手帳を盗んで、そこへ送ったのですわ」

秋子さんは顔色を変えて叫んだ。

「なんですって？　するとあなたが聖書の裏の呪文を研究して、その解き方を書いておいたという、あの手帳ですか。じゃ、あの時血をたらした泥棒というのは、肥田さんだったのですか」

私もびっくりしてしまった。まさか、秋子さんの附添人が秋子さんを裏切るなんて、考えも及ばなかったからである。

「そうに違いありません。ああ、取り返しのつかないことをしてしまった。あの手帳が悪人の手にはいっては……」

秋子さんが、これほどにうろたえるところをみると、よくよく重大な事柄に相違ない。

「ですが、あの養虫園っていうのはいったいなんです。蜜蜂でも飼っているのですか」

「いいえ、蜘蛛屋《くもや》ですの。蜘蛛を飼っていますのよ。岩淵というのは、ほんとうに恐ろしい悪人です」

「それじゃ、僕がその蜘蛛屋へ出かけて、岩淵という男に会って、手帳を取り返して来ましょうか。なあに、わけはありませんよ」

私は愚かにも騎士の如く勇敢であった。

「いいえ、いいえ、そんなことをなされば、大変なことになります。あなたはご存知ないのです。あそこには人間を取って喰う毒蜘蛛が棲んでいるのです」

秋子さんはさも恐ろしげに身ぶるいした。ああ、人間を取って喰う毒蜘蛛とは、なんという奇怪な話であろう。聞けば聞くほど、秋子さんには奥底の知れぬ怪しい影がつきまとっているではないか。

その時ちょうど、検事の一行が到着したという知らせがあったので、私たちは話を打ち切らなければならなかった。それから、二時間あまり入念な取り調べが行われたが、その結果新しく発見されたことは、何もなかった。すべては森村探偵の報告書に尽きていたのである。

さて、その日から三日のあいだは別段のこともなく過ぎ去った。森村探偵は長崎に調べたいことがあるからといって立ち去った。私の負傷はほとんどよくなって、もう普通の生活をしていたし、肥田夏子もそのころからベッドを離れて、庭など散歩出来るほどになっていた。

そして、その四日目の夜ふけのことである。私が洗面所へ行って、階下の廊下を歩いていると、向こうの裏庭への出入口を、さも人目を忍ぶようにして、ソッと出て行く人の姿があった。秋子さんだ。今時分、なんのために闇の庭へ出て行くのだろうと、私は不審に堪えなかったので、足音を忍ばせて、その跡を追った。

裏庭の林の中へ出てみると、秋子さん一人ではなく、肥田夏子も一しょであることがわかった。私が木陰に忍んでいるとも知らず、夏子は秋子さんの手を引っぱりながら、すぐ茂みの向こう側へ近づいて来た。

「ほんとうに来ているの？」

秋子さんのひそひそ声である。

「ほんとうとも、あの人はどんな厳重な邸の中だって、なんの造作もなく忍びこんで来るんだよ」

豚肥え婦人のしゃがれ声である。

「でも、あたしあんな人に会うことなんかないわ。きっとあなたが手引きをしたんでしょう」

「いえね、あたしも来ないようにいっておいたんだけど、どうしてもお前さんに会って取り引きがしたいというもんだからね。もうあたしの力には及ばなくなったのだよ。お前さんもあきらめた方がいいよ」

「あきらめるって？」

「あきらめて、あのことを教えてやるのさ」

「だって、あなたは私の手帳を盗んで送ってやったじゃありませんか。その上私に何を教えよっていうの」

「それがさ、あの手帳はね、お前さんにしかわからないような符牒《ふちょう》で書いてあるから駄目だというのさ。実地に手を取って教えてくれっていうのさ」

「そんなこと出来ないわ。そんなことをすれば、私のこれほど苦労をして来た使命は滅《め》茶滅茶《ちゃめちゃ》になってしまうじゃありませんか。どんなことがあっても、それだけはいやです。あなたからキッパリ断わってください」

「シッ、シッ」夏子は秋子さんの声が高いという手真似をして、

「ごらん、あすこへもう来ているんだよ。今さらそんなことをいっても、あの人は承知しやしないよ」

二人の目をやった方角を見ると、暗闇の林の向うに、一点の赤い火が明滅《めいめつ》していた。煙草の火だ。人の姿は闇の中に闇がうごめいているほどにしか見わけられぬけれど、その人物が口にくわえている巻煙草の火だけが、まっ赤な螢のように呼吸をしていた。墨のような闇の中の、一点の赤い光には何かしら人をゾッとさせるようなものがあった。他人の邸宅に忍びこんで、悠然と煙草をすっているなんて、なんという図太い男であろう。それだけで、この男の容易ならぬ相手であることが推察される。

大椿事

「あたし、会いたくないわ。会ったところで、向こうの要求を容《い》れることなんか出来ないのですもの」

秋子さんの声である。

「そんなことをいって、あの人も危険を冒して、わざわざここまで出向いて来たんだから、ただ帰すわけにはいきませんよ。もしあなたがいうことを聞いてやらなければ、あの人はお前さんの秘密をばらすかも知れないわ。そんなことがあっては大変だからさ……」

肥田夏子は他人の前とは違って、ひどくぞんざいな口をきく。いよいよただの乳母やなんかではなさそうだ。

「でも、あの人の聞きたいっていうことは、あたしどうしても教えられないわ。それを教えてあの人の勝手にされちゃ、あたしの使命が滅茶滅茶になってしまうんですもの。これだけはどうしても要求に応じられないって、あの人にいってください。お金ならばまたどうにかして都合して上げるけれど」

「ホホホホ、お金持ちでもないくせに、それともここのお父さんをだまして、たんまりお小遣いを貰うつもりなの」

ここのお父さんというのは、私の叔父の児玉丈太郎のことだ。秋子さんは読者も知るように、最近叔父の養女となっていたのだ。

「まあ、なんという下品なことをおっしゃるの。お父さまをだますなんて勿体《もったい》ない。どうしてあたしにそんなことが出来るものですか」

「それじゃ、やっぱり、お前さんの出せるお金なんて、多寡《たか》が知れてるじゃないの。駄目駄目、あの人、今度こそは黙って引っ込みませんよ。お前さんの恐ろしい秘密をすっかりばらしてやるっていってますよ」

「じゃ、どうとも勝手にするがいいって云ってください。あたし、もう覚悟をきめているんだから」

秋子さんは凜として云い放つと、サッと夏子の手を振り払い、飛鳥のようなすばやさで、母屋の方へ駈け出して行ってしまった。

私はその様子を見て、すっかり感心した。何かしら恐ろしい秘密に包まれているには相違ないけれど、悪人の脅迫におじもせず、凜としてはねつけた態度、使命のためには一身のことなんか構っていられないという強い決意、叔父をだますなどという不正を恥じる美しい心。私はいよいよ彼女を悪人の手から救うために、一《ひ》と肌《はだ》ぬがねばならなくなった。

秋子さんに逃げられた夏子は、病後のことでもあり、それにひどく肥っているので、とても追いすがる自信がないと見え、諦めた様子で、

「仕様がないねえ」

と呟きながら、一人で池を廻って、煙草の主の方へ近づいて行った。むろん私は茂み伝いにそのあとをつけたが、残念なことに、二人が出会って立ち話をしているその声の聞こえるところまでは進めなかった。しかし、闇をすかしてみると、煙草の主の風体が

おぼろげに識別出来た。

それはズングリと太った、背広に鳥打帽子の中年の男で、如何にも悪人らしい太いだみ声が、途切れ途切れに私のところまで響いて来た。

二人はよほど親しい間柄と見えて、やや五分ほども、何かしきりと囁きかわしていたが、やがて、夏子は母屋の方へ、男は林の奥の塀の方へと別れて行った。

私は先に母屋へ帰った秋子さんのことが心配になったので、少し躊躇したが、それよりもこの怪しい人物のあとをつけて、行く先を見届けたら、秋子さんのいわゆる秘密というものに幾分は触れることが出来、したがって彼女を救う手だてを考える便宜にもなろうと思ったので、そのまま怪人物を尾行する決心をした。まさか私の行く手にあのような大椿事が待ち構えていようとは、そしてまた、怪漢《かいかん》の住み家というのがあんな恐ろしい場所であろうとは、私は知る由もなかったのである。

男は林の下をくぐってその向こうにある土塀を苦もなく乗り越えると、K町への街道へと出て行った。私も同じく塀を越えてあとに続く。

夜ふけの田舎道は人通りもなく、尾行を悟られる虞《おそ》れはあるけれども、相手を見失う心配はない。そして、私たちは別段の事もなくK町の駅に着いた。駅へ入れば十数名の旅客もいることゆえ、私はもう気兼ねをすることはなかった。大胆に男のすぐあとについて切符売場に近づき、同じ駅への切符を買った。長崎市の手前のM駅であった。待てよ、M駅とは何か記憶のある駅だが、とよく考えて見ると、これはどうだ。例の不気味な養虫園のある滑石への下車駅ではないか。すると、もしかしたら、この男はあの不気味な養虫園とかの主人ではないのかしら。私はそれに気づくと、いよいよ熱心を増して、尾行をつづける気になった。

汽車に乗ってみると、私たちの箱はまったく他に乗合いがなく、幸か不幸か私と怪人物と二人だけのさし向かいであった。もしや相手は私を見知っていはしないかと危《あや》ぶんだが、そんな様子もなく、平然として相変わらず煙草をふかしている。

電燈の光でよく観察すると、男は年のころは五十ぐらい、でっぷりと肥った無髯《むぜん》の赧ら顔、頭はすっかり禿げ上がって、さも好々爺然《こうこうやぜん》とした風采《ふうさい》である。これが他人の庭内に忍びこんで、秋子さんを脅迫した悪人かと疑われるほどだ。

悪相《あくそう》をそなえた人間は、一見して人に警戒心を起こさせるから、真の悪人にはなれない。ほんとうの悪人というものは、かえって人を油断させるような愛嬌のあるものだと聞いたことがあるが、この男などもその一例かも知れない。

そんなことを考えながら、なおそれとなく眺めていると、柔和の相の中に、二つの細い眼だけが、一層異様の物凄い光を放っている。やっぱりただの鼠ではないのだ。

やがて、煙草をふかしつづけていた男が、何を思ったのか、ヒョイと私の方を向いて、ニコニコしながら、話しかけた。

「あなたK町からお乗りでしたね。K町にお住まいですか」

この言葉の様子では、やっぱり私を知らないのだ。私は、一そう安堵して答えた。

「ええ、そうですよ」

「じゃ、幽霊塔をご存知でしょうね」

幽霊塔と聞くと、私はギョッとしたが、さあらぬ体《てい》で、

「ええ、知っています。有名な屋敷ですからね。なんでもこのごろ長崎の金持ちが買い取って、住居にしたとか聞きましたが……」

「そうですよ。児玉という退職判事です。秋子という女を養女にして披露をしたということですね」

「さア、名前はなんと云いますか、非常に美しい娘さんがいるというので町でも評判のようです」

「ホウ、そうですかね。美しいので評判ですかね。なあに、あの女にゃ、美しいよりも、もっと評判されることがあるはずですよ」

妙なことを云い出した。悪人らしくもない、よくしゃべる男だ。

「あなたはなかなかよくご存知ですね」

ばつを合わせると、彼はいよいよ図に乗って、得意らしく話し出した。

「実はね、私ほどあの女の素性を知っているものはありませんよ。今夜もあの女に会いに行ったのですが、立派な身分になったと思い、いやにお高くとまっていて、私など相手にしませんわい。

「ヘン、うまく面など被っていやがって、あの面をめくってみるがいい。いや、面はめくらずとも、左の手袋をぬいでみるがいい。中からどんな恐ろしい秘密が飛び出して来るか。ハハハハハ……、それを見たら退職判事殿、目をむいて驚くだろうて」

終わりは独り言になってしまったが、それを聞くと、私は妙な気持にならないではいられなかった。この男も秋子さんが面を被っているという。読者は、私が初めて彼女に会った時、そのあまりによく整った目鼻立ちに、もしやゴム製のお面でも被っているのではないかと疑ったことを記憶されるであろう。むろんそんなばかなことがあろうはずはない。彼女が物をいう時、自在に動く表情を見るに及んで、私の妙な疑念はたちまちはれてしまった。だが、今この秋子さんの素性をよく知っているらしい男が、やっぱり面という言葉を使っているのだ。なんだか妙な話である。

それにしても、この男は、悪人にも似合わない口の軽さで、初対面の私に、ベラベラと秋子さんの悪口など聞かせるとは、存外あさはかなやつではないか。いやいやそうではないぞ。あさはかどころか、こいつ底の知れない横着者《おうちゃくもの》だ。こうして幽霊塔の附近の住人に、秋子さんの怖がるような噂を広めさせて、間接に彼女を苦しめ、その不安の高まったころを見はからって、もう一度脅迫にやって来るつもりに違いない。どうして一と筋縄ではいかぬ親爺だ。

これはよほど用心して応対しなくてはいけないぞと、心を引きしめて、いざ口をひらこうとした時である。突如として、天地も覆《くつがえ》る大音響、大振動が起こった。

私はその時の気持をここに書き現わすことが出来ない。驚きとか恐れとかいうようような生やさしいものではない。天地晦瞑《てんちかいめい》である。いきなり身体が鞠《まり》のようにはね飛ばされ、何か巨大な鉄槌《てっつい》でグワンと叩きのめされたような激痛をおぼえると共に、私はそのまま意識を失ってしまった。

蜘蛛屋敷

ふと気がつくと、目の前に地震の跡のような木片がうず高く積み重なっていた。右往左往する人影、松明《たいまつ》の赤茶けた光りの中に、横倒しになった機関車の巨大な姿が見える。

それに続いて、或いは横倒しになり、或いは押しつぶされてバラバラに毀れた列車の残骸が横たわっている。

その時初めて、汽車が顚覆《てんぷく》したんだなと悟ることが出来た。あとでわかったのだが、名もない小川の鉄橋が破損していたために、この惨事を引き起こしたということであった。命を失ったもの二名、重傷者十余名に及んだ。

私は幸いにもホンの打撲傷《だぼくしょう》に過ぎなかったが、可哀そうに例の禿頭の悪人は、その重傷者の一人であった。見ると彼は毀れた木材の下敷きになって、身を抜く力もなく、もがきながら気を失っていたのだ。

憎いやつではあるが、この場合助けないわけにはいかぬ。またここでこいつを助けておけば、後になって秋子さんのためにどんな便宜が得られるかもしれぬ。などと、咄嗟に思案して、私はその辺を歩きまわっていた人夫を呼び、力を合わせて、やっとのことで重い木材を取りのけてやった。

男を助け起こして、介抱《かいほう》すると、どうやら息を吹き返したが、骨折でもあるのか、身体を動かす力もなく、物も云えない有様である。

仕方がないので、私は人夫に心づけを与えて、附近の駅から人力車を廻してもらうように頼んだところ、次のM駅がちょうど目ざす駅ということで、そこまで十丁ほどしかないのだから、走って行って上げましょうと、人夫はすぐさま駈け出して行った。

それにしても、私たちはわずか十丁で目的地に着くという間際に、とんだ災難に遭ったものである。

このごろでは汽車の顚覆なんて、ほとんど聞かぬようになったけれど、その当時は、こんな災難もさして珍しくはなかったのだ。

やがて、人力車が来たので、車夫と二人で怪我人をかかえて、車にのせてやったが、そのころは彼も少しは口がきけるようになり、

「家《うち》へ、家へつれて行ってくれ」

と虫のような声を出す。

「それよりも、先《ま》ず病院へ行かなければ」

というと、

「家に医者がいる。家へつれて行ってくれ」

となかなか強情だ。

「家といって、君の家はどこです」

「滑石の養虫園、わしはそこの主人の岩淵というもんだ」

さては、やっぱりそうだったか。いつか秋子さんが、人を取って喰う毒蜘蛛の棲家《すみか》だ

といったあの養虫園の主人というのは、この男だったのか。

それと聞くと車夫は顔をしかめて、

「養虫園ですかい。わしゃご免をこうむりたいね。だれかほかのものを雇ってください」

とさも気味わるげに尻ごみをする。屈強《くっきょう》な車夫でさえこの様子では、よくよく恐ろしい場所と見える。

しかし、M駅の人力車は怪我人のために、全部徴発《ちょうはつ》されて、私の乗る車さえない有様だから、今この車夫に逃げられては、どうすることも出来ぬので、賃銀を倍増しの約束で、やっと養虫園行きを承知させた。

M駅まで十丁、それから滑石まで一里近く、殊に養虫園の附近は雑草の茂るにまかせた、林の中の山道で、なるほど車夫が尻ごみしたのも無理はない物すごい場所だ。その闇の山路を私は怪我人の車のあとから、テクテクと歩いて行ったものである。

当たり前なれば車夫に任せてほうっておいてもいいのだけれど、相手が秋子さんの大敵、殊に養虫園の主人とあっては、この好機会を見逃して帰るわけにはいかぬ。親切めかして、養虫園の中へはいり、あわよくばそこの秘密を見届けてやるつもりだ。

「ここが養虫園ですよ」

車夫の声に、闇をすかして見ると、いかさま妖怪《ようかい》でも住みそうな荒家《あばらや》が黒々とそびえている。以前は豪農かなんかの住宅ででもあったのか、藁葺《わらぶ》きと瓦葺きと半々の、なかなか大きな二階家である。しかし、その藁屋根は波を打って傾き、白壁は無残に剝げ落ちて、竹の芯が現われているという凄まじい有様、周りは、半ばくずれた土塀を囲《めぐ》らし、そこに型ばかりの板戸の門がついている。

私は車夫の提灯を借りると、その門を押し試みたが、なかなか開かぬので、ガタガタとゆすぶっていると、車の上の岩淵が、

「この鍵であけて」

と大きな鉄の鍵を差し出した。実に用心堅固である。主人の不在中、門に鍵をかけておくようでは、この大きな家に、ほかにはだれもいないのかしらんと、怪しみながら、その鍵で門を開き、中へはいって行くと、また車上の怪我人が

「裏の方へ。裏の方へ」

と指図をする。

提灯を振り照らしながら、建物の裏手へ廻って見ると、そこの破れ障子に赤いランプの光がさしている。私はその破れ穴からソッと内部を覗いてみた。

いるいる。大きな囲炉《いろり》裏のそばの赤茶けた畳の上に、一つ家《ひとつや》の鬼婆みたいな白髪頭の老

婆が、二つに折れたように坐っている。七十か八十か、よほどの年に違いない。顔は提灯を押しつぶしたような皺《しわ》くちゃだが、不思議なことにその皺くちゃ顔が、だれかしら私の知っている人によく似ているのだ。

だれだったかしら、ああそうだ、肥田夏子だ。夏子は豚のように肥えているし、この老婆はあばら骨が見えるほど痩せているけれど、顔の骨組みや、鼻、口の恰好に争えない共通点がある。もしや肥田夏子はこの婆さんの娘なのではあるまいか。私はふとそんなことを考えたが、するともう一つ思い当たることがあった。怪我人の岩淵も、傷の痛みに顔をしかめたところが、どこかこの婆さんに似通っている。むろん二人は親子に違いない。とすれば、岩淵と肥田夏子は兄妹かも知れない。兄妹が腹を合わせて、秋子さんにつきまとい、何か恐ろしい企らみをしているのではあるまいか。

それはともかく、先ず怪我人を家へ入れなければならない。私は障子の外から大声に怒鳴った。

「ちょっとここの戸をあけてください。岩淵さんが大怪我をしたのですよ。早くあけてください」

すると、老婆はジロリと白い眼でこちらを振り返ったが、素知らぬ顔で立ち上がると、奥の間の方へはいって行ったまま、いつまで待っても再び姿を現わさない。変なことをする婆さんだと思ったが、もう我慢が出来なくなり、いきなりそこの板戸に手をかけて引きあけようとすると、ここにも厳重に締まりがしてあって、ビクとも動かないのだ。

私は腹立ちまぎれに門のところへ引っ返し、車上の岩淵に事の次第を呶鳴りつけた。すると怪我人は「仕様のない婆さんだ」と呟きながら、また妙な指図をする。

「窓からはいって次の間のテーブルの上を見てください。そこに鍵がおいてあるはずだ」

私はまたその言葉に従い、裏手に廻って、例の破れ障子を開き、窓によじ登って囲炉裏のそばを通りすぎ、薄暗い次の間へはいって行った。老婆はどこへ隠れたのか、その部屋にも姿は見えなかったが、老婆よりもっと異様なものが、私をギョッと立ちすくませた。

その薄暗い部屋の天井や壁や柱が絶え間なく動いているのだ。むろん地震ではない。そういう動き方とはまったく違って、壁の表面、柱の表面そのものが、ウヨウヨとうごめいて、天井の大きな梁《はり》などは、一匹の巨大な蟒蛇《うわばみ》が背中の鱗《うろこ》を動かしているかと疑うばかりだ。

私は生まれて以来、こんな異様な光景を見たことがない。部屋じゅうが動かぬようでいて、絶え間なく動いている。それをじっと見ているとフラフラと眩暈がしそうになるくらいだ。

私は思わずそこのテーブルに手をついていたが、その手の甲へ、何やらゾロゾロと這い上がるものがある。払いおとしてよく見ると、胴体が盃《さかずき》ほどもある一匹の蜘蛛であった。

おやと思って、壁を見なおすと、部屋が薄暗いために見分けられなかったが、壁にも柱にも天井にも一面に細かい金網が張ってあって、その金網の中に、幾千万とも知れぬ蜘蛛が密集してうごめいていることがわかった。壁や柱そのものは見えず、ただ一面の蜘蛛である。壁のところどころに棚や穴があるようだけれど、その棚、その穴がことごとく蜘蛛に埋められているのだ。

鎖の音

私はやっと、養虫園とか蜘蛛屋敷とかいう名称の由来がわかった。この家は人の厭《いや》がる蜘蛛を飼い養っているのだ。

あとで聞いたところによると、世の中に蜘蛛を必要とする商売がいろいろあって、例えばいかさま骨董屋《こっとうや》などが、偽物の書画に古びをつける時などには、是非とも蜘蛛が要《い》るという話だ。この家はそういう連中に蜘蛛を売って生活をしていたのである。いや、生活するというほどに商売があったかどうか。そんなことよりも、いろいろな悪事をはたらくのに、蜘蛛などを飼って世間の人を気味わるがらせ、人を近寄らせない手段にしていたのかも知れぬ。

一匹の小さな蜘蛛にさえ悲鳴を上げる女がある。ましてその蜘蛛が何千万となく密集している部屋にはいったら、女なれば気を失ってしまうかも知れない。男の私さえも、あまりよい気持ではない。こんな不気味な部屋に長居は無用だ。そこで、テーブルの上の鍵を探して(その鍵のまわりにも何十匹という大小の蜘蛛がウヨウヨしていた)元の部屋に引き返し、板戸をあけて外へ出た。それから、車夫に手伝わせて岩淵を家の中に担ぎ入れたが、まさか畳の上へじかに寝かせるわけにもいかぬので、

「蒲団はどこにある」

ときくと、二階へ上がって二つめの部屋だという。私はその部屋の箪笥のように抽斗のついたまっ黒な階段を上がって、蒲団を取りに行かねばならなかった。二階には明かりもないので、人力車の提灯が頼りである。

もしやこの階段までも、蜘蛛の巣になってていはしないかと、少しビクビクしながら、提灯をかざして登って行ったが、用心をしていてよかった。蜘蛛はいなかったけれど、

もし油断をしていたら、とんでもない目に遭うところであった。

日本建てには珍しく、階段が二段に分れていて、中途に四尺四方ほどの踊り場がある。そこの壁に潜《くぐ》り戸《ど》のようなものが黒い口をあいているのが見えた。何か秘密の部屋へでも通じる道ではないかしら。戸も壁も同じ板で出来ていて、黒く煤《すす》けているので、しめてあれば、こんなところに入口があるとはだれも気がつくまい。

私がその戸の前を通りすぎようとすると、突然、中の暗闇から何かが飛び出して来て、危うく私の顔に当たるところであった。ハッと身をひくと、そのものは反対がわの板戸へ、ひどい音を立ててぶッつかったが、見れば、古い手斧《ておの》の頭である。危ない危ない、すんでのことに大怪我をするところだった。

何奴《なにやつ》の仕業かと、キッと戸口を睨むと、闇の中から例の皺くちゃの老婆が、斧の柄《え》だけを握って、ヌーッと現われ、潜り戸のところに立ちはだかって、寄らば撃たんという身構えだ。

「ここへはいってはいかん。はいってはいかん」

まるで烏《からす》の鳴くような声である。だれもはいろうとはいわぬのに、変な婆さんだ。しかし、はいってはいかんというからには、いよいよこの潜り戸の中が臭いと見なければならぬ。

だが、その穿鑿はあと廻しにして、今は蒲団さえ持ち出せばいいのだから、私は老婆に取り合わず、グングン階段を登って、教えられた部屋の押入れから二枚の蒲団を下へ運んだ。そして蜘蛛の部屋とは別の隣室へランプを移し、車夫と二人がかりで、怪我人をそこへ寝させていると、例の老婆が私のあとを追ってはいって来たが、私たちが息子の岩淵甚三を親切に介抱しているのを見て、やっと疑いがはれたのか、

「おや、お前さんは甚三の敵ではないのかえ」

とけげん顔である。どうもこの婆さん、耄碌《もうろく》をして気が変になっているらしい。それなればこそ甚三は、婆さんが留守居をしているのにもかかわらず、鍵をかけて出かけるのであろう。

「甚三さんに敵などがあるものですか」

私はこの婆さんから何か聞き出せるかと、鎌をかけてみた。すると案の定、

「だって、この家へ来るものはみんな敵だから、だれも入れるなって、甚三に云いつかっているもの。あの暗がりの部屋へとじこめておくもののほかは、だれも入れちゃいけないってね」

暗がりの部屋とは、いうまでもなくあの潜り戸からはいる中二階《ちゅうにかい》のようなところであろう。それにしても、そこへいったい何をとじこめておくのであろう。

「とじこめるって、だれをですか」

甚三がこの問答を聞けば、むろん婆さんに喋らせはしなかったであろうが、幸いにも彼は我が家に帰った安心から、グッスリ寝入っている。まっ赤な顔をしているところを見ると、どうやら熱が出て来たものらしい。

子供のように耄碌した婆さんは無邪気に答える。

「とじこめるものは、いつも真夜中に、幌《ほろ》のある車に乗せて、医学士が連れて来るのだよ」

ああ、すると、さいぜん甚三が家に医者がいるといったのは、その医学士のことだなとうなずきながら、私はふと思いつくことがあって、

「連れてこられたのは男ですか、女ですか」と訊ねてみた。

「女はたった一人来たばかりだよ。そりゃ美しい女だったよ。まるで死骸のようにまっ青な顔をして、医学士にだかれてはいって来たよ」

こんな老婆のいうことだから、そのまま信用は出来ないけれど、私はなぜか、その美しい女というのが、ほかならぬ秋子さんではなかったかしら。それとも、このごろ行方不明になった三浦栄子かも知れぬなどと、妙なことを考えた。

「それはいつごろのことですか」

「もうずっと前のことだよ。それからあとは男ばかり、一昨年も去年も、幌を被った人力が来れば、きっと男の子供が乗っているのだよ」

ハテナ、男の子をあの部屋にとじこめて、いったいどうするのであろうと、なおも質問をつづけようとしていた時、頭の上の辺で鈍い足音のようなものが聞こえた。この部屋の上はちょうど例の暗がりの部屋の見当だ。すると、やっぱり何者かがとじこめられて、まっ暗な部屋の中を歩きまわっているのだろうか。それに、不思議なのは、足音につれて、ガチャンガチャンと金物の触れ合うような音がする。あとになって、それは鉄の鎖《くさり》の音であったことがわかったが、まさか鎖とは思いもつかず、いぶかしさは増すばかりである。

「お婆さん、あの妙な音はなんです」

天井を指さしてソッと訊ねると、老婆の表情がたちまち一変した。

「おや、お前さんあれを知らないね。それじゃ甚三の敵だ。敵に違いない。この家のことを何も知らないくせに、甚三の味方などと油断をさせて。もうわしは何も喋らないよ」

と、それきり啞のように黙りこんでしまった。耄碌しているとはいえ、悪人甚三の母だけに、いざとなればなかなか頑固なところがある。

仕方がないので、質問は打ち切りにして、寝ている甚三の方を見ると、熱に浮かされて譫言《うわごと》を云いはじめた。どうも容態がわるそうである。医学士とやらがどこに住んでいるのか、いつここへやって来るのか見当もつかないので、ともかく附近の町まで出て、医師の来診を乞わねばならぬ。幸い車夫が待たせてあったので、私はその車に乗って医師を迎えに行くことにした。

そして、荒家の門を出て、二、三丁も行くと、向こうから黒い洋服を着た四十ばかりの紳士が、テクテクと歩いて来るのに出会った。見れば小脇に折鞄《おりかばん》をかかえている様子が、なんとなく医者臭い。もしやと思って、

「そこへおいでになるのは、医学士ではありませんか」

と訊ねてみた。すると、相手は立ちどまって、いぶかしげにこちらを透《す》かし見ながら、

「そうですが、あなたはどなたです」と聞き返す。

「ああ、ちょうどいいところでした。実は私は……」

と、出鱈目の名を名乗って、列車顚覆の一条と甚三の怪我の模様をかいつまんで話し、

「実はそれで、これから町の医者を呼びに行くところでしたが、あなたが来てくだされぱもう安心です。どうかこの車に乗って、少しも早く行ってあげてください」

と車をおりると、相手も承知して、私に代わって車に片足をかけたが、ふと思いついたらしく、

「あなたはさっき、私を医学士とお呼びでしたね。どうしてご存知なのです」

とジロリと私を眺めながら訊ねた。さてはこいつ偽医学士だな。もし世間に知られている医学士なら、何もそんなことを訊ねるはずはない。うしろ暗いところがあればこそちょっとした言葉の端にも疑いを抱くのだ。

「いや、あの家に変なお婆さんがいて、もう医学士が来る時分だといっていましたから」

と私が出鱈目を答えると、相手はやっと安心した様子で

「そうでしたか。それじゃあとは私が引き受けますから、あなたはどうかお引き取りください。大変ご厄介をかけて申しわけありません。いずれ後ほどお礼に伺いますが」

といって、べつに私の住所を聞こうとするでもなく、車に乗るとそのまま荒家の方へ急がせて行った。

暗がりの部屋

いうまでもなく、私は帰ると見せかけて、帰りはしなかった。暗闇を幸い、人力車のあとを追って、再び養虫園へ引き返した。

門内にはいり、裏手に廻って、例の障子の破れから覗いて見ると、さいぜんランプを

次の間に移したので、そこはまっ暗だったが、怪我人の部屋の襖の建てつけがわるいものだから、細い隙間からランプの光が糸のように漏れている。耳をすますと、襖の向こう側でボソボソと人の話し声がする。

私はだんだん大胆になって、靴をぬいで手にさげると、抜き足さし足、襖の外へ近づいて、隙間に目をあてて見た。すると、想像した通り、甚三の枕もとで、さっきの医学士と例の皺くちゃ婆さんとが、何かしきりと話をしているのだ。

「ずいぶんひどい怪我だぜ、どこのやつか知らんが、あいつが手早く助けてくれなかったら、今ごろは庭の松の木の下へ例の穴を掘るところだよ。ハハハハハ」

「おお、桑原桑原《くわばらくわばら》。甚三をそんな目にあわせてなるものか。あの穴は暗がりの部屋のお客さんを埋めるところじゃないか。縁起《えんぎ》でもないことをお云いでない」

婆さんは顔をしかめて、医学士を叱りつけた。ああ、なんという恐ろしい会話であろう。この様子でみると、庭の松の木の下とやらへ、これまで幾人かの人を埋めた経験があるらしい。そう思ってみると、ランプに照らされている老婆の横顔が、昔の絵本で見た一つ家の鬼婆にそっくりである。

私はゾーッと背筋に水をあびせられたような悪寒を感じたが、心を弱くする時ではないと、下腹にグッと力を入れて、なおも両人の会話に耳をすました。すると、医学士の声である。

「大事な時に怪我をしたなア。甚三はあの女に会って例の秘密を聞き出して来る手筈《てはず》だったが、うまく開き出したか知らん。だが、この容態ではそれを確かめることも出来やしない。婆さん、もしやお前に何か云いやしなかったかい。あの女のことについてさ」

あの女とはいうまでもなく秋子さんの事に違いない。ああ、ここにもまた一人彼女の敵がいるのだ。こんな場所に悪人どもの巣があって、秋子さんを苦しめるための狂言《きょうげん》を仕組んでいようとは、少しも知らなかった。だが、列車の顚覆のお蔭で、私はとうとう敵の本拠をつきとめたぞ。もうこうなったら、滅多に空手《からて》で帰ることじゃない。

医学士の言葉に老婆は間のぬけた声で聞き返す。

「あの女ってだれだい。伜《せがれ》に色でも出来たのかね」

医学士は舌打ちをして、

「お前もそう老いぼれては仕方がないなア。以前は娘よりも賢いくらいだったが、今じゃ夏子の十分の一の智恵もないじゃないか」

すると、やっぱり肥田夏子はこの老婆の娘なのだ、私の直覚《ちょっかく》は次々と当たっていく。当たっていくのが恐ろしいくらいだ。

「弱い年寄りをいじめるものじゃないよ。あの女とはどこの女のことさ」

「あきれるなア、お前ほんとうに忘れてしまったのかい。じゃ一つ思い出させてやろう。いいか、もう三年も前のことだ。大雨大風の晩に、ここへ幌をかけた人力車が来ただろう。その車夫がただの車夫ではなくてさ」

「ウム、思い出したよ。車夫ではなくて、お前だった。お前が半纏を着て、おかしな恰好をしていたよ」

「そうそう。その通りだ。俺もあの女についちゃ、車夫にまでなって苦労をしているんだぞ。それがここまで来てしくじるようなことがあっちゃ、間尺《ましゃく》に合うもんじゃない。ところで、婆さん、その人力車の中から出て来たのはだれだったい」

「わかった、わかった。美しい女だったよ。あたしゃ、つい今しがたもだれかにその女のことを話したっけ」

するると、医学士はびっくりして、

「エッ、話した。いったいだれに話したんだ。それだから耄碌婆アは困るというんだ。思い出してごらん。もしや、ここへ甚三を連れて来た若い男じゃないのかい」

「ああ、そうだったよ。その若い美しい男だよ」

「ウン、そうか。だが、まさかあいつはその筋の探偵じゃあるまい。なにかい、あいつは女のことをいろいろとお前に尋ねはしなかったかい」

「どうだったか。あたしゃ忘れてしまったよ」

忘れてくれたとはありがたい。

「仕様がないなア。まあいいや。まさかあいつがお前みたいな耄碌婆さんのいうことを真に受けもしまいて。ところで、その人力車から女をおろして介抱したのはだれだったか覚えているかね」

これが愛する秋子さんの過去の秘密かと思うと、私はもう胸をドキドキさせて、いよいよ熱心に聞き入った。

「だれだかねえ、あたしゃ忘れたよ」

老婆はまたしても忘れたのである。

「お前の娘の夏子じゃないか。そのころは今のようではなくて、少しは見られる女だったよ」

「そうだ、そうだ。おお何もかも思い出したよ。そして、お前があの美しい女に面を被せなけりゃいけないといって……」

「オイ、オイ、婆さん、そんな余計なことまで思い出さなくてもいいよ」

医学士はなぜか慌てて婆さんを制したが、私はここでまた奇妙なお面という言葉に出会った。いったい彼らがお面を被せるというのは、何を意味するのであろう。秋子さんがゴム製のお面なんか被っていないことはわかりきっているが、それでは、どんなお面を被せたというのであろう。考えれば考えるほど異様に薄気味のわるい話である。

老婆は更に思い出したことを云いつづける。

「それから、わしがあの女の左の手首を隠すについて、うまい智恵を出したんだっけね。お前もうまいうまいといって褒めたじゃないかね」

いよいよ話が際どいところにかかって来た。私は一《ひ》と言《こと》でも聞きもらすまいと、全身を耳にして、襖の隙間を覗いていたが、ついそればかりに気を取られ、足もとがお留守になったものだから、思わずよろめいて、カタンと音を立ててしまった。

すると、悪人はさすがに耳ざとく、「シッ」と、老婆の言葉を制して、

「オイ、なんだか変な音がしたじゃないか」

と、今にもこちらへ立って来そうな様子である。

しまった。ここで見つかっては、折角の苦心が水の泡だ。仕方がない、一時立ち聞きを中止して、外の暗闇の中へ逃げ出すほかはないと、その身構えをしていると、婆さんの声で、

「なあに、だれもいるもんかよ。上の部屋のアレだよ。アレが動いた音だよ」

というのが聞こえる。

「ウン、例のか。動いたりしてうるさいやつだな。もっと鎖をきつくしておくがいい」

医学士はそういって、襖の外を調べるのを中止した様子だ。ありがたい、ありがたい。再びこんなことが起こらぬうちに目的の潜り戸の中を探らねばならぬ。それにしても、気がかりなのは、「例のか」と云い、「鎖をきつく」などと云った医学士の薄気味わるい言葉だ。あの中二階にとじこめられているのは、人間か、それとも動物か、それさえもわからなくなったけれど、今さら躊躇《ちゅうちょ》する場合でない。私は暗闇の中を手さぐりで、例の階段にたどりつき、足音を忍ばせて中段の躍り場へと上がって行った。

躍り場に立って、心覚えの潜り戸を押し試みると、案外にも易々《やすやす》とあいたので、そのまま探り足でまっ暗な洞窟《どうくつ》のようなところへ踏みこんで行った。二間《けん》ほど細い廊下を進むと、パッタリと行きどまりになっている。どうやらそこに第二の扉がしまっているらしく、今度は押しても引いてもビクとも動かない。

私はその扉らしいものに耳をあてて、しばらく中の様子を窺っていたが、すると、内部からかすかな声が聞こえて来た。人か獣物《けだもの》かわからぬが、長い長い呻き声である。

さすがの私も、その声を聞くと、逃げ出したくなった。蜘蛛の部屋どころではない。ここの闇の中には、なんだかえたいの知れぬ大きな生きものがうずくまっているのだ。

しかし、私は逃げ出さなかった。折角ここまで忍びこんだからには、この家の秘密の中心ともいうべき、暗がりの部屋を探検しないで立ち去るわけにはいかぬ。どうかしてこの扉を開きたいものだ。

私はふとポケットにマッチがあることを思い出した。そうだ、マッチをつけて検《しら》べて見たら、手さぐりよりはいくらか様子がわかるだろう。そこで、私はなるべく音を立てぬようにマッチをすって、扉を照らしてみた。

ひどく頑丈な板戸である。まるで牢屋の扉という感じだ。見ると、うまいぐあいに、鍵穴に鍵を差したままになっている。私はその鍵を廻し、ソロソロと扉を開いて、いよいよ問題の部屋へすべりこんで行った。

ムッと鼻をつく臭気《しゅうき》、閉めきってある上に、長いあいだ掃除もしないとみえて、黴《かび》の匂いと動物の体臭とまじり合ったような、一種異様の臭気が部屋に満ちている。

暗闇の中に、何かしら生きものがいることは確かだから、私は厳重に身構えしながら、部屋の模様を見るために、第二のマッチをすった。そして、それを高くかざそうと手を上げた途端、たちまち右手の闇から黒い一物がサッと飛び出して来て、私の前を掠《かす》め、左手の闇へ消えて行った。その拍子に私のマッチは吹き消されてしまった。いやそればかりではない。そのものが強く私の左手に当たったために、持っていたマッチの函を叩き落とされてしまった。

この暗闇で大切なマッチの函を失っては、どうすることも出来ぬ。私は腰をかがめて床を探った。だが、指先にまみれ着くのは埃《ほこり》ばかり、綿のような埃がほとんど五分（注8）ほどもつもっている。恐らく何年も掃除をしたことがないのであろう。マッチの函はその埃に埋まってしまったのか、なかなか見あたらない。

そうしてマッチを探しているあいだにも、何者かが、暗闇の中から私の挙動を窺っているらしく、不気味な呼吸の音が聞こえ、その生暖かい風が頬に当るように感じられる。あせりながら、やっとマッチの函を探しあてたかと思うと、肝腎《かんじん》の中身がない。今の騒ぎで、飛び散ってしまったのだ。函さえも探しかねた埃の中で、細いマッチの棒など見つかるものではない。だが、せめて一本でも指先に触れぬかと、私は少しずつ前に進みながら、また埃の中をかき探しはじめた。

そうして一、二尺も進むと、何か生暖かく柔かいものが、私の手にさわった。恐る恐る撫《な》でてみると、それは大きな生きものの皮膚であることがわかった。

皮膚にはドキンドキンと脈が打っている。例の呼吸の音は俄かに烈しくなった。生きものの感情が、刻一刻高ぶって来るようにみえる。

佝僂少年

私はあまりの気味わるさに、もう少しで逃げ出すところであったが、様子を見るのに、この生きものは、別に私に飛びかかって来る気配もない。なんだか弱そうなやつである。私は少し安堵の思いで、再び手をのばしてさわってみると、そいつは四つん這いに這っているけれど、獣ではなくて人間らしく思われる。寒くもないのに、全身をブルブル震わせている様子では、どうやら私を怖がっているらしい。そんな臆病な相手なれば、こちらも恐れることはないと、低い声で、

「オイ、君はだれだ。怖がることはないよ。僕は君を助けに来たんだよ」

と云ってみたが、相手には少しも通じぬらしく、なんの返事もない。それでは、やっぱり人間でなくて、人間によく似た動物かも知れぬと、もう一度全身を撫でまわしてみると、確かに人間だ。ボロボロに破れた着物を着ている。その背中のところには、大きな瘤のような突起物があるのは、もしかしたらこの男、ひどい佝僂なのではあるまいか。

考え考え撫でまわしてみると、突然そいつがパッと私を突き飛ばした。不意を打たれて、思わずうしろへ手を突いた。すると、ありがたい、ありがたい、その手の下には、ちょうど一本のマッチが落ちていた。

函はさいぜん拾っておいたので、すぐさまそのマッチをすると、たちまち目に映ったのは、ギョロリと光った二つの眼玉、モジャモジャにのびた髪の毛、垢だらけの顔、大きな黄色い歯がむき出しになって、どす黒い唇がダラリとたれている。人間には相違ないけれど、よほど奇妙な人間である。

ともかく様子を訊ねてみようと、私が口をききかけた時、うしろにゴトゴトと足音がして、だれかが部屋へはいって来た。見とがめられては大変と、私は咄嗟にマッチを吹き消して、うしろを振り返ったが、マッチを消したのは無駄であった。先方は明るい蠟《ろう》燭《そく》を持っているのだ。はいって来たのは、階下に話しこんでいるとばかり信じていた、例の偽医学士と白髪の老婆である。

医学士はドキドキ光る抜身《ぬきみ》の日本刀をひっさげて、戸口のところに立ちはだかっている。そのうしろから小さくなって覗いているのは、例の見かけ倒しの鬼婆である。

私は思わず身構えをして立ち上がったが、それを見ると医学士のやつびっくりしたような顔をして、逃げ腰になった。多分こんなところに私が忍びこんでいようとは思いもよらず、ただこの部屋の住人が動きまわるのを叱るためにやって来たのであろう。手にさげた日本刀も、ただ脅かしに違いない。

医学士の姿を見ると、この部屋の住人はまったく畏縮してしまって、ブルブルふるえながら、私のうしろに身を隠した。その刹那に、私は蠟燭の光でよく観察することが出来たが、彼はまだ二十歳にも足らぬ佝僂の子供である。足を鎖でつながれていたと見え、部屋の一方にいかめしい鉄の鎖が横たわっている。どうかしてその鎖が切れたものであろう。

これで、さいぜん医学士が「鎖をきつくしなければ」と呟いた意味がわかった。

医学士は気味わるげに私の方をすかして見ながら、

「おやおや、ここにこんな紳士がおいでなさるぜ、婆さん」

と老婆を顧みた。

「さっきの若者だよ。甚三をつれて来たのはこの人だよ」

婆さんが例の烏みたいな声で、子供らしい口をきいた。

「ああ、そうか。それじゃ、さっき途中で私を医学士とお呼びなすったのは、あなたですね。M駅へお帰りになるというお話でしたが、とんだところへお帰りになったもんですねえ。ハハハハハ」

彼はばかていねいな口調で、私をからかうのだ。

「あいつって君に油断させたのさ。僕は最初からこの部屋が見たくて仕方がなかったのだよ」

相手の弱点を握ってしまったのだから、強味はこちらにある。

「ハハハハハ、なるほど、なるほど、敵をあざむく計略というやつですね。あなたも、なかなか隅におけませんなあ。ところで、あなたはいったいだれですね。途中でおっしゃった名は、もちろん出鱈目でしょうね。探偵さんですか、それともここへ泥棒にはいったのですか」

「そんなことはどうでもよろしい。僕はこんな不正を見とどけたからには、黙っているわけにいきません。この可哀そうな子供を連れて立ち去るばかりです。さア、そこをのいてください」

相手が兇悪《きょうあく》なやつなれば、たちまち刀を揮って攻めて来るところだが、この医学士にはその真似は出来ない。悪人は悪人でも腕力の自信はなく、ただ智恵と弁口の悪人に違いない。

「いや、お立ち去りになるのを、強いてとめだてはしませんが、なにぶん僕はここのものでなく、主人はご承知のように、大怪我をして正体もなく眠っていますから、あとになって、他人の家へ無断で忍びこんだやつを、なぜ逃がしたと、主人にお小言をくうと困ります。その時、どう答えたらいいでしょうね。それを一つ伺っておきたいもんですが」

実に廻りくどい皮肉な云い方をする。

「よろしい。僕は逃げ隠れなんかする者じゃない。後日のために名刺を残しておきましょう。文句があったら、いつでもお会いします」

「そうですか。じゃ、なるべく早くここを立ち去ってください。名刺は下でいただきましょう。その節なお一言申しあげたいこともありますから」

医学士は老婆を引きつれて、悠々と部屋を出て行った。出て行ったかと思うと、ガラガラと扉がしまって外から鍵をかける音が聞こえる。

しまった！　一杯かけられたのだ。おだやかな口をきいて油断をさせ、私をこの部屋に監禁してしまう気なのだ。

ポスターの眼

私はいきなり扉に走り寄り、頑丈な板戸を叩きながら、

「オイオイ、なぜ鍵をかけるんだ。ここをあけろ」

と怒鳴った。すると、医学士はまだ立ち去らぬと見え、扉の向こう側からせせら笑う声が聞こえて来た。

「ハハハハハ、あなたはその片輪を大変お可愛がりのようだから、当分同居させてあげようと思いましてね」

なんという憎々しいたわごとだ。私は思わず拳を握りしめて、

「卑怯者め、ここをあけろ。さア、あけぬか。あけぬと叩き破るぞ」

とわめきながら、いよいよ烈しく戸を叩きつづけた。

「ハハハハハ、どうかお破りください。あなたの手がちぎれるか、この戸が破れるか、よいお慰みですよ」

いかにもいわれてみれば、私にはこの扉を叩き破る自信はない。一寸ほども厚みのある板を合わせた牢獄の扉だ。

「オイ、待ちたまえ、僕は逃げも隠れもしない。卑怯な真似をしないで、正当に話をつけようじゃないか。家宅侵入罪だというなら、警察へも行くし、また決闘もしようというなら決闘にも応じる。ともかくここを開けたまえ」

私は無駄とは思いながらも、語勢を弱めて、相手を説こうとした。

「なるほど、決闘などはなかなかお強そうだ。今決闘をしては、私はとても敵《かな》いませんから、もう四、五日たってからにしましょうよ。まあ四、五日ここにいてごらんなさい。いくらあなたが強くても、餓えというやつには勝てませんぜ。そのころになって、また

ゆっくりご意見を伺いましょう」

ああ、なんという狡猾《こうかつ》なやつだろう。こいつの云い草は一々人を刺す毒を持っている。秋子さんがこの家に毒蜘蛛がいるといったのが、つくづく思い当たる。

「それじゃ僕を、四、五日もここへとじこめておくというのか」

「そうですよ。あなたに抵抗力がなくなるまで、お宿をいたすほかはありませんね」

「オイ、なんという卑怯な振舞いをするんだ。僕が立ち去るのをとめだてなんかしないと油断をさせておいて、こんなところへ閉めこむなんて、貴様も悪人なら、もっと男らしくしたらどうだ」

「ところが、この手は今あなたに教えていただいたばかりですぜ。あなただって、駅へ帰るといつわって、他人の家へ忍びこんだじゃありませんか。この勝負は五分五分ですね。ハハハハハ」

「ええ、そんなたわごとは聞きたくない。議論はやめて、たった一《ひ》と言《こと》で返事したまえ。ここを開けるか開けないか」

「よろしい。一と言でご返事しましょう。開《あ》け、ま、せ、ん」

畜生め、「ません」というところにひどく力をこめて云いきった。

すると、それが合図《あいず》でもあったように、室内がパッと暗くなった。私はうっかりしていたけれど、ちょうどその時、医学士が部屋の中へ残しておいた燭台の短い蠟燭が燃え尽きたのだ。

医学士は戸の鍵穴を覗いて、火の消えたのを知ったらしく、

「さア、婆さん、もう下へ行こうよ。俺はあいつを油断させるために燭台を部屋の中に残して来たが、もし火でもつけられては大変だと、蠟燭の消えるまで、ああしてからかっていたのさ。あいつも甘い野郎だよ。さア、行こう」

そして二人はゴトゴトと立ち去る様子である。実に恐ろしく悪智恵のはたらくやつだ。こんな悪漢にかかっては私などとても太刀打ちは出来ない。この勝負は明らかに私の負けであった。

火は消える。二人は立ち去る。あとにはただ死のような静寂と暗黒があるばかりだ。

私は途方にくれてしまった。医学士は四、五日とじこめておくといったが、考えてみれば覚束《おぼつか》ない話だ。この家の秘密を知ってしまった私を、のめのめ帰すようなことはあるまい。四、五日どころか、十日でも二十日でも、私が餓え死にをするまで辛抱強く待っている気かも知れぬ。そして、庭の松の木の下とやらへ、穴を掘って、私の死体を埋めてしまうつもりではあるまいか。

もしそんな事になれば、私がこの養虫園へ来たことはだれも知らないのだから、永久

に行方不明として取りあつかわれ、敵《かたき》を討ってくれる者もないであろう。まったくの犬死にである。実に残念だ。三浦栄子が行方不明となり、今また私が消えてしまったのでは、ますます幽霊塔の怪談が栄えることだろう。そうなれば、叔父もあの屋敷に住んではいられないかも知れぬ。

いや、それよりも一ばん心配なのは秋子さんのことだ。私がいなくなってしまえば、独りぼっちの彼女はいったいどうなることであろう。悪人たちは、私のような闖入者《ちんにゅうしゃ》があったので、いよいよ事を急ぐに違いない。秋子さんはどんなひどい目に遭うことやら。あんなに保護することを誓っておきながら、その私が行方不明になったと知ったら、彼女は定めし私を恨むことであろう。いや、腑甲斐なく思うことであろう。それが何よりも残念である。

ああ、考えるのはよそう。男は愚痴をいわぬものだ。夜が明けたらまたよい智恵が出るかも知れぬ。今夜は寝ることだ。グッスリ眠って気を養うことだ。

そう思って、横になろうとしたが、この埃の中ではどうにもならない。どこかにもう少し寝心地のよい場所はないかと、だんだん手さぐりで歩いて行くと、入口の反対がわに襖がしまっていることがわかった。それでは、この向こうにも部屋があるんだな。襖をあけて、ソロソロとはいってみると、ここは前の部屋ほどひどい埃もなく、床は板の間でなくて、ちゃんと畳が敷いてある。

茶箪笥《ちゃだんす》のようなものや、鏡台《きょうだい》らしいものも手にふれた。さらに摺《す》り足で進むと、おや、この部屋には蒲団まで敷いてある。綿は固くなっているけれど、手ざわりでは絹夜具《きぬやぐ》らしい。びろうどの襟までかかっている。ここは若《も》しかしたら、少し上等の客人をとじこめておく部屋ではあるまいか。

なんにせよ、蒲団が敷いてあるのはありがたい。私は服もぬがず、いきなりその上にゴロリと横になった。するとプンと鼻をつくかすかな匂いがある。しかも決して埃の匂いや動物の体臭ではなくて、何かしら清々《すがすが》しい香気《こうき》である。おや、この匂いはどこかで嗅《か》いだことがあるぞ。ああそうだそうだ。幽霊塔の秋子さんの部屋にはいる度に嗅いだ匂いだ。秋子さんが常用する香料の薫りだ。

老母の話の様子では、かつて秋子さんはこの家に連れて来られたことがあるらしい。それはよほど以前の事であろうから、その時の薫《かお》りが今まで残っているはずはないが、私にはなんとなく、秋子さんがこの蒲団に寝たのではないかと想像され、香気はその移り香のように思われた。

彼女のかつて監禁された部屋、彼女のかつて眠った夜具、その同じ部屋に監禁され、その同じ夜具に眠るのかと思うと、そんな際ではあったが、私の心は軽くなった。清々しい香気を嗅ぎながら、私はいつとはなく眠りにおちてしまった。

ふと目をさますと、鉄格子《てつごうし》の頑丈な小窓に、朝の陽光が射していた。僅かの時間であったが、熟睡したと見えて、私はすっかり元気を回復していた。晴ればれとした気持で部屋を見廻すと、埃にまみれた古い鏡台がある、茶簞笥がある、一方の隅には赤く塗った衣桁《いこう》さえ立っている。どう見ても女の住んだ部屋だ。女の客はただ一人で、あとは男の子供ばかりだったというから、この部屋にいたのは秋子さんに違いない。

床の間を見ると、普通なら掛物を掛ける場所に、俗悪な石版刷りの美人画が貼りつけてある。ビール会社の大きなポスターで、ほとんど等身大の美人が、ビールのコップを手にして、ニッコリ笑っている。

私はその石版画を一《ひ》と目《め》みると、おやッと思った。その美人の両眼が、まるで生きているような光をたたえて、じっと私を見おろしていたからである。

名画ならばともかく、ポスターの画にこれほどの生気《せいき》がこもっているのは、実に不思議だ。鼻や口はまるで死んでいるのに、目だけが生きているのだ。私はあまりのいぶかしさに、思わず立ち上がってポスターを見なおした。すると、今まであんなに光っていた目が、たちまち生気を失い、平凡な印刷美人の目になっている。それでは、さっきのは、私の寝ぼけ眼の錯覚だったのかしら。

しかし、今はポスターなどよりも、例の佝僂の少年がどうしているか、見舞ってやらなければならぬ。襖を開いて次の間にはいってみると、いる、いる。蠟燭の光で見たのよりは、また一段と汚ならしい乞食のような少年が、部屋の隅にうずくまっている。

「オイ、君はどうしてこんなところへ入れられたんだね。君の家はどこなの?」

いくら訊ねても返事をしない。うつろな眼で私を眺めているばかりだ。この少年は啞かも知れない。だが啞なれば啞のように、返事の仕様もありそうなものだ。すると、片輪の上に白痴なのかも知れぬ。

可哀そうに思って、少年を見ているうちに、私はふと思い当たることがあった。良家にひどい片輪者が生まれたりすると、世間の手前を恥じて、一生の喰い扶持《ぶち》を出して、人目につかぬ遠方へ、預け放しに預けてしまうことがあるものだ。偽医学士もいることだし、この家はそういう商売を本業にしているのかも知れない。

そして、預かった子供が生きているうちは、犬猫も同様に監禁しておき、死ねば届けもせずに、例の松の木の下へ埋めているのかも知れない。岩淵やあの偽医学士なら、金儲けのためにはどんな惨酷なことも仕かねないやつだ。蜘蛛などを飼って、人の近づかぬ工夫をしているのも、そういう道ならぬ商売を発見されないためであろう。

私は少年がひとしお不憫になって、なおその顔を覗きこむと、口端に白い飯粒が着いているのに気づいた。私が寝ているあいだに、少年にだけは食事の差し入れがあったものとみえる。さもしいことだが、そう思うと私は俄かに空腹を感じた。実に惨酷だ。同じ部屋にいながら、一人はともかくも食事が与えられるのに、一人はそれを指をくわえて見ていなければならない。それが二日も三日も、いや十日も二十日も続くのかと思うと、私はゾッとしないではいられなかった。

だが、少年が部屋の隅にうずくまったまま動こうとしないのはなぜだろう。ああ、わかった。これも私の寝ているあいだに、足に鎖をつながれていたのだ。右の足に鉄の環がはめられ、太い鎖で隅の柱に括《くく》りつけられている。まるで動物園の猿だ。

だが、待てよ。昨夜は私を恐れた医学士が、今朝は平気で部屋にはいり、鎖をつないだりするのは合点がいかぬ。私が寝入っていたからよいようなものの、もし気がつけばただは済まなかったはずだ。では、もしやあいつは、どこかから、私の挙動を窺って、これならば安全という見定めをつけてから、はいって来たのではあるまいか。どこかに覗き穴があるかも知れない。

ハテナ、そんな覗き穴が、どこにあるのかしら。ああ、そうだ、そうだ、あのポスターだ。なんという悪賢い思いつきだ。ポスターの美人の目だけが生きているのを不思議に思ったが、考えてみれば、あの絵の目のところをくり抜いて、開くようにしてあったのだ。そして医学士のやつ、壁の向こう側から、そこに目を当てて、時々コッソリ覗いていたのだ。この調子では、まだほかにどんな狡猾な仕掛けがあるか知れたものではない。

恐ろしき陥穽《おとしあな》

部屋の隅にうずくまってじっと私を見つめている少年の様子が、あまり不憫なので、私はポケットナイフを取り出し、いろいろ工夫をして、とうとう足の鎖を解いてやることが出来た。

少年は非常に嬉しそうな表情で、ニコニコと私に笑いかけたが、白痴ながらも恩を謝する気持であろう、ボロボロの着物の懐中《ふところ》から、何かを掴み出して私の前に手を拡げた。見れば、いつの間に拾い集めたのか、七本のマッチの棒がのっている。

こいつはありがたい。私は少年の頭を撫でて好意を謝しマッチを受けとると、さっそく煙草を出して、火をつけた。これでいくらか空腹の苦痛を忘れることが出来るというものだ。

さて、一服吸いおわると、私は蒲団を敷いてある部屋の戸棚を調べてみることにした。もしここを逃げ出すことが出来るとすれば、少しでも多く悪人たちの秘密を握っておきたかったからだ。

部屋の一隅《いちぐう》に一間《いっけん》の戸棚がある。その板戸を開くと、中はほとんど空っぽで、蜘蛛の巣と埃ばかりが目だったが、上の棚に三つの小瓶が並んでいる。茶色のガラス瓶で、薬品でもはいっていたらしく、それぞれレッテルが貼ってある。蜘蛛の巣をはらって、レッテルを読むと、一つの瓶には「阿片丁幾《あへんチンキ》」と書いてある。阿片丁幾といえば、毒薬ではないか。その次の瓶には薬の名はなくて、ただ「発病の際頓服《とんぷく》すべし」とあり、もう一つの瓶には「興奮剤」と書いてある。

どうやら曰《いわ》くのありそうな薬品だ。もしも医学の知識のある人が、これを見たら、恐らく思い当たるところがあったであろうが、私には三種の薬品が何を意味するのか、想像さえもつかなかった。

下段の方にも、奥の隈に何か着物のようなものが丸めて突っ込んである。引き出して見ると、一面黴がはえてジメジメしている。よほど以前に入れたまま捨てておかれたものに相違ない。

拡げて見ると、銘仙《めいせん》の安物の着物が二枚、一つは若い女の着たものらしく、派手な柄で、気のせいか、その着物の襟の辺に、また例の清々しい香料の匂いが漂っているように思われる。恐らくは秋子さんがここにいる時、身につけていたのであろう。

もう一つはやや地味な柄で、非常に幅広に仕立ててあるのをみれば、或いは肥田夏子が着たものかも知れない。そのほかに看護婦の着るような白衣が一枚ある。想像をたくましくすれば、ここで秋子さんが病気でもして、看護婦を雇ったのであろうか。

それでお仕舞いかと思うと、中にまだ一枚の衣類が包みこんである。これはあまり見たこともない、赧茶色《あかちゃいろ》の無地の木綿で、ずいぶん汚れている。こんな変な着物を、秋子さんにしろ、夏子にしろ、着るはずはないがと、しばらく眺めているうちに、私はハッと思い当たった。

刑務所（その当時は監獄と呼ばれていた）の中で、女囚の着せられる着物だ。こんな不吉な色の着物を、普通人が着るはずはない。よくは知らぬけれど、仕立て方もいやに寸詰まりで、囚人衣《しゅうじんい》らしい感じである。

私はなんとなく、いやな気持になった。まさか秋子さんが、こんなものを着たはずはない。恐らく肥田夏子の方だろう。彼女なれば刑務所にもはいりかねない悪女である。

私は念のために着物の袂《たもと》を調べてみたが、秋子さんのらしい派手な着物から、一枚の名刺が出て来た。

「医学士股野礼三《またのれいぞう》」と印刷してある。裏を返すと、鉛筆で細かく、

「その節お話しせし貴嬢の救い主の住所は左の通り、あらかじめ小生より依頼してあり

ますから、貴嬢単身にて訪問せられよ。委細の事は先方が充分心得ています。礼金は即時払い故お忘れなく。

東京市麻布《あざぶ》区今井町二十九番地、芦屋《あしや》暁斎《ぎょうさい》先生」

と認めてある。

ここに「貴嬢」とあるはどうやら秋子さんのことらしい。それにしても「救い主」とはいったい何を救ってもらわねばならなかったのであろう。一応は宗教家かも知れぬと考えたが、「即時払いの礼金」を取る宗教家はなさそうだ。見ればみるほど、この簡単な文面のうちに、何かしら非常に恐ろしい意味が含まれているようで、私は薄気味わるくなって来た。

毒薬の瓶、女囚の獄衣《ごくい》、それからこの奇妙な名刺、あとになって考えて見ると、これらの三つの品物には、実に身ぶるいするような恐ろしいつながりがあったのだ。一つ一つにこの世のものならぬ地獄の智恵がこもっていたのだ。

しかし、その時の私には、それらの品に伏在する深い秘密がわかろうはずはなかった。ただ、なんとなく鬼気の身に迫るのをおぼえるばかりであった。

私は後日のために、その名刺をポケットにおさめ、つづいて茶箪笥、鏡台などを一々調べまわったが、別段の発見もなく、やがて昼となり、夕方となった。

いよいよ空腹はつのるばかりだ。白痴の少年はどうしているかしらと、次の間に行ってみると、彼は非常に元気のない様子で埃の中に倒れている。どうやらひもじそうな顔つきである。私が起きているものだから、可哀そうにこの少年にまで食事の差し入れがないものと見える。

「オイ、我慢するんだぜ、今に僕が助け出してやるからね」

相手に通じぬことはわかっていても、せめて白痴とでも話をしていないでは、淋しくて仕方がない。私は少年のそばに坐って、柱によりかかりながら、長いあいだ、会話とも独り言ともつかぬことを喋っていた。

ふと気がつくと、喋り疲れて眠ったものとみえ、あたりはもうまっ暗になっていた。冷え冷えした空気の感じではよほど夜もふけたらしい。

少年の横たわっていた辺に手をのばしてみると、どこへ行ったのか姿がない。私は大切なマッチの中の一本をすって、先《ま》ず手早く煙草をつけ、それからあたりを照らして見た。

こちらの部屋にはどこにもいないので、不審に思って、襖の向こうを覗いてみると、いるいる、昨夜私の眠った蒲団の中へもぐりこんで、心地よげに眠っている。白痴のことだから、この恐ろしい境遇も、さほど身にこたえぬと見え、如何にも柔和な顔つきだ。

私はいっそ白痴の身の上がうらやましかった。

マッチが燃え尽きた時、窓の格子の向こうが、ボーッと赤く見えていることに気づいた。なんであろうと、そこから覗いて見ると、庭に蠟燭の光が動いている。蠟燭を持って、地上を照らしているのは、例の白髪の老婆である。その光の中で、しきりに鍬《くわ》を動かして土を掘っているのは、偽医学士である。

おや、妙な真似をしているなと、なおも眺めていると、二人の人物の頭の上に、黒々と茂っているのは、大きな松の木であることがわかった。ああ、彼らは松の木の下を掘っているのだ。

私はすぐ、昨夜立ち聞きをした恐ろしい言葉を思い出した。この養虫園では時々松の木の下を掘って人間を埋めるということだ。すると、いよいよ人間を埋める時が近づいたのか知らん。埋められるのは何者であろう。いわずと知れた私だ。医学士は四、五日このままにしておくようにいっていたが、それさえも待ちきれなくなって、今夜のうちに、私をどうにかするつもりに違いない。

畜生め、貴様たちの自由になってたまるものか。一歩でもこの部屋へはいってみるがいい。貴様たちの相手が、どんな男だか見せてやるぞ。

私は小さなナイフを握りしめて、今にも彼らが襲って来るかのように、闇の中で身構えをした。

だが、私は愚《おろ》かであった。相手は卑怯未練の悪魔である。正面から攻めて来るはずはないのだ。またしても何かしら狡猾至極な手段を考えめぐらしたのに相違ない。

しばらくして窓を覗いてみると、偽医学士の仕事は大層はかどって、松の木の下には私の身体が三つもはいるような大穴が出来ていた。

仕事を終わった彼らは、何かうなずき合って、無言のまま家の中にはいって行く。さアいよいよその時が来たのだ。悪人め、いったいどこから攻めて来るのかと、私は少しも油断なく身構えて、じっと聴き耳を立てた。

すると、ちょうどその時、奥の部屋の方で、なんともわけのわからぬ非常に大きな物音がした。まるで柱が折れて家がくずれるような音であった。

ハッとして、襖の向こうを覗いたが、依然たる暗闇で、何も識別することが出来ない。

「オイ、どうしたんだ」

寝ている少年に声をかけたが、むろん返事がない。ともかくも明かりがなくてはと、私はまた残り少ないマッチをすってかざしてみた。

見ると、別段部屋が毀れているわけでもない。私は襖の中へはいって、少年はどうしているかと、蒲団の方を照らしてみた。

おや、これはどうしたのだ。そこには少年の姿がない。いや、少年ばかりか、彼が寝ていた蒲団そのものが消えてなくなっている。蒲団のあった場所に、ちょうど畳一枚分ほどの大穴があいているではないか。

それを見ても、私はしばらくはなんの事やらわけがわからず、ぼんやりとしていたが、その大穴からサッと吹き上げる冷たい風を感じると、たちまち事の次第を察しとることが出来た。

ああ、なんという恐ろしい企らみであろう。ちょうどあの蒲団のおいてあった部分が、大きな陥穽になっていて、可哀そうな白痴の少年は蒲団もろとも穴の中へ落ちこんでしまったものに違いない。

私はソッと大穴に近づいて、下を覗いて見たが、ただ冷たい風が頬を掠めるばかりで、一面の暗黒。深さのほども分からない。

試みにマッチをすって、その中へ投げ入れて見ると、二丈ほども下の方で、シュッと消えてしまった。水だ。この陥穽には井戸のように水が溜っているのだ。一階の床を打ちぬいて、さらに地面を深く掘りさげたものに相違ない。

だが、悪人たちは、なぜ罪もない白痴の少年をこんな惨酷な目にあわせたのであろう。どうも解しがたい所業だ。いやいや、そうではない。彼らは人違いをしたのだ。昨夜私があの蒲団の上に寝ていたものだから、今夜もそこに寝るものと思いこみ、ポスターの目から覗いたにしても、暗い部屋のことだから、私と少年との見わけがつかなかったものであろう。気の毒な不具者は、私の身代わりとなって、果敢《はか》なく一命を失ったのである。

そうと知っては、もう愚図愚図してはいられない。やがて人違いとわかれば、今度こそ彼らはどんな暴挙を企てないとも限らぬ。私の採るべき道はただ一つだ。どこでもよい。なるべく弱そうな箇所を、かなわぬまでも切り破ってこの暗がりの部屋を逃げ出すほかはないのだ。

それには、例のポスターを貼った床の間の壁がなんとなく薄そうに考えられる。向こう側から目を当てて覗けるほどだから、破って破れぬことはあるまい。私はいきなり床の間に上がると、ナイフを握って、滅茶苦茶に壁を叩き始めた。

すると、案の定、そこはただの壁に過ぎず、パラパラと落ちる壁土の下から、細い竹を組み合わせた芯が現われて来た。私はその竹に手をかけて、力まかせに押し破り、引きちぎり、ついに身体の抜けられるほどの穴をあけてしまった。

壁の外へ出ると、そこはまっ暗な廊下になっていて床板が一方へ坂道のように傾斜している。破った部屋は中二階のことだから、この廊下は階段なしに、一階に続いているのかも知れない。何にもせよ、ただ前進する一方だ。

グングン進んで行くと、廊下は一と曲《ひま》がりして突き当たりになった。どうやらそこに扉があるらしい。扉の向こうに何がいようとも、ここまで来たからには、それを開くほかに道はない。私は思い切って、厚い板戸を引きあけた。

パッと目を打つランプの光、そのランプの下に、蒲団が敷いてあって、半ば身を起こした岩淵甚三がドキドキ光る旧式の六連発を構えて、じっとこちらを狙っているではないか。ああ、私は運悪くも、この家の主人の病室へ飛びこんでしまったのだ。

芦屋暁斎先生

岩淵甚三は、寝ながら、片手を上げて、ピストルの銃口を私にさし向け、

「だれだッ、動くとぶっ放すぞッ」

としゃがれ声でわめき立てた。

私は身に寸鉄《すんてつ》をも帯びていない。だが、相手が甚三だけとわかって、いささか安堵した。まさか、いくら悪人でも命を助けられた恩を忘れてはいまいと考えたからだ。

「僕ですよ、僕ですよ。命の恩人にピストルを向けるのが君の礼儀なのですか」

私がおだやかにいうと、さすがに相手も照れた様子で、

「ああ、あなたでしたか。股野医学士が、あの部屋にとじこめたのを、あなただと教えてくれぬものですから……」

と言葉を濁したが、ピストルの手をさげようとはしない。

彼は股野医学士といった。するとやっぱり察した通りあの女囚の獄衣から出て来た名刺は、偽医学士のものであり、あの妙な文句は偽医学士の筆跡に違いない。

「いくら君でも、僕を撃つことは出来ないだろう。さア、そのピストルを捨てたまえ。僕は君に少し話したいことがあるんだ」

「そうですか、話があるなら聞きましょう。でも、ピストルを離すわけにはいきませんよ。ごらんの通り起き上がることも出来ない病人のわしには、これだけがたよりですからね」

甚三は筒口《つつぐち》を私に向けたまま、キョトキョトと目を動かして、何か部屋の外の物音に耳をすます様子である。偽医学士が助けに来るのを待っているのに違いない。

だが、偽医学士と老婆とは、あの陥穽の井戸の底のものを、庭の穴へ埋めるために、今ごろは大骨折りをしている時分だ。まだ十分や十五分は、大丈夫ここへ来ることはあるまい。ただ目ざわりなのは、甚三のピストルだ。何しろ奥底の知れない悪人のことだ

から、話の模様では、いつ発砲しないとも限らぬ。先《ま》ずピストルを取り上げるに如《し》くはない。

そこで、私はわざとピストルになどは少しも頓着《とんちゃく》しないふうを装って、先ず相手の虚《きょ》を突くことにした。

「僕が君と同じ汽車に乗り合わせたのは、偶然だと思うかね。実は少しも偶然ではなかったのだよ。僕は幽霊塔の家族の一人なんだ。北川光雄という名は、君も多分聞き知っているだろう。僕がその北川だよ」

すると、案の定、私の計略は図に当たった。甚三は私の名を聞くと、ギョッとして、

「エッ、あなたが……」

といったまま、二の句がつげぬ。驚いた拍子にピストルの方がお留守になった。

私は、ここぞとばかり、パッと彼の右手に飛びついて、たちまちピストルをもぎ取ってしまった。

「こんなものがあっては、話の邪魔になって仕方がない。話のすむまで僕が預かっておくよ」

「アッ、しまった。北川さんそれは卑怯ですよ。ピストルで病人を脅迫するなんて……」

「ハハハハハ、安心したまえ、僕は脅迫なんかしないよ。さア、この通りだ」

私は相手が安心するように、ピストルをポケットに入れてしまった。

「仕方がない。いったいわしにどんな話があるのです。……秋子のやつがひどく強情になったのは、あなたのような人が出来たからですね」

甚三は私をからかうように云って、兇悪な苦笑いをした。

「そんなことはどうでもいい。僕の話を聞きたまえ」

「聞くなといっても、聞くほかはありませんよ。病人の上に武器を取り上げられたんでは、残念ながら御意《ぎょい》のままです」

「ではいうが、君は怪我が治り次第、シナへ渡って、再び日本に帰らないという約束をしたまえ。旅費が無ければ僕が出して上げてもいい。ともかく二度と秋子さんの身辺に近づかぬという約束をするんだ。もし不承知とあれば仕方がない。その筋にあの陥穽の秘密を訴えて、君たちを牢屋へぶち込むばかりだ」

「なるほどねえ。秋子との手切金をいくらか出すから、二度と帰って来るなっていうんですね。ハハハハハ、してみるとお前さんはまだ秋子の素性をよく知らないと見えますね」

甚三のやつ、いやな笑い方をして、妙なことをいう。

「素性を知らないって?」

「そうですよ。わしなどが、ここにいようといまいと、秋子にとってはなんでもないのです。もうこうなったら仕方がない。洗いざらいお話ししますがね。実は広い世界にたった一人、秋子の運命を握っている人があるのです。秋子を仕合わせにするのも、不幸にするのも、その人の心次第です」

甚三は妙なことを云い出した。ひどく真剣な調子で、でたらめをいっているようにも見えぬ。

「いいですか。この人が秋子を不幸にしないと決心さえすれば、だれがなんといったって、秋子をどうすることも出来やしないのです。わしなどが、日本にいようといまいと、そんなことは少しも関係がないのです。その人をウンといわせない限りは、あんたがどんなに骨を折って秋子を助けようとしても、まったく無駄ですよ。まあ、その人が秋子にとっては神様みたいなもので、秋子の運命は神様の思召《おぼしめ》し次第というわけです」

ますます異様な言葉に、私は俄かに信じがたい気がして、黙って睨みつけていると、相手は更に熱心を面《おもて》に現わしてつづけた。

「あんたは、秋子が何か秘密の使命を持っているといったのを聞いたことはありませんか。それを聞いたことがなければ、わしの話がわからんかも知れませんが、もし聞いていなされば、よくわかるはずですよ」

おお、この男はあの「秘密の使命」のことまで知っているのか。

「ウン、そのことは聞いているけれど……」

「それじゃ、わしの話が嘘でないことがわかるはずです。秋子が命に換えても為《な》しとげようとしている使命、その使命はだれが授けたのでしょう。神様です。今いった秋子の神様です。広い世界にただ一人、その人だけが秋子を思うままにすることが出来るのです。生かそうと殺そうと自由自在なのです。たとい秋子が死んだとしても、その人ならば、新しい命を与えて、生き返らせることさえ出来ます。決して嘘じゃありません。嘘だと思うなら、あんたが直接その人に会ってごらんなされば、よくわかることです」

いよいよ奇怪な話だけれど、甚三の真剣な調子にさそわれて、私は思わず聞き返した。

「その人はいったいだれなんだ」

「さア、そこがわしの秘密ですよ。ただ聞かすわけにはいかん。条件があるのです」

「その条件をいってみたまえ」

「わしをその筋へ訴えたり、外国へ追いやったりする前に必ず一度その人に会うという条件です」

「僕がその人に会うと、何か君の利益になるのかね」

「そうですよ。あんたがその人に会って話を聞きさえすれば、なるほど岩淵なんかいじめても仕方がない。追っ払うにも訴えるにも及ばぬということが、よくわかるからです」

「フーン、なんだか信用の出来ぬ話だが、君がそれほどにいうなら、その神様とやらに会ってみてもいい。しかし、もし会った上で、君の言葉が嘘とわかったら？」

「その時こそ、わしを訴えようと、どうなさろうと勝手です。ごらんの通りの大怪我だから、あんたがその人に会って帰って来るまでに、逃げ隠れなんか出来やしません」

それもそうだ。甚三は毀れた汽車の下から私が救い出してやったのだから、どれほどの大怪我かということもよくわかっている。その身体では逃げ隠れも出来ないはずだ。ともかく、だまされたと思ってその人物に会った上、甚三たちの処分を考えても遅くはない。

「じゃ、神様とやらの名と住所を教えたまえ」

「きっとその人の所へ行きますね」

「僕は君たちのような嘘つきじゃない」

「それじゃ云いますがね、秋子の神様というのは東京の麻布区今井町二十九番地に住んでいる芦屋暁斎という人です」

私は手帳を出して町名を控えようとしたが、それには及ばぬ。その町名も名前も、例の女囚の獄衣から出た偽医学士の名刺の裏に書いてあったものだ。あの名刺には「貴孃を救うものはこの人のほかにない」という意味が認めてあった。すると甚三が神様などというのも、まんざら出鱈目ではなさそうである。

「北川さん、わしにしてみれば、あんたを芦屋先生に会わせるのはどえらい損害なんですぜ。あの先生が、もう一度秋子に新しい命を授けるようになったら、わしはもう秋子をどうすることも出来やしない。大事の金蔓《かねづる》に離れるのです」

悪人はしおれ返って、さも恨めしげに呟くのであった。

毒草

私は、嘘にもせよ真にもせよ、ともかくその芦屋先生とやらを一度訪問してみる決心を定めると、もう不気味な蜘蛛屋敷などに用はないので、偽医学士が部屋に帰らぬうち、急いでそこを立ちいで、もう明け方近い夜道を駅へと急いだ。

偽医学士といえば、彼と老婆とは、陥穽の井戸の底から例の片輪者の死体を引き上げ、私を殺したとばかり信じていた当てがはずれて、今ごろはさぞくやしがっていることであろう。

だが、幸いにも、あとから追手がかかるようなこともなく、私は間もなく駅に着き、一番列車に乗り込むことが出来た。

幽霊塔の時計屋敷に帰ってみると、玄関番の書生がなんだか浮かぬ顔をして、

「大旦那様が、あなたのお帰りをどんなにお待ちだったか知れません。また妙な事件が起こりまして……」

と、他聞をはばかるようなヒソヒソ声である。留守中にまたしても、何か事が起こったらしい。

「秋子さんは？」

私は叔父のことよりも、その方が先《ま》ず気にかかる。

「なんだか病気だといって、部屋にとじこもっていらっしゃいます」

どうやら憎々しげな云い方だ。書生などには人望のあった秋子さんが、こんなふうにいわれるとは、いよいよ合点がいかぬ。

私はすぐさま、秋子さんの部屋へ行って、ドアをノックした。

「秋子さん、僕です。黙って外出してしまって、ご心配かけました。今帰ったのです」

すると、ドアは開かないで、中から恐ろしく不愛想な声が答えた。

「ああ、北川さんですの。あたし、今気分がすぐれませんから、このままソッとしておいてください」

「どうかしたんですか。ちょっとここを開けてください」

秋子さんは、それにはもう返事もしない。把手《とって》を廻しても、中から鍵がかけてあると見えて、ドアは開かないのだ。

仕方がないので、叔父に様子を訊こうと、立ち去る時、ドアの向こうからさも悲しげなすすり泣きの声が聞こえた。秋子さんは泣いているのだ。いったいこれはどうしたというのであろう。

叔父の部屋へ行ってみると、叔父は大病人のようにベッドに寝ているし、枕もとには白衣の看護婦、それに、白い仕事着を着た医員のような人物もいる。

私がズカズカと部屋へはいろうとすると、その医員のような男が、両手で制して、私を室外に連れ出した。

「今、よくお眠りになっていますから、ご遠慮願います」

「そうですか。僕はここの家族の北川というものですが、叔父はいったいどうしたのですか。旅行をしていて、少しも様子を知らないのです」

「お嬢さんにお会いになりませんでしたか」

お嬢さんとは秋子さんのことだ。

「いや、それが、あの人もなんだか気分がわるいといって……」

話しながら、相手の横顔を見ていると、どうもこの人物には見覚えがある。ハテナ、だれだったかしら。おお、そうだ、うまく変装しているけれど、彼に違いない。

「少しお話ししたいんですが、こちらへ来てくれませんか」

私は医員を一室に連れこんで、椅子を勧めた。

「どんなお話でしょうか」

相手は如何にも病院の助手といった恰好でかしこまっている。

「ハハハハハ、森村さん、僕にまでお隠しなさることはないじゃありませんか。いったいこれはどうしたというのです」

医員に化けていたのは、森村探偵であった。裏の古池から女の首なし死体が発見された時、この犯罪の手掛かりは長崎市へ行って調べた方が早くわかるといって、立ち去ったまま消息を聞かなかった、あの森村探偵なのだ。いくら巧《たく》みに変装しても、私の目を欺くことは出来ない。

「さすがは北川さんだ。僕は変装はあまり得意じゃないけれど、素人に見破られたのは初めてですよ」

探偵は照れ隠しのように私を褒めた。

「事情を聞かせてください。あなたが変装をして叔父の枕もとについていらっしゃるというのは、よくよくの事情があるのでしょう。もしや……」

「そうですよ。また犯罪です。児玉さんを毒殺しようとしたものがあるのです。幸い、児玉さんは、その毒入りの葡萄酒を少し飲んで気づかれたので命はとりとめましたが、医師の届けいでによって、その葡萄酒のコップをしらべてみますと、例のグラニールがはいっていることがわかりました」

グラニールといえば、印度産の毒草から採った毒薬だ。かつて私を傷つけた短剣の先に塗ってあったのも、その同じ毒薬であった。

「だれの仕業です。僕の留守中に怪しい人物でも訪ねて来たのですか」

「いいえ、犯人が外からはいり込んだ形跡は少しもありません」

探偵はじっと私を見つめて、異様に断言した。

「すると、家の中に犯人がいるとおっしゃるのですか」

恐らく私の顔色が変わったに違いない。

「あなたには申しにくいのですが、嫌疑者はもうちゃんと当たりがついているのです」

「だれです、だれです」

「秋子さんですよ」

探偵は声を低めて、重々しくいった。

「エ、エ、秋子さん？　そんなばかなことがあるものですか。何かの間違いでしょう。それとも証拠があるのですか」

「すべての事情が、あの人を指さしているのですよ。だいいち、叔父さんに毒酒を飲ませた本人が秋子さんです。その場には二人のほかにだれもいなかったのですから」

「でも、その葡萄酒はどこから持って来たのです。秋子さんは毒がはいっているとも知らずに、叔父に飲ませたかも知れないじゃありませんか」

私は躍起《やっき》となって抗弁した。

「ところが、葡萄酒の瓶の方には別条がなくて、叔父さんのコップにだけ毒物が検出されたのです。酒をつぐ時に、秋子さんがソッと毒薬を入れたとしか考えられないのです。それは児玉さんの書斎での出来事で、別に給仕人がいたわけではありませんからね」

「しかし、しかし、秋子さんには叔父を毒殺する理由がありません。あの人が、なんのために善良な養父を殺すのです。恩こそあれ、なんの恨みもないじゃありませんか」

「あなたにはお気の毒ですが、秋子さんにはちゃんと動機があるのですよ」

「動機があるんですって？　僕には信じられません」

「北川さん、あなたは少し前に児玉さんが遺言状を作製されたことをご存知ありませんか。万一の場合は遺産をあなたと秋子さんに折半《せっぱん》して譲るという」

「ええ、それは叔父から聞いています。しかし……」

「まあ、お聞きなさい。ところがですね。あなたのお留守中に、叔父さんの気の変わるようなことが起こったのです。児玉さんは遺言状を書き変えようとなすったのです」

「と云いますと？」

「ご近所に住んでいらっしゃる長田長造氏が、秋子さんの身の上について、何か重大な事柄を手紙に書いて、児玉さんに渡したからです。私はその手紙を読んだわけではありませんから、詳しいことは知りませんが、児玉さんはそれを読んで非常に驚かれ、すぐさま秋子さんを呼んで聞き糺《ただ》されたということです。

「その結果、児玉さんは遺言を書き変えようとなすった。これは児玉さんから直接聞いたのですから間違いはありません。ところが、その書き変えをなさる前に、こんなことが起こってしまったのです」

長田長造とは、行方不明の三浦栄子の夫、青大将みたいな薄気味のわるい男である。あの男が何か秋子の素性を悪しざまに密告したのに違いない。

「長田はいったいどんなことを密告したのでしょう。叔父さんも、あんな男の密告を信じるなんて……」

「いや、べつに悪気があってしたのじゃありません。児玉さんと秋子さんと、双方のためを思って知らせてくれたのだと、児玉さんもそうおっしゃっていました。それに、秋子自身が、その通りに違いないと認めたって云いますから」

「何を認めたというのです？」

「驚いてはいけませんよ。秋子は前科者だということを認めたのです。監獄にはいっていたということを自認したのです」

私は思わず椅子から立ち上がった。

ああ、やっぱりそうだったのか。もしこれを初めて聞かされたのなれば、私は決して信じなかったであろうが、蜘蛛屋敷で秋子さんが身に着けたらしい獄衣を見て来たばかりなので、直ちに否定する気にはなれなかった。

「どんな前科なのですか。まさか……」

「いや、詳しいことは私にもまだわかっていないのです。しかし、前科はともかくとして、さし当たっての毒殺未遂事件のかたをつけなければなりません。つまり前科者ということを看破されて、遺産相続の見込みがなくなったのが、この事件の動機ですよ。私は児玉さんが眠りから覚められたら、一言お耳に入れた上、直ちに本署へこのことを報告して、その手続きをとるつもりです」

「すると、秋子さんは拘引《こういん》されるのですか」

「お気の毒ですが、多分そういうことになるでしょう」

ああ、なんということだ。私は腋の下に冷たいものが流れるのを感じた。心臓が乱調子に打ち始めた。

たとい前科者にもせよ、あの秋子さんが叔父を毒殺するなんて、夢にも考えられないことだ。しかし動機もあり、状況もそれを示しているとすると、この嫌疑をはらすのは容易のことではない。それなればこそ、秋子さんも、絶望のあまり、ああして一間《ひとま》にとじこもっているのであろう。

「待ってください。まだ一つお聞きしたいことがあります」

私は死にものぐるいに頭をはたらかせて、やっと一縷《いちる》の望みを発見した。

「毒薬がグラニールであったという点に、不審があるのです。首なし死体の事件の時、僕を刺した剣の先に同じ毒薬がぬってあったというではありませんか。そして、あの時も秋子さんに嫌疑がかかり、のちにそうでなかったことがわかりました。あの時の犯人はまだ捉《とら》えられていないのです。

「グラニールというのは、どこの調剤所《ちょうざいしょ》にも売っていない珍しい毒薬と聞いています。それを、あの時の犯人も使い、秋子さんも使うというようなことがあり得るでしょうか。秋子さんは無罪です。あなたは先ず、あの首無し死体事件を探偵しなければいけません。

あの時の犯人と今度の犯人とは、同一人にちがいないのです」

「ああ、ご明察です。私も犯人が一人だという点は、あなたと同じ考えです。ただ、その二重の犯罪者が秋子でないと独断しないだけです」

「なんですって、それじゃあなたは、あの首無し死体の事件も、秋子さんの仕業だとおっしゃるのですか」

「今のところなんともいえません。しかし、秋子を取り調べてみる値うちは充分あると思うのです。共犯者がないとも限りませんからね」

私はもうこれ以上抗弁する力がなかった。探偵のいうところは如何にも道理にかなっているのだ。

考えてみれば、秋子さんの行動は、最初から怪しいことばかりであった。あの時、彼女はなぜ人の恐れる幽霊塔の中を、しかもたった一人でさまよっていたのであるか。そして、そこでパッタリ出あった私に、大時計のまき方を知っていると話しかけるなどとは、偶然にしてはあまりにお誂《あつら》えむきではなかったか。すべてすべて、最初から深くも企まれた陰謀ではないのか。

秋子さんは先ず邪魔者の三浦栄子を追い退けることに成功した。それから巧みに叔父に取り入って養女となり、私をたぶらかして求婚せしめ、瞬《また》く間に目的の八分通りをとげてしまった。そこへ彼女の素性を知っている人物が現われ、叔父に密告し、叔父が遺産譲渡の遺言状を書き変える気になったのをみて、ついに毒殺の決心をする。如何にも筋路《すじみち》の通った想像ではないか。

私はいうべき言葉もなく、長いあいだうなだれたまま考えに沈んでいたが、ついに意を定めて顔をあげた。

「森村さん、あなたのお考えはご尤《もっと》もです。秋子さんをよく知っているつもりの僕でさえ、今となってはもう弁護の言葉もないほどです。しかし、僕にはまだたった一つ最後の望みが残っています。秋子さんをだれよりもよく知っているある人物に面会して、真相を訊きただすことです。僕はなんだかその人に会いさえすれば、秋子さんの無実の反証が上がるのではないかという予感がします」

「それはだれです？」

探偵は私の苦悶《くもん》を気の毒そうに眺めながら、沈んだ声で訊ねた。

「今はその人の名は申しますまい。僕を信じてください。そして、僕が東京へ行って、その人に会って帰るまで、秋子さんに手をふれないという約束をしていただきたいのです」

「おやおや、その人は東京にいるのですか」

「そうです。今から出発しても往復二日以上かかります。せめて三、四日ほど、嫌疑者の報告をのばしてくださるわけにはいきませんでしょうか。決して嘘は云いません。もしその人に会って反証が得られなくても、或いはかえって秋子さんの有罪が明瞭になったとしても、僕はきっと帰って来て、あなたに正直に報告します。ねえ森村さん。僕を信じて、それだけの猶予《ゆうよ》を与えていただけないでしょうか」

私は熱誠《ねっせい》をこめて頼んでみた。

「それはいけませんよ。私は警察署のものです。いくらあなたとご懇意だからといって、みだりに手続きをのばすことは出来ません。しかし、私が本署へ報告して拘引状《こういんじょう》を手に入れるまでに、ことによると二、三日の余裕があるかも知れません。決してお約束するのじゃありませんよ。お約束はしませんが、あなたが大急ぎで東京へ行って帰って来られるまで、秋子さんを拘引しないかもしれません。私にはこれ以上のことは申し上げられませんよ」

探偵は半狂乱の私に同情したらしく、味のある返事をしてくれた。

「わかりました。それじゃ僕、すぐ出発します。叔父のことはよろしくお願いします。今から出発すれば、あすの朝早く東京に着きます。そしてその人に面会して、夕方の汽車に乗れば明後日はここへ帰って来られると思います。どうかそれまでのあいだ、何ぶんよろしく」

「いや、北川さん、誤解なすってはいけませんよ。私はあなたがお帰りになるまで待つなんてお約束するわけではありませんよ」

「ええ、わかりました、わかりました。それじゃ、僕急ぎますから、これで失礼します」

私は勇躍《ゆうやく》して、挨拶もそこそこに部屋を駈け出し、旅行の用意にとりかかった。

鏡の間

私は旅装をととのえ、スーツ・ケースの底に小切手帳と実印を入れることを忘れなかった。万一多額の金銭を要する場合には、私の銀行預金を、東京の本店から引き出すためである。

用意をととのえると、先《ま》ず叔父の病室を見舞ったが、まだスヤスヤと眠っているので、「出来るだけ眠らせよ」という医師の注意を守って、起こすのを見合わせた。

次には秋子さんの部屋へ行ってみたが、相変わらず中から鍵がかかっていて、いくらノックしても開けてくれない。

「秋子さん、僕これからまた旅行します。一《ひ》と目《め》お逢いしたいのです。あけてくれませんか」

　ノックを続けながら、叫ぶようにいうと、旅行という言葉が効を奏したのか、やっと中から鍵を廻す音が聞こえて来た。

　ドアを開くのももどかしく、まるで一年も逢わなかったような気持で、部屋にはいると、そこに秋子さんのいつに変わらぬ美しい姿があった。

　喪服《もふく》のような黒っぽいドレスを着て、青ざめて、頰を涙で濡らして、ほっそりと立っている姿は、痛々しいというよりも、何かしら神秘な幻想のように麗《うるわ》しかった。

「お父さまはいかがですの？　あたしお見舞いすることも禁じられていますの」

　秋子さんは何よりも先ず叔父の上を案じているのだ。

「大丈夫です。今よく眠ってます。今度の出来事については詳しく聞きました。心配することはありません。僕に任しておいてください。これから旅行するというのも、あなたの濡衣《ぬれぎぬ》を干すためです。あさって必ず帰ります。それまで早まったことをしてはいけませんよ。僕を信じていてください。きっといい土産《みやげ》を持って帰りますからね」

　私は秋子さんの肩に手をあてて、ひたすら彼女の悲しみを慰めようとした。

　すると秋子さんは、しばらくのあいだじっと私を見つめていたが、その美しい目に、見る見る涙の露があふれて、とめどもなく滑らかな頰を流れ落ちた。そして、とうとうたまらなくなったのか、まったく日ごろの冷静を失って、いきなり私にすがりつき、私の胸に顔を埋めて、さめざめと泣き入るのであった。

ああ、この可憐《かれん》な女が前科者であろうか。毒殺者であろうか。今の今まで、私は多少の疑念を抱いていたのだが、彼女の涙を見るに及んで、彼女の嗚咽《おえつ》を聞くに及んで、そんな疑念はたちまち消えうせてしまった。彼女を少しでも疑った私の野卑《やひ》な心が、たまらなく不愉快になった。

一分間ほども私たちはそのままの姿勢で動かなかった。私たちはもう二人の男女ではなかった。まったく一つの溶けあった塊となって、お互いの心臓の鼓動を聞き、お互いの心を通わせた。私には秋子さんの心が手にとるように感じられたし、恐らく、秋子さんにも、私のほんとうの気持が通じたに違いない。

やがて、私たちはどちらからともなく身を離し、顔を見合わせて笑った。秋子さんの涙はもう乾いていた。少し血の気のさした頬でニッコリ笑っている。

「あたし、もう大丈夫ですわ。ご心配なさらないで、どこへでも……」

すっかり私にたよりきった調子である。

「それじゃ、きっと待っていらっしゃいね」

私たちはそれ以上をいわなかった。お喋りなんかしなくても、お互いにわかりすぎるほどわかっていたのだ。

私は秋子さんをソファにかけさせて、そのまま部屋の外に出ると、静かにドアをしめた。しまっていくドアの隙間からは、私の方を見ようともせず、ソファにもたれたままにこやかに微笑《ほほえ》んでいる秋子さんの姿が眺められた。

それから二十時間のもどかしい汽車旅行を終わって、翌日の朝、私は久し振りの東京駅に着いていた。むろんその当時は旅客飛行機など夢にも知らなかった時代である。

ステーション・ホテルで食事をすませて、すぐさま麻布区今井町へと自動車を命じた。着いて見ると、こんなところに、こんな家がと驚くような、古風な赤煉瓦の西洋館である。煉瓦を積みあげた門柱《もんちゅう》に、アラベスクの鉄の扉がピッタリとしまっている。番地も同じだし、門の表札に芦屋暁斎とあるからには、ここに違いないと、車をおりて呼鈴《よびりん》を押すと、門内に一人の頑丈な老人が現われた。黒い詰襟《つめえり》の洋服を着て、両手をうしろに廻して歩いて来るのは、どこかの会社の守衛長といった恰好である。

「何かご用ですか」

老人は門を開こうともせず、アラベスクの隙間から、ジロジロと私を眺めながら、不愛想に怒鳴った。

「芦屋先生はご在宅ですか」

と訊ねると、老人は、

「さア、お客によってはご在宅ですが、あなたはいったいどなたです」

と妙な返事をした。この分では先生在宅にきまっている。

「先生の知人から紹介されて、遙々《はるばる》長崎からやって来たものです」

と名刺を扉の隙間から差し出すと、老人は受け取ってしばらく眺めていたが、うろんなものでないと見定めたのか黙って門扉《もんぴ》を開き、私を中に入れた。

「遙々長崎からとおっしゃったが、当家は遠方のお客は珍しくごわせんよ。北海道、樺太、台湾はおろか、朝鮮、シナ、印度などからも、よく先生を訪ねて来る人があります」

老人は自慢らしく喋りながら、玄関を開き、私を一と間に案内して、

「ここでしばらくお待ちください。先生に申し上げて来ますから」

と、奥へ立ち去った。

建物の外観にふさわしい古風な部屋である。高価なペルシャ絨毯の上に、楢材《ならざい》の彫刻のある椅子とテーブルが、黒光りに光っている。天井からさがった朝顔型のシャンデリア、一隅の楢材の隅棚から、人間の頭蓋骨《ずがいこつ》が一つ空《うつ》ろな眼窩《がんか》でこちらをギョロリと睨んでいる。

だが、それらの装飾にもまして異様なのは、この部屋の四方の壁や天井に、都合十個

ほどの大鏡が、さまざまな角度で懸け並べてあることだ。なんとなく魔術めいた鏡の間である。

試みにその一つの大鏡の前に立ってみると、薄気味わるいことには、私のうしろ向き、横むきなど、さまざまの姿がウジャウジャとうごめいている。反対側にある鏡が、いくつも写っているために、私の影が重なって見えるのだ。

鏡の角度に従って、だんだん目を移して行くと、一方の壁の天井に接するところに、幅五寸ほどの隙間がズーッと続いているのに気づいた。もしかしたら、この隙間は、この部屋の有様が鏡から鏡へ反射して、奥にいる主人のところまで伝わって行く通路ではないのかしら。沢山の鏡の角度が、なんとなくそんな感じを与える。私がここに坐っているのを、今ごろは奥の間で、芦屋先生がジロジロ検査しているのかと思うと、いよいよ薄気味わるくなって来る。

しかし、待てよ、私の姿が先方まで反射して行くとすれば、先方の姿もこちらから見えるかも知れないぞ。私は一つ一つの鏡の前を歩きまわって、奥の間の様子が見えぬかと試してみたが、さすがにそんな迂闊な設計はしてないとみえて、どの鏡にも人の姿などは写っていない。

そこで、私は元の椅子へ戻ろうと、一歩踏みだした時であった。ちょうど目の前の鏡にパッと人の影が現われた。黒い背広服に縞ズボンをはいた小男が、小脇《こわき》に箱のようなものをかかえて、急ぎ足に立ち去る姿だ。

何となく見覚えのある人物である。しかし残念なことに後姿では充分に見わけがつかぬ。ハテナ、どっか別の鏡に正面の姿が写ってはいないかしらと、急がしく部屋じゅうの鏡を見廻すと、ああ、あった、あった、小男の真正面の顔が写っていた。弁護士の黒川太一君だ。秋子さんが「あたしを保護することが出来るのはこの人のほかにはありません」と云った、あの黒川弁護士だ。

「黒川君、黒川君」

私は思わず立ち上がって、鏡の影に声をかけたが、影はたちまち鏡の表から消え去ってしまった。急いで、ドアを開き、廊下や玄関を見廻しても、それらしい姿はない。鏡の影のことだから、その本体はどんな遠方にいたのかも知れぬ。声をかけるなどとは、私はよほどうろたえたものだ。

だが、黒川はいったいここへ何をしに来たのであろう。彼もまた芦屋先生を知っていて、秋子さんの身の安全をはかるために、わざわざやってきたのではあるまいか。今の様子では、どうやら用件をすませて立ち去ったものらしい。さては、私はまたしても黒川に先《せん》を越されたのではないかしら。あの小脇にかかえていた箱のようなものには、いったい何がはいっていたのであろう。

さまざまに思いめぐらしていると、そこへさいぜんの老人が現われて、

「先生がお会いになりますから、どうかこちらへ」

と先に立つ。

老人のあとに従って、迷路のような薄暗い廊下をいく曲がり、奥の奥の一室に案内された。

地底の密室

たぶん先生の書斎であろう。十坪もあるかと思う広い部屋の四方の壁が、天井まで書棚になっていて、独逸《ドイツ》の医書らしい洋本がギッシリつまっている。中央に畳一畳敷もある大机がドッシリ据えられ、その向こうのローマ法王でも腰かけそうなゴシック風の背中の高い椅子に、白髪白髯《はくはつはくぜん》の老主人が、いかめしくもたれていた。

白髪白髯の中からギロギロ光っている鋭い目、高い鷲鼻《わしばな》、老年に似ぬ赤い唇、皮膚の色と云い、骨組の偉大さと云い、どうやら純粋の日本人ではなく、白色人種との混血児ではないかと疑われた。

いや、それよりも不思議なのは、この老人の容貌《ようぼう》が、なんとなく、お面でも被ってい
るかのように感じられたことだ。私はかつて秋子さんに初めて会った時、そのあまりの
美しさに、もしやゴム製のお面でも被っているのではないかと、異様な疑いを起こした
ことがあったが、今芦屋先生の顔を見ていると、それとまったく同じ疑念が湧き上がっ
て来る。

だが、むろんお面など被っているはずはない。物をいえば、唇は自在に動くのだし、
顔面の筋肉も、その時々の感情を自由に現わしている。しかもなお、この人物の顔がお
面を連想せしめるのは、そもそもなぜであろうか。

ハテナ、もしかしたら、秋子さんはこの老人の娘ではないのかしら。親子なればこそ、
この容貌の異様な感じに共通なところがあるのではないかしら。いやいや、そうでもな
い。こんな立派な父親があるとすれば、秋子さんは何もあんなに独りで苦しむことはな
いはずだ。やっぱりこの人は、秋子さんの父ではなくて、神様なのであろう。

私がそんなことを考えている間に、芦屋先生の方でも、じっと私を観察していたが、
やがて、おもおもしく口を開いた。

「わしの知人の紹介でお出でなさったということじゃが、いったいだれのお知り合いで
すな」

さあ、だれと答えたらよかろうと、私は少し迷ったが、やっぱりあの悪人の名をいうほかはない。

「岩淵甚三氏から先生のことを聞きまして……」

すると、老人は腑に落ちぬ様子で、俄かに警戒の目を光らせながら、

「ハテナ、岩淵と、いっこう聞いたこともない名前じゃが……」

と、ジロジロ私を眺める。こいつはしまった。では先生の知っているのは、岩淵でなくて自称医学士の股野の方だなと、咄嗟に気づいたので、すぐさま云いなおした。

「いや、岩淵甚三というのは、股野礼三氏の親友なのですが……」

すると、先生の顔に、やっと微笑が浮かんだ。

「ウン、股野君ならよく知っております。では、一つ股野君からの紹介状を見せてくださらんか」

それを聞くと、私はハッとした。むろん紹介状なんて持ち合わせてはいないからだ。

「別に紹介状は持っておりませんが……」

「それは困るね、わしは紹介状のない方には、お会いせぬことにしてあるので」

さア、困った。それにしても、なんという用心深い老人だろう。これほど用心するところをみると、この男、何か犯罪めいた世渡りでもしているのではないかしら。

待てよ、なんとかこの難関を切り抜ける手段はないものかしら。私はいそがしく頭をはたらかせたが、すると、うまいことを思いついた。私のポケットには、股野の名刺がある。蜘蛛屋敷で、女囚の獄衣の中から発見したあの古名刺が、まだ私のポケットにはいっているはずだ。ポケットに手を入れてみると、あった、あった、これでなんとかごまかしてしまおう。

「ここに股野氏の名刺があります。紹介状はなくても、この名刺を持って行けば先生は会ってくださるからと、こんな古い名刺をくれました。裏に何か鉛筆で書いてありますが、この文句も先生はたぶんご記憶だろうからということでした」

うまく云いつくろって、名刺を差し出すと、先生はそれを受け取って、表と裏をしばらく眺めていたが、やがて疑念もはれた様子で、

「ウン、よく覚えております。ここに貴嬢と書いてあるのは、野末秋子という女のことじゃ。あんたはあの女をご存知かな」

ああ、やっぱりそうだったのか。するといよいよあの獄衣の主は秋子さんにきまった。だが、その裏面にはどのような意外な事情が伏在《ふくざい》していないとも限らぬ。早くそれが聞きたいものだ。私はワクワクしながら、先生の鋭い目を見つめて答えた。

「ハア、よく知っております。実はその秋子のことについて……」

先生は皆までいわせず、何か遠い思い出を懐かしむような表情になって、半ば独り言のように呟いた。

「ああ、野末秋子か、美しい娘じゃった。あまり美しいのでさすがのわしも術をほどこしかねたほどであった。生命の入れ替えが少し不充分であったかも知れぬ。或いは今もって多少の禍が残りはせぬかと、時々気にかかることがあるくらいじゃ」

先生はわけのわからぬ述懐《じゅっかい》をして、今度は真正面から、私の顔を穴のあくほど見つめた。

「だが、あんたもずいぶんむずかしいお望みじゃよ。秋子と同じく、あんたも実に惜しむべき容貌じゃ。だが、こういう時こそ、わしも腕を揮えるというものです。なに、心配なさらなくてもよろしい。秋子の場合でもよくわかるように、わしのは根本から救うのですからな。秋子はその後どんな境遇にいるか知らぬが、わしを命の親と思っていることは確かですよ」

「ええ、命の親と思えばこそ、こうして遥々救いをお願いにやって来たのですが」

「よろしい。確かに引きうけました。ではこれから条件をきめた上で、着手することにしましょう」

先生は独り合点でものをいっているが、私にはまだよく呑みこめぬところがある。腕を揮うの、着手するのと、何か私自身の身体をどうかするような話ではないか。部屋の様子と云い、老先生の態度と云い、妙に浮世ばなれがしていて、老人の赤い唇が動くのをみていると、何かしら、ゾーッと背筋が寒くなるような感じである。

「ああ、今日は妙な日ですわい。ひさしく忘れている野末秋子の名を、たびたび聞かされますよ。あんたの前にも、別の人から秋子の話を聞きました」

先生は独り言のように呟く。

「その別の人というのは、弁護士の黒川太一君ではありませんか。あの人ならよく知っていますが、黒川君は秋子さんのことについて、何をいったいお願いに来たのでしょうか」

「いや、それはお答え申すわけにいかん。依頼人の秘密を守らねば、わしの天職を行うことが出来ません。じゃから、もしあとで、あんたの親兄弟が来られて、あんたがわしに何を頼んだかと聞いても、わしは何も知らんと答えるばかりです。わかりましたかな」

なるほど、もっともな云い分である。私はこの一言によって、先生への信頼をやや深くした。

「いや、つまらないことをお訊ねして、失礼しました。それでは、貴方にたよれば、どんな困難な立場に遭遇しているものでも、必ず救われましょうか」

「むろんです。だが、わしは依頼者から、洗いざらい事情を聞き取った上でなくては、引きうけないことにしておる。少しでも隠し立てをなさると、それでおわかれというわけじゃ」

「それは何もかもお話しするつもりです」

「よいかな、つまり、助ける者と助けられる者とは、一心同体でなくちゃいかん。双方が充分信じ合わなくては、仕事は出来ません。ところで、あんたは、何か法律にふれて今にも逮捕されるというのでわしに救いを求めに来られたのじゃろうな」

「ええ、まあそうなのです。決して罪はないのですが、どうしても云い逃れの出来ない場合なので……」

「ウン、そうじゃろう。それなら、わしの所へ来られたのは、実にあんたの仕合わせというものじゃ。そういう難場《なんば》を救い得るものは、広い世界にわしのほかにはないのです」

そう聞いても、むろん私には先生の意味するところがよく分からなかった。法律にふれたものを、いったいどうして救おうというのであろう。

「まちがいはありますまいね」

私は思わず念をおした。

「いや、ご心配なさるな。わしの手にかかれば、一点の曇りも残らぬように、いわば罪も何もない清浄潔白《せいじょうけっぱく》の身に生まれかわるのです。まったく新しい生命を与えるのですからな」

新しい生命は、岩淵甚三も口にした言葉である。彼は芦屋先生は、秋子さんにとって、生殺与奪《せいさつよだつ》の権を持っている神様も同然だといった。どうやら、その言葉が嘘ではないらしい。

「さア、あんたはどんな罪を犯したのです。先《ま》ずそれを告白してもらわねば、仕事に着手することは出来ぬのじゃが」

おやおや、それでは、この老人は、やっぱり私が罪を犯したように誤解していたのか。道理でさいぜんからの話しぶりが、どうも腑におちぬと思った。

「いやいや、救っていただきたいのは私ではありません」

「エッ、あんたではない。それじゃだれをです」

「さきほども申した野末秋子です」

「ホウ、秋子をもう一度といわれるのかね。ハテナ、これまでの経験では同じ人を二度救ったことはないのじゃが、というのは、一度救えば、その人の生涯を救うのじゃから、二度とわしに用はなくなるはずなので……」

「では、二度救うことはむずかしいとおっしゃるのですか」

「いや、そうではない。二度でも三度でも、救うことは出来るが……」

「じゃ、もう一度だけ秋子さんを救ってください。あの人は今、非常な苦境におちいっているので、人間業《にんげんわざ》ではとても救い出すことの出来ないほど困難な立場におかれているのです」

「ホウ、そうですか。それは気の毒じゃ、あれほど不思議な運命の女は、またとこの世にあるまいと思ったが、それが再び苦境におちいったとは、どこまでも不幸な人ですね。じゃが、今度もむろん助からぬはずはありません」

先生は確信に満ちて断言した。

「ありがとう。では、どうすればあの人を救うことが出来るのでしょう。その方法をお聞かせ願いたいのですが」

するとと老人はやや改まった調子になって、

「どうすればとおっしゃるのか。ハハハハハ、それをお話しするには、先ず報酬をきめてからでなくては。それがわしの職業じゃからね」

「ああ、そうでした。ついうっかりしていまして。で、報酬はいかほどでしょうか」

「少し高いですよ。なにしろ人の一命を救うのじゃからね。一件について五千円(注9)という定めです」

私は内心その高価なのに、いささか驚いたが、五千円くらいなれば、父から譲られた私の預金で充分間に合うので、別に躊躇せず承諾の旨を答えた。

「なにね、実際の費用といっては、その十分の一もかかりはせぬのじゃが、人を法律の外へ救い出すのはずいぶん危険な仕事で、うっかりすると、わし自身がその筋に睨まれ、取り返しのつかぬことになりますからね。まあ、その危険料じゃ。それともう一つは、その筋の刑事などが、依頼者に化けて、わしの秘密をさぐりに来るようなこともないとは限らぬので、わしは刑事などには支払いかねるほどの報酬を、先ず要求することにしていますのじゃ。わかりましたかな。あんたはまさか刑事ではあるまいが、念には念を入れよじゃ。その報酬の受け渡しがすむまでは、この上一歩も話を進めるわけにはいきません」

「承知しました。東京の銀行に少しばかり預金を持っておりますので、小切手帳を用意して来ました。すぐここで金額を書き入れさせていただきましょう」

私がそういって、鞄の中から小切手帳を取り出そうとすると、老先生は手でおしとめて、

「いや、小切手ではこまる。ご足労じゃが、今から銀行へ行って、それを現金にかえて来てくださらんか」

と、実に用心深いのである。

そこで、私は車を呼んでもらって、銀行まで行き、五千円の札束《さつたば》を持って、再び先生の書斎へはいったのだがその往復には、例の守衛のような門番が、自動車の助手席に乗りこんでお供をしてくれた。だが、お供というのは表向きで、その実は老先生の命《めい》を含み、私の挙動を看視するためについて来たのである。どこまで疑い深いのか、底の知れぬやり口だ。さて私が書斎に戻って、現金を持参したことを告げると、先生はやっと気を許したのか、

「では、すぐに事務に取りかかるとしましょう」

と立ち上がり、さらに奥まった部屋に、私を案内した。書斎の半分ほどの部屋で、ここにも四方の壁に、古めかしい洋書がギッシリとつまっているが、ひどく人目をひくのは、天井のまん中から、机の上にさがっている煙突のような金属の筒である。いったいこれは何をする道具かと、不気味に眺めていると、老先生は得意らしく説明した。「ここがわしの居間です。ごらんなさい。そこに妙な筒があるじゃろう。これはわしの観測鏡じゃ。そこを覗くと、向こうの応接間の内部が手に取るように見える。さっきあんたの姿もよく観察したのじゃが、これなれば会ってもさしつかえないと、見きわめがついたので、書斎の方へお通ししたのじゃ。黒川弁護士の姿を見て、慌てて外へ飛び出すなど

は、どうも素人臭くて、この様子では、刑事などではないと、安心しましたて。ハハハハハ」

では、ここへあの鏡の部屋の有様が写って来るのか。実に寸分の隙もない設備である。

「それじゃ、ここで報酬を差し上げましょうか」

私が訊ねると、先生は手を振って、

「いや、ここではいけません。ここはまだ召使なども自由にはいって来る、公然の部屋です。報酬はもっと安全な場所で頂戴《ちょうだい》することにしましょう」

と云いながら、机の下から古風な燭台を取り出し、蠟燭に火をつけた。明るい昼間、蠟燭をつけるとは、妙なことをすると、眺めていると、先生はそれを左手に持ったまま一方の壁の書棚に近づき、その中段から二冊の洋書を抜き出した。そして、そのあとの空所《くうしょ》へ右手を入れて、何かコトコトやっていたかと思うと、書棚全体が、ギーッと動き出して、ちょうどドアのように前へ開きはじめたではないか。

密室への巧みな入口だ。用心の上にも用心を重ねたこの仕掛けに、私は感に堪えて見つめていると、

「さア、わしについて、こちらへ。少し急な階段じゃから足もとに気をつけて」

と、先生は先に立って、そのまっ暗な洞穴のような中へはいって行く。二、三歩進む

と、いかにも狭い階段が地下に向かってくだっている。

私は、こんな地下室につれこまれて、いったいどうなることかと、少なからず不気味であったが、今さら尻ごみするわけにもいかぬ。ゾクゾクと寒気のするような気持を、じっと我慢して、老先生のあとについて行くほかはなかった。

二つの顔型

一歩穴蔵《あなぐら》へはいると、しめっぽい土の匂いが鼻をつく、異様に冷え冷えとして、黄泉《よみじ》の国へでも引き入れられるようだ。

老先生の手にする蠟燭が、赤くチロチロとまたたいて、うしろから見ると、先生の白髪頭に黄色く暈《かさ》のようなものがかかっている。神々しいといっていいか、鬼気が迫るといっていいか、じつになんとも形容の出来ない不気味さであった。

ほのかな光で眺めると、階段も天井も両側の壁も、すっかり赤煉瓦で出来ている。よほど年月を経たものと見え、ところどころひびわれくずれて、歩いている頸筋《くびすじ》にポタリポタリと、冷たい水がしたたる。それが話に聞く、森の下枝から落ちて来る山蛭《やまひる》ででもあるように感じられ、なんともいえぬいやな気持である。

十二、三段の階段をおりきって、左に曲がり、トンネルのような廊下を三間《けん》ほど進むと、正面に赤錆びた大きな鉄の扉がしまっている。
「さア、この中がわしの仕事部屋じゃ」

先生は云いながら、ポケットから小さな鍵を取り出して鉄の扉を開いた。その中は一そうの黒暗々《こくあんあん》である。

「待ちなさい。ここには明るい瓦斯燈《ガスとう》がある」

先生は扉の中にはいって、何かコトコトと音をさせていたが、たちまちサッと、目もくらむばかりの光がさした。

見れば、そこは広い部屋になっていて、右手の一部には化学者の実験室のような、そしてまた外科医の手術室のような、さまざまの異様な器械が並んでいる。中央には手術台のようなものが横たわり、その真上に妙な形をした瓦斯燈が煌々《こうこう》とともり、反射鏡とレンズの仕掛けで、まばゆいばかりの紫色の光を放っている。

素人のことで、よくはわからぬが、レントゲンの機械のようなもの、電気治療器のようなもの、歯科医の手術室にあるような道具などが、ニョキニョキと立ち並ぶあいだには、広い化学実験台があって、試験管《しけんかん》、顕微鏡《けんびきょう》、レトルトなどが所せまく並べられ、一方の壁には大小さまざまの瓶がギッシリつまった薬品棚、また一方には、ピカピカ銀色に光る外科器具を納めた、ガラス棚が立っているという光景。しかもそれらが、一つとして並々の形のものはなく、すべて主人と同じように異様な姿をしているのだ。宛《えん》として中世煉金術師《ちゅうせいれんきんじゅつし》の工房《こうぼう》である。ああ、白髪白髯の老煉金術師は、この奇怪なる工房において、そもそも如何なる魔術を行わんとするのであるか。

あのドキドキと光ったメスが、今にも私の肉に喰い入るのではないか。そして、抉《えぐ》り出された私の臓腑《ぞうふ》は、あの巨大なレトルトの中で、泡立ち煮え返るのではないか。私は全身の産毛《うぶげ》が逆立つ思いであった。

「なにをボンヤリしていなさるのじゃ。さア、ここへお掛けなさい」

その声にギョッとして振り向くと、老先生は入口の左手の、テーブルの前に腰かけて、その向こう側の椅子を勧めている。見ると、その一郭には右側のような不気味な器具はなく、一方の壁に、異様に大きな金庫がはめこみになっているほかは、なんの装飾もない、小応接所といった感じである。

私がオズオズとその椅子に掛けるのを待って、先生は、

「では、ここで例のものをいただきましょうかな」

と、報酬金の催促をした。

そこで、私が五千円の札束を差し出すと、老人はまるで守銭奴《しゅせんど》のような顔つきになっ

て、一枚一枚丁寧に算《かぞ》えた上、大きな封筒に入れて、ポケットに納めた。

「これでよしと。それでは、これから、わしの技量がどんなものか、その証拠をお目にかけよう。それには先《ま》ず、わしが最初秋子をどのように救ったか。救われる前の秋子はいったいどんなふうであったか。その生きた見本をお見せするのが一ばん手っ取り早い。それを一目《ひとめ》ごらんなされば、あんたはわしの今までの言葉が決して嘘でないことが、よくおわかりなさるのじゃ」

老先生はますます不気味なことを云い出した。生きた証拠だとか、救われる前の秋子だとかいうのは、何を意味するのか少しもわからぬけれど、恐らく何か形のあるものに違いない。ああ、私はいったいこれからどんなものを見せつけられるのであろう。

「それじゃ、こちらへ」

先生はまた立ち上がって、私を大金庫の前に導いた。そして、扉の前にうつむいて、しきりと文字合わせのダイヤルを廻していたが、やがてカチッとかすかな音がして、大きな観音開《かんのんびら》きが、スーッと左右に開いた。

見ると、驚いたことには、扉の中は金庫ではなくて、まっ暗な穴蔵である。おやおや、先生の密室はまだ奥の院があったのだ。

先生は、まだ消さないでテーブルの上においてあった燭台を取ると、先に立って穴蔵の中へはいって行く。私はもうあっけに取られてしまって、何を考える力もなく黙々《もくもく》とそのあとに従うほかはなかった。

中は奥行《おくゆき》三間《けん》ほどの細長い廊下になっていて、その左右に、ちょうど銀行の保護金庫のように一尺四方ほどの扉が何段にも並んでいる。総数百以上にも上るであろう。

老人は先ずその入口に近い、これだけは形の違った、小金庫の扉を鍵で開いて、ポケットの紙幣の封筒を、丁寧にその中に納め、扉をしめて鍵をかけた。

「さア、いよいよ証拠の品をお見せしますよ。ここに鍵がある。この鍵の札の番号と戸棚の扉の番号とを合わせて、そこを開いてごらんなさい」

老先生は、入口の柱に懸けてあった大きな鍵束を取り、その中から一つの鍵を撰《よ》り出して、私に手渡すのである。

ああ、とうとうその時が来たのだ。何かしら不気味なものを見なければならぬ時が来たのだ。今こそ謎の女秋子さんの神秘が解けるのかと思うと、喜んでいいのか、悲しんでいいのか、怖れていいのか、私は一種名状しがたい感情に襲われて、急には先生の指図に従う気になれなかった。

「なにをボンヤリしておいでじゃ。早く番号を探してごらんなさい」

再び促される声に、私は無我夢中で、細長い廊下を辿った。そして、両側の扉を見て行くと、突き当たりの端に近く、ついにその番号の記された扉を発見しなければならなかった。

だが、その鍵穴へ鍵をさすことが、また躊躇された。

「どうかなさったのか。気分でもわるいのかな」

私のうしろからついて来た老人が耳のそばでギョッとするような声を出した。

「よし、よし、わしが開いて進ぜよう。さア、その鍵をお貸しなさい」

先生は私の手から鍵をもぎ取るようにして、たちまちその扉を開いた。私は目をつむりたかった。その中を一《ひ》と目《め》見たら百年目だという気がした。しかし、やがて怖いもの見たさの感情が勝ちを制した。私は見た。

だが、戸棚の中には、別に恐ろしいものがあるわけではなかった。そこには、ちょうど硯箱を少し大きくしたような、被せ蓋の桐の箱が二つ重ねておいてあるばかりであった。

「さア、この中に秋子の前身と後身《こうしん》があるのです。先ずこの下の箱から開いてごらんなさい」

先生はその桐の箱を私に手渡して、燭台を間近《まぢか》くさし寄せてくれた。

私は全身にビッショリ冷たい脂汗を流していた。そして瘧《おこり》のように震える指で、やっとの思いで桐の箱の蓋を開いた。

見ると、中には何やら平《たい》らなものが、白絹で丁寧に蔽《おお》ってある。私は更に心の凍る思いで、その蔽いを取らなければならなかった。

「おや、これは秋子さんの顔じゃありませんか」

それは一個の蠟製の顔型であった。一目《ひとめ》見て、秋子さんの似顔であることがわかる。だが、この似顔にいったいどんな意味が隠されているのだろう。

「いかにも秋子の顔型じゃ。デスマスクを採るようにして秋子の顔から直接採ったものです」

「で、これはいったいどういうわけですか」

私は少し張合いが抜けた気持で、開き返さないではいられなかった。

「どんなわけといって、それはもう一つの箱を見なければわかりません。さア、こちらの箱を開いてごらんなさい」

先生の声は囁くように低くなった。先生自身も、何かただならぬ感情に支配されているらしい。手にする蠟燭の焔《ほのお》がかすかに揺れはじめた。

私はその第二の箱の中のものがなんであるか、まるで見当もつかなかった。だが一方、心の隅では、お前はそれをよく知っているじゃないかと、何者かが囁いているようにも感じられた。

私は再び恥かしいほど震える指で、箱の蓋を開いた。中には第一の箱と同じように、白絹の蔽いがしてある。思いきって、それを取りのけると、ここにも蠟製の一つの顔型があった。

蠟燭の淡い光の下で、私はじっとその顔を凝視した。どこかで見たような顔でもある。しかし、しばらく眺めていると、全然見知らぬ人であることがわかって来た。その感じが、なんともいえぬ異様なものであった。ふと見ると、ごく親しい人のようでいて、眺めつづけるに従って、徐々にその印象が薄らぎ、ついにはまったく縁もゆかりもない顔に変わって来る。

私はこんな変てこな感情を味わったのは、生まれて初めてであった。そこには言葉では云い表わせぬ不思議なものがあった。この蠟面《ろうめん》の中には、何かしら想像も出来ない神秘が隠されているように感じられた。

「おわかりかな。これがわしに救われる以前の野末秋子じゃ」

老先生の低い声が、私の耳のそばでボソボソとひびいた。

私にはその意味がよくはわからなかった。だが、わからぬながらに、何かしらゾーッと心の底から冷たくなるような、えたいの知れぬ恐怖を感じないではいられなかった。

チロチロとかすかに瞬く赤茶けた蠟燭の焔、その下に並ぶ二つの顔型の上には、隈《くま》取《ど》ったような陰影が、ほのかに揺れながら這いまわっていた。それらの顔は幽冥界《ゆうめいかい》の不気味な生きものの如く、あるいは悲しげに、或いは恨めしげに、或いは憤《いきどお》りに燃えて、こもごも私を凝視するかと疑われた。

おお、この蠟面には生霊《いきりょう》がついているのではないか。秋子さん自身とは別に、これらの面は、この暗黒の地底の扉の中で、互いに呪《のろ》い合いながら、永遠の地獄に生きているのではないだろうか。

私はもはや蠟面を見るに耐えなかった。一刻も早くこの悪夢の世界を逃れたかった。私は手にしていた桐の箱を床において、フラフラと立ち上がった。そして、狂気のようにわめいた。

「先生、あちらへ行きましょう。明るい部屋へ、明るい部屋へ……」

私は生霊のひしめく暗黒界に窒息しそうになっていたのだ。

「ウン、よし、よし、あちらへ行こう。そして詳しくこの秘密を説き明かして進ぜよう」

老先生は幼児をいたわりでもするように、私の肩を抱いて、大金庫の扉の外へ連れ出すのであった。

人間創造

芦屋先生は、二つの桐の箱の蓋をしめて、大切そうに小脇にかかえ、金庫室の外へ出ると、鉄の扉を元の通りにしめ、ダイヤルを廻してから、テーブルの前の椅子に腰をおろし、私にもその前に掛けるように勧めた。

「あんたはひどく驚いているようじゃが、この箱の中の二つの顔型は、まったく同一人のものじゃ。一つは秋子の前身、一つはその後身つまり現在の秋子に間違いはない。

「どうじゃ。わしの魔術がわかったかな。人間をまったく別人に生まれかわらせる、新しい生命を与えるとはこのことじゃ。わしは依頼者にとっては、いわば創《つく》り主《ぬし》、生神様《いきがみさま》も同然ではあるまいかの。ハハハハハハ」

先生はさも得意らしく低い笑い声をたてた。

だが、私は、あのまったく別人としか考えられない顔型が、秋子さんの前身などとは、どうにも信じられなかった。そんなうまい話があってたまるものか。もしそんなことが可能となれば、罪を犯したものや逆境《ぎやっきょう》に在る人間は、みんな芦屋先生に頼んで、別人に生まれかわり、改めて人生の出発をしなおすであろう。お伽噺だ。狂人の幻想だ。

「ハハハハハ、あんたはまだ腑に落ちぬという顔をしておられるな。よろしい、では説明をしてあげよう。

「しかし、このわしの技術を充分説明するとなれば、十冊の本を書いてもまだ足らぬくらいで、とても一朝一夕に話せるものではないし、それに、わしの学説を理解するためには、医学、電気学、化学などの専門知識が要《い》る。またむずかしい数学がわからなくては、ほんとうの説明は出来ない。だから、今はごくごく常識的に、素人《しろうと》分かりのするようにかいつまんで、たとえ話のようにして説明するほかはないのじゃが……。

「まあ、一《ひ》と口《くち》に申せば、この人間改造術は、整形外科と眼科、歯科、耳鼻咽喉科、皮膚科、美容術などの綜合技術といえば、一ばん早分かりがする。

「これらの医術は従来それぞれ独立に、人間のある部分の形を変えることをやっている。例えば眼科のお医者さんは生まれつきの一重瞼《ひとえまぶた》を、簡単な手術によって、二重瞼にすることが出来るし、耳鼻科の医者は、パラフィンや象牙《ぞうげ》を使って隆鼻術《りゅうびじゅつ》というやつを行なっている。生まれつきの低い鼻がいくらでも高くなるのじゃ。

「また、整形外科では、乳房の大きすぎる婦人の脂肪質を切り除いて、胸の恰好をよくしたり、ふくらはぎの肉を切りとって、脚《あし》の形をほっそりさせたり、自由自在に人間の形を変えているし、その他、皮膚移植術や植毛術で毛をはやすことも出来れば、肉をさいて、内部の骨を削り取ることなど、朝飯前の仕事じゃ。

「だが、彼らはそれをおのおのの領分だけでやっているし、人間の形を変えるというよりも病気や怪我の治療を主眼としているので、充分可能性はありながら、だれも人間改造というところまでは気がつかぬのじゃ。

「わしは外科医学を修めたものじゃが、学生時代に、ふとこの点に気がついた。そして、これらの各方面の医学を綜合して、人の顔をまったく別人のように改造することが出来たら、それは立派な独立の一科学ではないかと思いついた。いや、科学以上の神業《かみわざ》じゃ。ほとんどわしは造物主になれるではないかと考えた。

「それからというもの、わしの生涯は、容貌改造の科学創造のためについやされたのじゃ。わしはそれに必要な学問は、あらゆる方面にわたって研究した。ある時は歯科医の代診にもなった。ある時は美容術師の弟子も勤めた。そして、十何年という永いあいだ、苦労に苦労を重ねて、やっとわしは一つのまったく新しい科学を創造した。

「整形外科というものは、ただ病患を治せばよいという立前《たてまえ》じゃから、美ということにあまり重きをおかぬ。切開の縫い合わせなども、なるべく傷痕の残らぬように注意はするが、手術の痕は歴然と現われている。ところが、わしの容貌改造外科では、傷痕の残ることは絶対に禁物じゃ。やむを得ず痕が残るとしても、頭髪の中とか、耳のうしろとかへ隠してしまわなくてはならぬ。

「そこで、わしは電気解剖刀《メス》の研究に全力を注いだ。そして、ついに特殊の電気メスを考案することが出来たのじゃ。それで手術をすれば、顔に傷をつけても、数カ月のあいだに、ほとんど痕跡が消えうせてしまう。わしはこれまでに整形外科術に関して、十幾つの発明をしているが、この特殊電気メスはその中でも最も自慢のもので、これがなくては容貌改造外科は成り立たぬと申してもよいのじゃ。

「どうじゃな、大体大筋《おおすじ》だけは呑みこめたじゃろうがな。つまりわしの技術によれば、出張った頬骨《ほおぼね》を削り取ることも、角ばった顎を細くすることも、鼻を高くしたり低くしたりすることも、歯並びをまったく変えてしまうことも、目を大きくしたり、小さくしたりすることも、髪のはえ際の形を直すことも、自由自在なのじゃ。

「ごらんなさい、ここがわしの容貌改造の工房じゃ。依頼人はわしの家に少なくとも、半年はとじこもらなければならぬ。そして、この工房で幾度も手術を受けるのじゃ」

先生はそういって、右側の薄気味わるい手術室を指さすのであった。

なるほど、説明を聞いてみれば、まんざら不可能なことではない。その結果だけを見れば、魔術とも神業とも思われるが、今日の整形外科術を、ある極点まで進めて行けば、そういう魔術が成就しないものでもない。

「そこで、もう一度この二つの顔型を見比べてごらんなさい」

先生は卓上においてあった桐の箱を開いて、秋子さんの前身と後身とを、私の目の前に並べて見せた。

「この手術には、わしは非常な苦心をしました。なにぶんごらんの通り生まれつきの顔が一点非のうちどころのない美しさじゃ。これを醜い女に変えてしまうのはなんでもない。だが、わしは人工をもって自然と戦っている戦士じゃ。自然に負けたくはない。出来るならば造化《ぞうか》の神と戦って凱歌《がいか》を上げたいのがわしの念願じゃ。

「そこで、わしはこの容貌をまったく違ったものにして、しかも生まれつきと同じくらいの、或いはそれ以上の美しさを現わそうと苦心しましたのじゃ。

「ここまで来ると、もう医学の領分ではない。芸術じゃ。画家がまったく架空《かくう》の美しさを、カンバスの上に描《えが》き出すように、わしは生きた人間の顔に、新しい美を創造しなければならなかったのじゃ。

「実にむずかしい。むずかしいが、またなんという楽しい仕事であったろう。わしはほとんど一年間というもの、一個の芸術家となって、この工房の中で、この美しい顔と真剣勝負をしたのじゃ。

「だがね、残念ながら、わしは完全に勝つことは出来なかった。この仕事をしている時ほど、自然の力の偉大さを感じたことはない。わしの人工の力では、どうしても真似ることの出来ない美しさが、到るところにあるのじゃ。わしはそれらの天然の美しさを、まるきり破壊するにしのびなかった。そら恐ろしくさえなった。だから、この仕事にはその自然への怖れというようなものが、どこかに残っている。技術としては、まことに不手際であったといわねばならぬ。

「例えば、この二つの顔型の鼻を見比べてごらんなさい。前身の鼻の方が、後身の鼻よりも少し肉が厚く、豊かで、柔和で、まことに巧まぬ美しさを現わしているが、わしはこれをどう改造したものか、ほとんど途方にくれてしまった。

「考えあぐんで、結局、ただ少し肉を薄くし、鋭さを加えて、理智的な美を創り出すことにしたが、出来上がってみると、とてもとても生まれつきの柔らかい線に及ぶものではない。

「よく比べてごらんなさい。この二つの鼻は、肉の厚さが少し違うばかりでまったく同じ形じゃろうがな。顔全体のうちで、ここと顎の形に一ばん原型が残っているのじゃ。

「ほかの部分は一《ひ》と通《とお》り手を加えて、元の感じをなくすることが出来た。先《ま》ずこのはえ際じゃ、ほら、元の方は、ほとんど富士額《ふじびたい》に近いのを、こちらではグッと額を広くして理智的な容貌に変えてある。

「それから、三日月型の眉毛を直線に近くした。元の二重瞼を一重にした。頬の骨を少し削って、豊満な頬を、理想的に引きしめた。歯並びを心もち内側に向けて、唇を少し奥に引きこませた。これらがまあ大きな変化じゃが、そのほか、口辺の皺の位置を変えたり、唇の両端をひきしめて力強い感じを与えたり、いろいろと目に見えぬ工夫がほどこしてある。

「それにもかかわらず、この二つの顔型を、ヒョイと見ると、どこかしら似通った感じを受けるのは、まったくわしの不手際のせいで、今もいう鼻と顎との形が、ほとんど元のままに残っているからじゃ。それから、眼球の色や光を変えることは出来なかったし、頭蓋骨全体としても、ほとんど元の面影が残っている。

「一部分ずつをよく見れば、まったく違う顔じゃが、チラッと一瞥《いちべつ》した時に、かえってひどく似ているように見えるのは、そのためじゃ。わしはそれがただ一つ心にかかっていた。昔からこの女を知っている人がチラッと見た瞬間、元の面影を感じるようなことはないかと、そればかり気掛かりになっていた」

そう聞けば思い当たることがある。叔父が最初秋子さんを見た時、非常な驚きを示し、卒倒騒ぎまで演じたのも、長田長造が、秋子さんを一《ひ》と目《め》見ると、ハッと恐怖の表情を示したのも、彼女の顔に一瞬昔の面影を見たからに相違ない。

だが、待てよ。すると、叔父や長田氏は、秋子さんの化身《けしん》をよく知っていたということになるが、……おや、これはおかしいぞ。いったい全体、彼女は現在の秋子さんになりすます以前、どこのだれであったのか。

「先生、お話はよくわかりました。そう伺えば、僕にもこの二つの顔型が、どことなく似ているように感じられて来ました。しかし、この前身の方は、いったい何者なのでしょう。先生はたぶんその素性をご存知のことと思いますが」

私は腋の下からタラタラと汗を流しながら、両手を握りしめたり開いたりしながら、思いきって、それを訊ねた。

するると先生は、けげんらしく私の顔を見つめて、

「おやおや、では、あんたは、秋子の素性さえご存知なかったのか、それでいて、わしに二度目の救いを依頼に来られたのか」

と呟き、何か困惑の表情で、しばらく考えていたが、

「仕方がない。もうここまで喋ってしまったのじゃ。まさか、あんたはこの秘密を種《たね》にして、あの女に仇をするような人物でもなかろう」

と呟きながら、ジロジロと私の顔を眺めるのだ。

「決して、決して、僕はそんな男じゃありません。どうかして秋子さんを助けたいと思えばこそ、こうして遙々お訪ねしたのです。先生、どうか教えてください。秋子さんの

前身というのは、いったい何者です」

先生はまたしばらく躊躇している様子であったが、やがて、ホッと溜息をついて、低い声でいった。

「さア、それを知りたければ、先ず前身の方の顔型の裏側をごらんなさるがよい。そこに簡単な記録が記してあるのじゃ」

ああ、そうだったのか、それなれば、もっと早く見てしまえばよかったものを。

私は急いで前身のお面に手をかけ、それを裏返そうとしたが、半ば持ち上げたまま、手が動かなくなってしまった。

怖いのだ。私の心の奥の奥に身を潜めているある女の姿が、世にも恐ろしいある女の名が、ニューッと大入道《おおにゅうどう》のように現われて来そうで、その予感が、私の手に運動を禁止してしまったのだ。

しかし、見たくないといって、見ぬわけにもいかぬ。彼女の素性を知りたければこそ、遠い長崎からやって来たのではないか。

私はいうことを聞かぬ手を、無理に動かして、やっとお面を裏返した。先生の目には、それが滑稽《こっけい》なほどノロノロした動作に見えたことであろう。

私の空ろな目が、お面の裏に注がれた。何か四角な紙が貼ってある。その紙にペンで字が書いてある。私の目はそれを読むまいとして、わざと焦点をぼかしている。しばらくのあいだ、まるでひどい近眼のように、その字画がぼやけて、意味をつかむことが出来なかった。

しかし、眼球の反抗が、そういつまでも続くものではない。字画は徐々にハッキリして来た。そして読むまいとしても、私の理性は、それを読みとらないではいなかった。読むが否や、私はパッタリとお面を取り落とした。恐らく顔は血の気を失っていたのであろう。唇がパサパサに乾いてしまって、物をいうことさえ出来なかった。腋の下からは冷たい液体が、気味がわるいほど、ツルツルと流れ続けた。

その貼紙には、実に左のような恐ろしい記録が書きとめてあったのである。

和田ぎん子

明治四十二年五月、養母殺シノ罪ニヨリ、長崎地方裁判所ニ於テ有罪ノ宣告ヲ受ケ、終身ノ刑ニ処セラル。

大正元年八月十日、股野礼三氏ノ紹介ニヨリ、黒川太一氏連レ来ル。同月三日、故アリテ獄ヲ出デタルモノナリトイウ。

同日ヨリ着手、翌大正二年六月二十八日完成。

恐ろしき真実

私はそれを読んだ。息もとまる思いでそれを読んだ。

「和田ぎん子」

おお、なんということだ。私の愛人野末秋子の前身が、あの老母殺しの和田ぎん子とは！

私はまっ青になって、老先生を睨みつけた。

「先生、これは何かの間違いじゃありませんか。和田ぎん子という女は、牢屋の中で病死をして、ちゃんと墓まで建っています。もうこの世にはいない女です」

しかし、老科学者は少しも騒がなかった。

「それは表面上のことじゃ。むろん墓も建っているだろう。だが、もしだれかがその墓をあばいて見たら空っぽの棺桶が出て来るに違いない。あの女は墓まで建てて、この世にないものと思いこませ、まったくの別人となって生まれ変わったのじゃ。わしの力で生まれ変わったのじゃ」

「しかし、それにしても……」

私は、このいまわしい事実を信じまいとした。どこかに血路はないかと、頭の中を探しまわった。

「この蠟面の女が和田ぎん子だという、何か証拠でもあるのですか。あなたが勝手にこんなものを書いて貼りつけたのじゃありませんか」

「ハハハハハ、あんたは和田ぎん子をご存知ないと見えるね。一目《ひ》《め》でもあの女を見たことがあれば、そんな疑いは起こらぬはずだからね。よろしい。証拠が見たいとあれば、お目にかけましょう」

老先生は部屋の隅へ行って、書類箪笥の引き出しの中から、一冊の古ぼけた切抜帳を取り出して来て、私の目の前に、その或るページを開いて見せた。

「これがその当時の大阪の新聞の記事じゃ。ここに出ている写真をよくごらんなさい」

それは幽霊塔のお鉄婆さん殺しの裁判記事であった。まん中に殺人女和田ぎん子の大きな写真が出ている。私は机上の蠟面とその写真とを見比べた。長いあいだ丹念に見比べた。しかし、どう見なおしても、この二人の女が別人とは考えられなかった。

ああ、ではいよいよそうだったのか。私の心の奥の奥にモヤモヤしていた、あのお化けのようなものはやっぱり彼女のほんとうの姿だったのか。

私はもう失望のあまり、何を考える力もなく、ただボンヤリと目の前の空間を見つめて、石のように動かなかった。

「どうじゃ、これで得心《とくしん》がいきましたかな」

老先生は、妙な薄笑いを浮かべて、私をジロジロ眺めながら、一人で喋りはじめるのであった。

「では、和田ぎん子がどうして野末秋子に変身することになったか、その次第をかいつまんでお話ししましょう。

「事の起こりは、今から三年前の大正元年七月のすえのことじゃった。かねて知り合いの股野医師の紹介状を持って長崎の弁護士黒川太一氏がここへ訪ねてこられた。わしは新聞紙上で、黒川弁護士が、老婆殺しの和田ぎん子を熱心に弁護した人物ということを知っていたので、おおかたその事件について、何かわしの力を借りたいのであろうと推察しましたが、案の定黒川氏の依頼は、一人の若い女の容貌を変えてもらいたいということであった。ハハア、さては和田ぎん子を脱獄させるのだなと、わしは早くも相手の心中を見ぬいたことじゃった。

「よろしい、引き受けましたと答えると、黒川君は喜んで帰ったが、それから半月ほどして、ここにも書いてある通り、八月十日の夜、黒川君は一人のゾッとするほど美しい美少年を連れてやって来た。

「その美少年が和田ぎん子であった。用心に用心をして、少年の姿に変装させて、遙々長崎から連れて来たのじゃ。

「さっきも申した通り、わしは依頼人の事情を洗いざらい聞いてしまわないうちは、事件を引き受けないことにしているので、ぎん子の身の上についても、根掘り葉掘り聞き訊《ただ》したのじゃ。黒川君は初めのうちは、なんのかのと体《てい》のよい嘘を並べていたが、ついには包みきれず、一切の真実を告白しました。

「それによると、和田ぎん子は、当時長崎監獄の監獄医を勤めていた股野礼三君の助力によって、首尾よく脱獄することが出来たのじゃ。

「股野君の指図に従って、ぎん子は先《ま》ず病気を申し立てて監獄病院に入院したが、その病院の老看護婦に股野君の腹心のものがあって、その女が万事抜け目なく取りはからったということじゃ」

ああ、そうだったのか。偽医学士の股野礼三は秋子さんの脱獄を助けた監獄医だったのか。老看護婦というのは恐らく岩淵甚三の妹肥田夏子に違いない。それなればこそ、岩淵のやつは、股野や夏子と一しょになって、秋子さんをあんなに脅迫していたのだ。脅迫してもよいだけの大秘密を握っていたのだ。

あの蜘蛛屋敷の密室に、女囚の獄衣が隠してあったことも、それと一しょに看護婦の服があったのも、これで、一切合点がいく。看護婦の服はむろん、和田ぎん子を介抱した夏子の身につけたものだ。

朝霧の晴れるように、私の心の中にモヤモヤしていた謎が、見る見る解けて行く。それと共に、見まいとしても、恐ろしい真実がマザマザと私の眼前に現われて来るのだ。野末秋子――和田ぎん子――老婆殺しの大罪人――ああ、私は救いがたい絶望の底に沈むために、遙々長崎からやって来たようなものであった。

老先生は話しつづける。

「わしはその以前、股野君に、印度産の毒草から製するグラニールという秘薬のことを教えたことがあったが、股野君はその秘薬を使って、ぎん子に病死を装わせ、死人として監獄病院の外へ出すことを考えついたのじゃ。

「グラニールというのは、恐ろしい毒薬で、ある分量を服すれば立ちどころに命を失うが、その分量を少し減ずれば仮死の状態になり、脈拍も呼吸も止まってしまうという、神秘な作用をするのじゃ。そして、一昼夜ほどすれば酒の酔いが醒めるように自然に蘇《そ》生《せい》する。股野君はこの作用を利用して、その筋の目をくらまそうとしたのじゃ」

私はたちまち思い当たるところがあった。グラニールといえば、かつて幽霊塔の図書室で、私を傷つけた短剣の先にぬってあったのも、同じ毒薬であった。幸い、その分量が少なかったので、生命はとりとめたが、あれは老人のいう仮死の状態であったのかも知れない。少なくとも仮死の一歩手前ぐらいまでは行っていたのに違いない。

「グラニールによって仮死状態におちいるのは、もちろん非常に危険なことじゃ。もし、薬の分量を少しでも誤まるか、その人の身体に医師にもわからぬ弱いところでもあったら、蘇生することが出来ないで、ほんとうに死んでしまうかも知れぬ。実に危ない仕事なのじゃ。

「しかし、ぎん子はよほど胆《たん》のすわった女と見えて、恐れげもなく、その毒薬を呑んだという。そして目算通り仮死の状態におちいった。それはちょうど真夏のことだったので、死骸が腐敗するといけないという口実で、股野君も内部から運動するし、外からは黒川弁護士が、その向き向きへ少なからぬ賄賂《わいろ》を使って、うまく病院から死体を引き取り、埋葬の許可まで受け、幽霊塔の村へ葬ったのじゃ。いや、葬ったと見せかけて、その実は空の棺桶を埋めたのじゃ。

「ぎん子は薬の分量がよろしきを得たのか、間もなく蘇生した。そこで、さっきも申した通り、男装をさせて、黒川君がここへ連れて来たというわけじゃ。そして、十カ月のあいだこの地下室に身を隠し、わしの手術を受けて、現在の野末秋子に変身したのじゃ。

「さて、手術も終わり、まったく新しい一女性と生まれ変わったぎん子は、黒川君の計らいで、監獄病院で世話をした老看護婦が、引き続き附き添い人となって、上海に渡り、その地で適当な履歴をこしらえてから内地へ帰るという手筈にし、大正二年の六月末、ここから出発したのじゃ。

「つまり、それ以来、和田ぎん子という女は、この世から姿を消して、野末秋子という別の女が生まれ出たのじゃ。それほどの苦労をしたのだから、まさか二度と法律に触れるようなことはすまいと思っていたが、天性犯罪者として生まれついたものは仕方のないものじゃ。またしてもわしの救いを求めなければならぬような事を仕でかすとは、なんという因果な身の上であろう……。

「いやいや、そんなことをとやかく批評するのは、わしの職業ではない。ただ申し込みに応じて、手術をするのがわしの務めじゃ。では、いつなりと本人を連れてお出でなさい。数カ月この地下室にとじこもっているあいだに、またまったくの別人となって生まれ変わることが出来ますよ」

老先生の言葉が終わっても、私は黙っていた。気抜けしたように、目の前の空間を見つめて、永いあいだ身動きもしなかった。

ああ、なんということだ。私が女神とも聖女ともあがめていた秋子さんは、一箇の殺人者、脱獄者に過ぎなかったのか。私の失望がどれほどであったか、お察しが願いたい。

老先生の話を聞いて、これまで何か神秘な謎のように思っていた事柄がすべて氷解《ひょうかい》した。秋子が殺人女の墓を拝んで泣いていたのも、わかって見ればなんでもないことだ。あの墓にはほかならぬ秋子の前身が葬ってあるのだもの。

秋子が幽霊塔の大時計の捲き方を心得ていたのも、彼女の前身が塔の持ち主の、お鉄婆さんの養女であったとすれば、別に不思議ではない。

和田ぎん子を裁いた私の叔父と、同じお鉄婆さんの養子であった長田長造とが、改めて秋子を見た時、あれほど驚いたのも、秋子がぎん子の後身であって見れば当然のことである。現にここにある二つの仮面を見比べても、秋子の顔には、どこかしら前身のぎん子の面影が残っているのだから。

それから蜘蛛屋敷の主人岩淵甚三が、私を芦屋先生のところへよこした理由もよくわかる。秋子がそんな悪女とわかれば、私の愛情がさめ、岩淵らの脅迫を妨害する気もなくなるであろうと、賢くも察したのに違いない。

今度の叔父の毒殺事件にしても、今となっては、秋子の有罪を疑う余地はない。私の叔父は和田ぎん子に終身の刑を言い渡したのだから、彼女にとって恨み重なる仇敵である。秋子がその叔父に取り入って養女となりすましたのは何も恨みを忘れたわけではない。そうして財産を横領《おうりょう》して間接に仇を返し、自分の利益をもはかろうという底深い企らみであった。

ところが、長田長造の告げ口で、彼女の前科が暴露し、叔父が遺言状を書きかえそうになったものだから、ついに毒殺を決意するに至ったのだ。もともと恨みに思う叔父のことだから、こういう成り行きになったのは、むしろ彼女の思う壺であったに違いない。彼女が口癖のように秘密の使命を帯びているなどといっていたのも、今考えてみれば叔父への復讐のことを暗に匂わせていたのかも知れぬ。

そういうふうに連絡をつけて考えてみれば、何もかも最初からわかっていたことなのだ。恋に目がくらんだためとはいえ、私はなんという馬鹿者であったろう。毒婦のために思うさま躍らされていたのではないか。いくら悪事を見せつけられても、秋子に有利なようにばかり解釈して、ついには遠い東京まで、こうしてノコノコ出かけて来るなんて、そして無罪の証拠を摑むどころか、秋子が正真正銘の悪女であることを、やっと悟らされるなんて、われながら愛想のつきた話である。

それにしても、あいつはなんという恐ろしい女であろう。あんなのを真の毒婦というのではあるまいか。私は外面如菩薩内心如夜叉《げめんにょぼさつないしんにょやしゃ》、という古い言葉を、この時ほどしみじみと思い当たったことはなかった。あの美しさ、あのしとやかな物腰、ああいうすばらしい武器があればこそ、これほどの重大事が、易々とやってのけられたのだ。

私がそんな考え事に耽《ふけ》って、黙りこんでいるものだから、芦屋先生はいぶかしげに私

の顔を見つめ、

「どうなすった。まだ何か腑に落ちぬことでもありますかな」

と訊ねるのだ。

「いや、お話はよくわかりました。僕は夢が醒めたような気持です」

「エ、夢が醒めたとは？　ではあんたは……」

「そうです。僕は実は、秋子が潔白な女だという証拠を摑みたいと思って、遙々やって来たのですが、お話を伺ってすっかり当てがはずれてしまいました」

「おお、そういうわけだったのですか。それはお気の毒です。ここは潔白なものを求めに来る場所ではない。あんたは方向を間違えたのじゃ」

「そうでした。僕はひどい思い違いをしていたのです」

「では、秋子を再手術するには及ばぬのじゃね。しかし、さいぜんの報酬金はお返しするわけにいきませんよ。わしの秘密をすっかり打ちあけて、あんたにわしの急所を摑まれたも同然なのじゃからね」

「ええ、むろん報酬を返していただこうとは思いません」

私は絶望の目で、テーブルの上を見廻した。そこには、いまわしい二つの蠟面が、私の愚かさを嘲笑するかのように、こちらを見上げて並んでいる。それを見ると私は咄嗟に決心した。

「先生、報酬は返していただこうとは云いませんが、その代わりに、あの五千円で、これを買い取ります」

私は二つの蠟面を摑み上げ、いきなり床に叩きつけた。脆《もろ》い蠟の塊はたちまち粉々にくだけ散ってしまった。

私はその蠟のかけらを踏みにじりながら、なんとなく清々したような気持であった。

「ハハハハハ、こうしてしまえば和田ぎん子と野末秋子と同じ女だという証拠は、無くなってしまったわけですね。僕の美しい夢をぶちこわした憎い証拠品は、この世から消えうせてしまったわけですね」

気でも違ったようにわめく私を、老先生はあっけにとられて、見あげ、見おろしていたが、別に怒りもせず、苦笑しながらいうのである。

「ああ、あんたはまだ迷いの夢が醒めぬと見える。その面さえこわしてしまえば、秋子が清浄な女になるとでも思っているのじゃないかね。

「まあ仕方がない。大切な記念品じゃが、五千円であんたに売ったと思って諦めましょう。しかし、念のために申しておくが、もしあんたが、この二つの面さえこわしてしまえば、もう秋子の前身を証拠立てるものは何もない、秋子は安全だと考えているとすれば飛んだ思い違いですよ。

「実は、例の黒川弁護士に頼まれて、同じものを別に一《ひ》と組作《くみ》り、つい今しがたそれを渡したところなのじゃ」

ああ、さては、さいぜん鏡に映った黒川が、小脇にかかえていたのは、秋子とぎん子の蠟面の写しであったのか。

「そうですか。いや、僕は今さら秋子を庇《かば》うつもりはありません。では、これで失礼します」

心の奥底を見ぬかれたような気がして、私は思わず弁解しながら、あわてて暇《いとま》をつげるのであった。

手首の傷痕

芦屋先生の怪西洋館を立ち出でたのは、もう夕方であったが、それから夜半の下関行の列車が出るまで、私は当てもなく、まるで夢遊病者のように、東京市中を歩きまわった。知人を訪ねるでもなく、買い物をするでもなく、ただ夢のように見知らぬ町々を歩きまわった。

汽車に乗りこむと、私はすぐ寝台にもぐり込んで、朝も一ばん遅くまで、すてばちのように眠ったが、さて、それから下関までのあいだ、連絡船から長崎までのあいだ、長い単調な汽車の中の侘《わび》しさ。思うまいとしても、秋子さんのことを、今はもう愛してはならぬ秋子さんのことを、繰り返し繰り返し考えないではいられなかった。

私はいったい、これから幽霊塔に帰ってどうしたらいいのだ。森村探偵はたぶん私との暗黙の約束を守って、秋子を拘引しないで待っていてくれるであろう。帰ればまずあの探偵に捕まるにきまっている。そうすれば、私は「秋子を拘引なさい」と答えるほかはないではないか。

だが、私にはとてもそんな勇気はない。芦屋先生が鋭くも看破したように、私の心の奥には、まだ多分に未練が残っている。のっぴきならぬ証拠を見せつけられて、抗弁の余地はないのだけれど、なんとなくその証拠を信じたくない気持がある。

拘引されて行く秋子さんの姿を見るに忍びない。いや、それよりも、帰って彼女と顔を合わせることさえ、私には恐ろしい。彼女に会って、私は何をいえばいいのだ。あのいまわしい蠟面を見たことを告白するのか。私にはとてもそんなことは出来そうもない。彼女に恥を与え、悪女と罵るのがわが事のようにつらいのだ。もう少しそっとしておいてやりたい。出来るならば、蠟面のことなんか忘れてしまって、あくまで清浄な女と信じこんでいたい。

私の考えはだんだん女々しい方へ傾いて行った。そしてふと思いついたのは、黒川弁護士のことだ。彼はいったいなんのためにわざわざ芦屋先生のところへ出向いて、蠟面の写しを手に入れたのであろう。ひょっとしたら、秋子さんが彼の意に従わぬくやしまぎれに、あの蠟面で彼女を脅迫するつもりではないのか。そうだ。そのほかに蠟面の使い途《みち》なんかあるはずがない。これは打ち捨ててはおかれぬ。幽霊塔に帰る前に先《ま》ず長崎市の黒川の事務所を訪ねて、彼の心底を糺《ただ》して見なければならない。黒川は私などよりも遙かに深く秋子さんを知っているのだから、会って見ればまた意外な収穫がないとはいえぬ。

結局黒川弁護士を訪ねることにきめて、長崎市に下車したのは、もう午後の十時を過ぎていた。少し遅すぎる訪問だけれど、黒川の事務所は住宅を兼ねているのだから、東京から帰ってさえいれば、会えるに違いない。鏡に映った様子では、彼は帰りを急いでいる様子だったから、あれからすぐ昼の特別急行列車に乗ったとすれば、私よりも、十時間あまり早く長崎に着いているはずなのだ。

黒川の事務所は淋しい屋敷町にあるので、その頃は附近の家も寝静まり、往来にも人通りはなく、まるで深夜のような静けさであった。

駅から遠くもないところなので、私は車にも乗らず、暗い町をテクテクと歩いて行ったが、黒川の事務所に近づくと、何者か黒い人影が、入口の前にたたずんでいるのに気づいた。

その様子が、通りすがりの人ではないし、といって黒川を訪ねて来た人でもない。なんとなく胡乱《うろん》なところがある。もしや泥棒ではないかと、私はわざと足音を高くして、入口に近づき、構わず呼鈴を押した。

怪人物は、私の足音に驚いてコソコソと逃げ出したが、すれ違いざまチラと見れば、それは背の高い三十四、五歳の男で、鳥打帽子をまぶかく冠《かぶ》り、大きな黒眼鏡をかけ、外套《がいとう》の襟を立てて口辺を隠すようにしている。いよいよ怪しいやつだと思ったが、ちょうどその時、中から事務所のガラス戸が開かれ、黒川の書生が私を請《しょう》じ入れたので、ついそのままに見過ごしてしまった。私は秋子さんのことで心が一ぱいになっていて、そんな男にかかり合っている余裕もなかったのだ。

玄関にはいると、そこの沓脱《くつぬぎ》にハイ・ヒールの女の靴が脱いであるのが目についた。独身者の黒川のところへ、今ごろこんな洒落《しゃれ》た靴をはく女が訪ねて来ているのかと、少し変に思ったので、書生に、「お客さんですか」と尋ねると、口どめされているのか、

「いいえ、別に……」

と曖昧な返事をした。

応接間に案内されて、少し待っていると、黒川が不機嫌な顔をしてはいって来た。

「おや北川さんでしたか。こんなに遅く、何か急用でも……」

無遠慮に迷惑そうな顔をして見せる。いつか幽霊塔の温室で、秋子さんを脅迫しているところを、私に妨げられ、それを今なお根に持っているのだ。

「いや、おそくなってすみません。急にあなたにお目にかかる用事が出来たものですから、東京からずっとここへやって来たのですよ」

「エ、東京から」

黒川は腑に落ちぬ顔で聞き返す。

「ええ東京の芦屋暁斎先生のところから、今帰って来たところです」

「え、え、芦屋先生ですって？」

黒川は飛び上がらんばかりに驚いた。感情の激しい男と見えて、もう顔色をまっ青にしている。

「そうです。あなたと一《ひ》と足《あし》違いに、私は芦屋先生を訪問したのです。そして、秋子さんの身の上をすっかり聞いて来ました」

「エ、僕と一と足違い？　僕の訪問したことをどうして？」

「ハハハハ、鏡の間の鏡に、あなたのうしろ姿が映ったのです。いやそればかりではありません。僕はあなたが例の二つの蠟面を持ち帰ったことも知っているのですよ。いったいあなたは、あの面を何に使うつもりです。秋子さんを脅迫するのではありませんか」

黒川はしばらくのあいだ、返事をすることも忘れたように、まじまじと私の顔を見つめていたが、やがて決心がついたものか、苦笑を浮かべながら答えた。

「いや、そこまでご存知なれば今さら隠し立てはしません。いかにも蠟面を持ち帰りました。その用途はお察しの通りです。僕は今朝帰るとすぐ、ある者に託して、あの二つの面を幽霊塔の秋子さんのところへ届けました」

ああ、もう取り返しのつかぬことになってしまった。それにしても、なんというすばやいやつだ。今度は逆に私の方が顔色を変えなければならなかった。

「で、その結果は？」

「その結果、私の予期していた通りのことが起こりました」

相手は勝ち誇ったように、冷然として云い放った。

「しかし、黒川君、それでは秋子さんが可哀そうじゃありませんか。あなたは、残酷だとは思わないのですか」

「ハハハハ、残酷だったかも知れません。だが、僕にこんな真似をさせたのは、ほかならぬあなたですぜ？　あなたが秋子さんの心を惹きつけて離さぬものだから、僕としては最後の非常手段を採るほかなかったのです」

「エ、僕が秋子さんの心を惹きつけているとは？」

「そうですよ、秋子さんは本来僕の妻となるべき女です。もうあなたもご存知でしょうが、あの女を牢から救い出したのも、野末秋子としての新しい生涯を開いてやったのも、皆僕の力によるのです。僕は当然あの女を妻とする権利があると考えています。ところが相手はただ僕の恩を感じているばかりで、愛情の話を始めると、なんのかのといって逃げを張るのです。

「愛情のないものを妻とするのも不本意ですから、僕は気永く親切を尽して、時期の来るのを待つつもりでいたのですが、そこへ君が横合いから飛び出して来て、秋子さんの心を奪ってしまったのです。こういうことになるとわかっていれば、秋子さんをあなたの叔父さんのところなどへ入り込ませるのではなかった。僕は実はそれを残念に思っているのです」

　私はなんとなく心臓を擽《くすぐ》られるような感じであった。黒川がこんなにいうほど、秋子さんが私を愛していてくれたかと思うと、彼女の素性を知りつくした今でも、妙に嬉しいのだ。もはや結婚も出来ず、愛してはならぬ女とわかっていても、心の底から湧いて来る嬉しさを隠すことは出来ぬのだ。私は顔が赧《あか》らむのを意識して、その恥かしさをまぎらすために、わざと怒った顔をして見せた。

「たといあなたのおっしゃるのが、ほんとうだとしても、それだからといって、こんな非常手段を採って、かよわい女を脅迫するのは卑怯ではありませんか。男らしくないではありませんか」

「いや、そんなお説教を今さら君から聞きたくはありません。それよりも、さし当たって、秋子さんが君のものか僕のものかを、キッパリきめるのが先決問題です」

「そんなことを、われわれ二人できめられるとおっしゃるのですか」

「きめられますとも、ただ一言で決着するのです。いいですか。さア返事をしてください。君は秋子さんの素性を知った今でも、あの人を妻にする勇気がありますか」

私は答えに窮《きゅう》して、黙っていた。残念ながら、妻にするとは云い切れないのだ。

「さア、どちらですか。君は叔父さんの前で、この女はお鉄婆さんを殺した下手人で、その上脱牢までした者ですが、私は家名よりもこの女を深く愛しますから、結婚する決心ですと、立派に云い切る勇気がありますか」

こう問いつめられては、私は現在のほんとうの心持を告白するほかはなかった。

「妻とすることは断念しました。しかし、秋子さんを愛する感情は少しも変わりません。

芦屋先生の話を聞いて、今日までの夢がすっかり消えてしまい、もう生きている甲斐《かい》もないほどに思っているのです。ほとんどこの世の希望を失ってしまったのです」

「いや、妻とすることが出来ぬとあれば、もう君は権利を失ったのです。秋子さんを捨てたのです。ところが、僕の方は、あの人さえ承諾すれば、明日にでも堂々と世間に発表して、立派に結婚するつもりです。そのために信用を落とそうと、地位を失おうと、少しも意に介するところではありません。わかりましたか。君と僕との愛情にはこれほどの相違があるのですよ」

「いや、それは道徳を無視した野獣の愛というものです。だいいちあの人は、明日にもその筋に捕えられる身ではありませんか。それをどうして……」

云い争いながら、私はふとかすかな物音に気づいてその方を見た。見るや否や、ハッと驚いて口をつぐんでしまった。

意外にも、いつのまにか次の間からの扉が開いてそこに当の秋子さんが、幽霊のように青ざめて、さも恨めしげに私を見つめながらたたずんでいたのである。

では、さっき玄関で見た女の靴は、秋子さんのであったか。彼女が次の部屋にいると知ったら、あんな大きな声で轢面のことを話したり、彼女の前身を洗い立てたり、結婚出来ないなどと口走るのではなかった。

彼女は次の間にいて二人の話をすっかり聞いてしまったのに違いない。そして、私たちの争いがだんだん烈しくなったものだから、じっとしていられず、けなげにも、それをとめるために出て来たものに相違ない。

しかし、この部屋へはいるのがやっとであった。もう力が尽きはてた様子で、ドアに取りすがって、今にも倒れそうに見える。

「アッ、秋子さん!」

私は思わず叫んで立ち上がったが、その声が合図でもあったように、彼女の身体はクナクナとくずれて、ドアの前に倒れてしまった。可哀そうに気を失ったのだ。

私はすぐさまそのそばに駈け寄ったが、黒川もあわてて駈けつけ、私をさえぎりながら、

「いけません、いけません、君は秋子さんを捨てたのではありませんか。もうこの人の身体に手を触れる権利はないのです。介抱は僕がしますから、のいていらっしゃい」

と狂人のようにわめいて、さも愛しげに秋子さんのそばにひざまずき、乱れたスカートを直したり、ソファの上のクッションを取って、彼女の頭の下に当てがったり、背中をさすりながら「秋子さん、秋子さん」とその名を呼んで見たりした。

黒川が邪魔をするので、そばへよることも出来ず、私は立ったまま、じっと失神した

秋子さんの顔を眺めていたが、今更のように、その神々しい美しさにうたれないではいられなかった。

この女が養母を殺したり、牢破りをしたのだろうか。信じられない。信じられない。百の証拠、千の証拠があろうとも一《ひ》と目《め》この顔を見れば、そんなものはなんの力もなくなってしまう。もしそれほどの悪女なれば、いくら手術によって作り直したとはいえ、どこかにその心が反映しているはずだ。美しい中にも邪悪の相が現われているはずだ。

しかし、今、秋子さんの顔からは、微塵《みじん》も邪悪なものが感じられない。ただ美しく、愛らしく、神々しいばかりである。

私はそれを見て、たちまち烈しい後悔の念に責められた。この美しい人を我が物顔に介抱している黒川に、堪えがたい嫉妬を感じた。

「黒川さん、僕は間違っていました。秋子さんを見捨てるなどといったのは、僕の思い違いでした。君に譲ることは出来ません。さア、そこをのいてください」

私はそんなことを口走りながら、秋子さんの身近くひざまずこうとした。実に痴情《ちじょう》の沙汰である。だが、黒川は私よりも更に夢中であった。

「おや、君はもう後悔したのですか。男らしくもないじゃありませんか。君はもうこの人を介抱する資格はありません。その証拠を見せて上げましょう。さアこれです。これをごらんなさい」

黒川はそう云いながら、ぐったりと床に投げ出されている、秋子さんの左手を取り、例の長い手袋を、スルスルと剝ぎ取ってしまった。

その手首を隠すために、秋子さんはどれほど心をくだいていたか、長田長造が失神せんばかりに驚いたのも、この手首を見た時であった。三浦栄子が行方不明になったのもこの手袋を取って手首の秘密を一《ひ》目《め》見てからであった。

黒川はその秋子さんの大秘密を、事もなげに暴露してしまったのだ。しかも、それを私に見よと強いるのだ。

見まいとしても見ぬわけにはいかぬ。私はついにそれを見た。ああ、なんという恐ろしい傷痕だ、ちょうど手首の外側に当たって、骨まで達した深い三日月型の傷痕が、むごたらしく残っている。いうまでもなくお鉄婆さんを殺害した時、咬《か》みとられた痕だ。その肉片が老婆の口の中に残っていたという、あのいまわしい傷痕だ。

私は思わず顔をそむけた。あまりの恐ろしさに正視するに堪えなかったのだ。

「ソラごらんなさい。君はこの傷痕を見ても、なお秋子さんを愛していると云い張りますか。恐らくそんな気にはなれないでしょう。ところが、僕はこの傷痕そのものを愛するのですよ。僕が秋子さんの弁護を引き受け、それ以来、いろいろとこの人を助ける機縁を作ってくれたのは、まったくこの傷のお蔭ですからね。

「芦屋先生は、この傷も元通りに直してやろうと云いましたが、僕は秋子さんには内密にキッパリ断わったのです。もしこの傷を直せば、報酬を支払わないといっておどかしたのです。この傷が消えうせては、僕の権利を主張する種がなくなってしまうのですからね。

「僕にとっては、この傷痕こそ結びの神ですよ。君には醜く見えるかも知れませんが、僕には美しくさえ感じられるのです。僕はこの傷を愛しく思うのです」

黒川はそう云いながら、手首を両手で摑み上げ、いきなり顔を寄せると、情熱をこめて、その恐ろしい三日月型の傷痕に、繰り返し繰り返し音を立てて、唇を押しつけるのだ。

闖入者《ちんにゅうしゃ》

黒川は勝ち誇ったように喋りつづける。

「北川君、この人はもう僕のものですよ。秋子さんは、今の君の話をすっかり聞いていたのです。そして、君の愛情が褪《さ》めてしまったことを知ったので、可哀そうに失望のあまり気を失ったのです。

「秋子さんは非常に自尊心の強い人です。恐らく、こんな辱《はずかし》めを受けたからには、この人はもう君には振り向きもしないでしょう。そして、旧悪を知りながら、あくまで親切をつくす僕の方へ、自然と靡《なび》いてくることになりますよ。まあ、見ていてごらんなさい。僕にはこの人の心は手に取るようにわかっているのです」

それを聞くと、私は死刑の宣告でも受けたようなみじめな気持になった。秋子さんの自尊心は私もよく知っている。たぶんもう口をきいてくれぬかも知れない。

殺人犯人と結婚は出来ない。結婚も出来ない女を愛してはならぬ。理窟はそうである。私の良心は儼《げん》として「愛してはならぬ」と命じている。だが、愛情というやつは、理窟や良心のいうことを聞かぬ。秋子さんを見ぬうちは、今までだまされていたのが口惜しく、まったく愛情もさめはてたように思っていたが、こうして気を失って、倒れている彼女の美しい顔に接すると、私の心は腑甲斐なくもぐらつき始めた。そして、どうやら愛情の方が理窟に打ち勝ちそうにさえ思われるのであった。

「黒川君、君は卑怯です。秋子さんがいるのを、なぜ黙っていたのです。僕の話を聞かせるために、わざと次の間に隠しておくなんて」

私は黒川の腹黒い仕打ちが無性に腹立たしかった。

「ハハハハ、なにも僕が企らんだわけではありませんよ。偶然です。偶然です」

黒川は勝利者のように落ちつきはらって、私の立腹に取り合おうともしないのだ。

「じゃ、秋子さんは、どうしてここへ来ていたのです」

「それは僕が呼び寄せたのですよ。今だから云いますが、秋子さんは僕が誘ったからといって、素直にやって来るような人じゃありません。これまでは僕を嫌い抜いていたのですからね。しかし、今夜はどうしても、あの人の方から僕の所へ駈けつけて来なければならないわけがあったのです。

「というのは、僕は今日午前に東京から帰ると、すぐさま例の二枚の蠟面を、幽霊塔の秋子さんのところへ送り届けたのです。だれからともわからぬようにして送り届けたのです。

「秋子さんが、あのお面を見て、どんなに驚いたかは、君にも想像がつくでしょう。お前の前身を知っているぞという、この人に取っては何よりも恐ろしい脅迫ですからね。その上差出人不明とあっては、もうじっとしているわけにはいきません。

「ところが、こういう場合、秋子さんの相談相手といっては、広い世界にこの僕のほかにはないのです。いくらいやな男のところでも、こんな一大事が起こっては、相談に来ないわけにはいきません。

「そういうわけで、秋子さんはもう一時間ほど前から、ここへ来ていたのですよ。わかりましたか。つまり僕の計画が見事に効を奏したのです」

どうせそんなことだろうと、想像はしていたけれど、それにしても、ただ秋子を自宅へおびき寄せたいばっかりに、わざわざ東京まで出かけて、蠟面を手に入れたとは、この男の執拗な情熱にはあきれるほかはなかった。

「ア、お待ちなさい。気がついたようです」

なおも云い募ろうとする私を制して、黒川が口の前に指を立てた。

見ると秋子さんは目を開いて、けげんらしく私たちを眺めている。

「まあ、あたし、どうしたんでしょう」

きまり悪そうに呟くと、こんな際にも、これだけは忘れぬと見えて、彼女は気遣わしげに自分の左手を見たが、幸いにも、黒川が元の通りに手袋をはめておいたので、まさか失神している間に、あの恐ろしい古傷を見られたとは露知らず、ホッと安堵したらしい様子であった。

私はいきなり、黒川を押しのけるようにして、秋子さんの枕もとへひざまずき、彼女を抱き起こそうと肩に手を当てながら、

「秋子さん、気がつきましたか、僕です、北川です」

と声をかけた。

するとと、今までグッタリとしていた彼女が、何かハッとしたように身を起こしたかと思うと、怖い顔をして、私を睨みつけた。

「さわってはいけません。あたしは和田ぎん子なのです」

自尊心が彼女に異常な力を与えたのであろう。そういっていきなり立ち上がったかと思うと、よろめきながら、どこかへ立ち去ろうとする様子だ。

「秋子さん、待ってください。僕はあなたの気にさわるようなことを云ったかも知れません。しかし、あれは必ずしも僕のほんとうの心持ではないのです。一言弁解させてください」

私は情痴《じょうち》の虜《とりこ》となって、愚かにも彼女に取りすがろうとした。

「いいえ、何もお聞きしたくはありません。どうかあたしに構わないでくださいまし。では、あなたとは、もう永久にお目にかかりません」

まっ青な顔に、久しく忘れていたあの鋼鉄のような冷たさがみなぎっていた。ああ、彼女は金輪際私を許そうとはしないのだ。

私は呆然として彼女を見送っていたが、ふとある恐ろしい事実に気づくと、恥も構わず、再びそのあとに追いすがった。

「お待ちなさい。では、もう弁解はしません。しかし、そんなことよりも、あなたの身が危ないのです。逃げてください。でないと、どんなことになるかも知れません。

「森村探偵があなたを逮捕しようとしているのです。僕はそれを知ったものですから、東京から帰るまで猶予してくれと、やっと二、三日捕縛を延ばしてもらったのです。

「われわれは何よりもそれについて相談しなければなりません。黒川君も智恵を貸してくれたまえ。秋子さんをその筋の手の届かぬ場所へ、早く逃がさなくてはならないのだ」

ところが、私のその言葉が終わるか終わらぬに、突然応接室の入口のドアが開いて、一人の男がツカツカはいって来た。

「北川さん、お約束の猶予が切れました。そのご相談は無益ですよ」

アッと驚く三人の前に、スックと立ちふさがったのは、ほかならぬ森村探偵その人であった。

「北川さん、あなたも紳士らしくない真似をなさるじゃありませんか。もしあなたの約束を信用して、うっかり幽霊塔に待っていようものなら、飛んだ目に遭うところでした。

「なあにね、それとなくこの人を見張っていますと、コッソリどこかへ出かける様子なので、幽霊塔からあとをつけて来たのですよ。そして、ここの表を見張っていたのですが、間もなく、北川さん、あなたもこの家へおはいりになった。ハテナ、こいつはなんだか臭いぞと睨んだものですから、実は無断で忍び込んで、このドアの外で、さいぜんから様子を聞いていたのですよ、ハハハハハ、悪いことは出来ませんね」

するとさきほどこの家の前にウロウロしていた黒眼鏡の男は森村探偵の変装姿だったのか。

ああ、それと知ったら、もっと用心をしたものを。

探偵は、あまりのことに口もきけぬ私たちを、ジロジロと、得意げに見廻しておいて、さて、威儀を正して、秋子さんの前に近づいた。

「野末さん、即刻警察署まで同行してください。理由はいわなくても、君の方でよく承知しているでしょう。さア、私と一しょにお出でなさい」

日ごろは物分かりのいい森村探偵が、この時ばかりはガラリと様子が変わって、まるで法律というものの権化《ごんげ》でもあるように、恐ろしい形相になった。

ああ、とうとう最後の土壇場《どたんば》が来たのだ。秋子さんはこのまま日の目も見ぬ牢獄の中へぶちこまれてしまい、ふたたびこの美しい顔を見ることも、優しい声を聞くことも出来なくなるのだ。

助けるなら今のうちだ、恋に目のくらんだ黒川と私とは、期せずして同じことを考えた。そして、お互いに電光のような目くばせをかわし合った。

さいぜんまでの仇敵も、この共通の大敵を前にしては、たちまち味方となった。そして、口にはいわぬけれど、お互いの仕事の分担までおのずからきまってしまった。

小男の黒川は、力業《ちからわざ》は私に任せておいて、栗鼠《りす》のようなすばやさで、部屋の入口に飛んで行き、ぴったりドアをしめて、その前に立ちはだかった。

力自慢の私は、振りあてられた役目を喜んで引きうけた。つまり、いきなり、森村探偵に飛びかかって一騎討ちの勝負を始めたのである。

探偵もなかなか強かったけれど、学生時代柔道で鍛えた私の腕力には敵しかねた。結局私は森村をその場にねじ伏せ、馬乗りになって、喉を締めつけ、グウの音《ね》も出ぬようにしてしまった。

「うまい、うまい、北川君、しっかり押さえているんだぜ。声を立てさせちゃいけない。今僕がそいつの息の根をとめる道具を持って来るからね」

黒川は恐ろしいことをいって、次の間へ飛びこんで行った。息の根をとめるといって、彼はほんとうに、この探偵を殺してしまう気かしら。私はなんとなく薄気味わるくなったが、今さら手をゆるめるわけにはいかぬ。探偵のまっ赤に充血した顔、恨みに燃える両眼を、わざと見ぬようにしながら手の力だけは少しもゆるめなかった。

間もなく、黒川は玄関番の書生をあとに従え、(注10)細引《ほそびき》の束と白木綿《しろもめん》を持って引き返して来た。

「さア、お前も北川さんのお手伝いをして、こいつの足の方を押さえるんだ。今僕が身動き出来ないように縛り上げてしまうからね。先《ま》ず最初に猿ぐつわだ」

彼は冗談まじりに、そんなことを喋りながら、まるで餌物を捕えた蜘蛛のように、あちらこちらと、探偵のまわりを歩きまわり、いつの間にか、白木綿で猿ぐつわをはめ、細引で手も足もグルグル巻きにしてしまった。実に器用な男である。

「さて、これでよしと。探偵さん、しばらく押入れの中で我慢してくれたまえ」

黒川は私と書生に指図をして、森村の身体を吊らせ、次の間に運んで、そこの板戸を開くと、まっ暗な押入れの中へ投げ込ませてしまった。

「これで探偵の方のかたはついたが、今度は秋子さんだ。秋子さんをどこへ逃がすか、それをよく相談しなくちゃなりませんよ」

黒川は柄にもない力仕事に息をはずませ、洋服のほこりをはたきながら、もとの応接間へ引き返す。私も乱れた衣紋《えもん》を直してそのあとにつづいた。

ところが、もとの部屋へはいってみると、さいぜんまでそこに立っていた秋子さんの姿が見えぬのだ。

「おや、どうしたんだろう。秋子さん、秋子さん、探偵はもう始末してしまいました。大丈夫ですから出ていらっしゃい」

黒川はキョロキョロ部屋じゅうを見廻していたが、やがてハッとしたように私を振り返った。

「いけない、秋子さんは逃げ出してしまった。あれをごらんなさい」

いかにも、部屋の入口のドアが開いている。さっき黒川が探偵を逃がさぬために閉めておいたドアが、今見ると開けっ放しになっているのだ。

私たちはすぐさま玄関まで駈け出して見たが、そこのガラス戸も開いたままだ。ハイ・ヒールの靴もなくなっている。

秋子さんは、私たちが探偵を縛るのに夢中になっている隙に、ソッと部屋を抜け出して、どこかへ立ち去ってしまったのに違いない。彼女は、私たちの世にもあさましい格闘を、見るに耐えなかったのであろう。

私は玄関をおりて、表に出てみたが、屋敷町の夜ふけはまっ暗に静まり返って、見渡す限り人の影もない。じっと暗闇の彼方を見つめていると、何かしら無性に物悲しくなって来る。ああ、秋子さんには、もうこれっきり、二度と逢えないのじゃないかしら。

「黒川君、あの人は若《も》しや、取り返しのつかぬことをしたんじゃないでしょうか」

「自殺ですか」

「ええ」

「僕はそんなことはあるまいと思いますね。現在のあの人は、ずいぶん苦しい立場ではありますが、しかし、この程度のことは、これまでの数年間に幾度もあったのです。あの人がそんな気の弱い性質だったら、とっくに自殺しているはずですよ。

「僕は幽霊塔へ帰ったんじゃないかと思いますよ。そこにあの人のまだ仕残したことがあるはずですからね」

黒川は何か信ずるところがあると見えて、いやに落ちつき払っている。

「そうでしょうか。だが、もしものことがあっては……」

私は秋子さんの青ざめた死顔が目先にちらつくような気がして、不安でたまらなかった。

「そんなに気になるなら、書生を駅までやって見ましょう。あの人はK町への終列車に乗って幽霊塔へ帰るにきまっています」

「いや、僕が行って見ましょう。この目で見ないでは安心が出来ません」

私はもう闇の中へ駈け出そうとしていた。

「それじゃ、そうなさい。しかし、あの人が幽霊塔へ帰るのを見届けたら、必ずもう一度ここへ帰ってくださいね。重大なご相談があるのです。それに森村君の始末もありますから」

黒川の言葉を半分も聞かず、私は闇の中へ駈け出していた。

駅までの四、五丁の道を、無我夢中に走って、改札口へ駈けつけると、ちょうどK町への終列車が発車する間際であった。幸い、東京からの通し切符を持っていたので、それを見せて、プラットフォームへ飛び出し、たった一輌の二等車を探すと、ああ、いた、いた、秋子さんがその踏段に足をかけて、今デッキに登ろうとしている姿が、はっきりと眺められた。

チラと見えた横顔は、思いなしか少し青ざめていたけれど、さして取り乱した様子もない。これならば先ず安心だ。幽霊塔へ帰ってくれさえすれば、恐ろしい森村探偵はあしてとじこめてあるのだから、急に捕えられるようなこともあるまい。

私は秋子さんのあとを追って、同じ列車へ乗り込みたい衝動を感じたが、黒川との話し合いもまだついていないのだし、だいいち、森村探偵を手ごめにした責任をのがれるわけにはいかないので、秋子さんを見送ってしまうと、しぶしぶ駅を出て、黒川の事務所へ引き返すことにした。

異様な取引

引き返してみると、黒川は例の応接室のソファにもたれ込んで、落ちつき払って私を待っていた。

「秋子さん、幽霊塔へ帰ったでしょう」

何から何まで、すっかり見抜いているという顔つきだ。

「K町への汽車に乗ったのを見届けて来ました。しかし、僕はまだ心配ですよ。幽霊塔へ帰ったからといって、それで何も起こらないとはきまっていませんからね」

「まだ自殺のことを考えているのですか」

「そうです。自殺でなくても、どっかへ行方をくらましてしまうということも考えられないではありません。君はよくそんなに落ちついていられますね」

「僕はあの人が自殺なんかするはずがないと、固く信じているからです。これには訳があるのですよ。ねえ北川君、いったい罪も犯さぬものが、ただ濡衣のために自殺なんかするものでしょうか」

黒川は妙な微笑を浮かべて、まじまじと私の顔を眺めた。

「エ、濡衣ですって？　秋子さんが濡衣を着たとでもいうのですか」

「そうですよ。ほんとうのことを云いますとね。あの人はまったくなんの罪もない、清浄潔白の女ですよ」

「それはそうです。叔父を毒殺しようとしたなんて、僕も信じられないのです。しかし、あの人が和田ぎん子と同一人だということは確かですし、その和田ぎん子は、老婆殺しの大罪人じゃありませんか。たとい毒殺の方は無実の罪としても、この旧悪をのがれることは出来っこないでしょう」

「ところが、それが飛んでもない間違いなのです。それはつい最近になって僕が探り出した事実で、まだだれにも話していないのですが、お鉄婆さんを殺したのは和田ぎん子ではなかったのです。ほかにほんとうの犯人があったのです。ですから、たとい秋子さんが和田ぎん子とわかっても、今では少しも恐れることはないのです。これは秋子さん自身にもまだ話してない秘中《ひちゅう》の秘《ひ》ですよ」

黒川はテーブルの上に顔をつき出して、さも一大事を打ちあけるのだといわぬばかりに、異様に声を低めるのであった。

しかし、あまりに唐突の話なので、私は俄かに彼の言葉を信じる気にはなれなかった。

「でも、それは今から七年以前、私の叔父が関係して、あれほど厳重な裁判の結果、和田ぎん子が下手人と決定したのじゃありませんか」

「ところが、あの裁判そのものが、恐ろしい間違いだったのですよ。ご承知のように、僕は当時和田の弁護人でしたが、僕はあの女を救うためにずいぶん骨を折った。商売気を離れて反証の蒐集に努めた。しかし、当時はどうしても検事の論拠を打ち破ることが出来なかったのです。

「第一、あの左手首の傷口が、老母の口中にあった肉片とピッタリ一致するという、恐ろしい事実があった上に、あらゆる情況があの人の有罪を指し示していました。さすがの僕も手も足も出なかったのです。

「当時僕は職務上たびたび獄中にぎん子を訪ねましたが、ぎん子自身は最初から、断じて私が殺したのではないと云い張って、少しもひるむ様子はなかったのです。それにもかかわらず、終身刑という恐ろしい判決が下った時には、あの人はくやしいといって、ずいぶん泣きましたよ。

「お上に真犯人を探し出す力がないのなら、私自身で探して見せる。どんな艱難辛苦を嘗《な》めても、きっと探し出して見せる。どうかあなたも力を貸してください。といって、僕の膝に泣きくずれました。それ以来、この真犯人を探し出すということが、あの女の使命の一つとなったのです。

「そこで、僕は当時監獄医であった股野礼三君の助けをかりて、あの女を脱獄させ、芦屋先生の手術を受けさせるようなことになりました。しかし、僕は決して悪いことをしたとは思っていない。確証こそなけれ、ぎん子の無罪を信じきっていたからです。

「ところが、その確証が最近になって見つかったのですよ。真犯人がほかにあったのです。僕はそいつがだれであるか現在どこにいるか、犯罪の動機から殺人の手段に至るまで何もかも知っているのです」

これほどにいうからは、まさか嘘ではあるまい。ああ、そうだったのか、和田ぎん子その人が、なんの罪もない清浄潔白の女だったのか。そうであろう。あの蠟面の顔を見てもわかることだ。あんな無邪気な可憐な顔の娘に、どうして養母殺しなんて大罪が犯せるものか。

私は胸の曇りがスーッとはれ渡って、身も心も軽くなる思いであった。秋子さん、秋子さん、たとい一瞬間でもあなたを疑った罪をどうか許してください。その代わり、僕はこれまでの十倍も百倍もあなたを愛しますよ。

私は嬉しさにほとんど我を忘れるほどであったが、ふと黒川が何か底意ありげに、ニヤニヤ笑っているのに気づくと、たちまち心を引きしめた。

「だが、君はなぜそのことを秋子さんに教えてやらなかったのです。僕なんかに打ちあけるよりも、先《ま》ず本人に知らせるのが順序じゃありませんか。そうすれば、森村探偵をあんな目にあわせなくても済んだのだし」

「そこですよ、北川君。そこに僕の苦しい事情があるのです。先ず君に話して、君から固い約束を得るまでは、秋子さんにもだれにも打ちあけられぬ事情があるのです」

黒川は妙なことを云い出した。

「どんな事情か知りませんが、ともかく、その真犯人というのを、その筋へ訴えようじゃありませんか。そうすれば自然秋子さんは青天白日《せいてんはくじつ》の身となるのですから」

「さア、そこですよ。その真犯人をその筋へ突きだすのも突きださないのも、実は君の決心一つにあるのです」

彼はいよいよ変なことをいう。油断がならぬぞ。いったいこの言葉の奥底には、どんな魂胆が隠されているというのだ。

「僕の決心一つといって、それはどういう意味ですか」

私が烈しく訊ねると、黒川は目を細くして、じっと私の顔を見つめながら、またしても妙な云い方をした。

「先ず君にお聞きしなければなりませんが、君は心から秋子さんを救いたいと思っていますか」

「ハハハハハ、何をいうのです。今さらそんなことを訊ねなくても、分かりきっているじゃありませんか」

「ほんとうに心から救いたいのですね」

「むろんです」

「しかしね、北川君、秋子さんを救うためには、君はずいぶんつらい決心をしなければならないのですよ。君にそれが出来ますか」

「あの人を救うためとあれば、どんな苦痛も厭《いと》いません」

「きっとですね。よろしい。それを聞いて僕も安心しました。では云いますがね、あなたは明朝幽霊塔へ帰って、すぐ秋子さんに会うのです。そして、あの人にこういう宣告を与えるのです。いいですか、人殺しの前科者を一刻もこの家におくわけにはいかぬ。即刻立ち去ってください。と、こういうのです。つまり君が秋子さんを、もう微塵も愛していないという意味を、はっきりと伝えなければいけません」

この男はいったい何をいっているのだ。気でも違ったのじゃないかしら。

「エ、それはなんのことです？」

「なんのことでもない。秋子さんを冤罪から救い出す第一歩です」

「僕にはよくわかりません。なぜそんなことをするのか、理由を説明してください」

「その理由はですね」黒川は一そう目を細くして、また私をじっと見つめた。「君がそういわなければ、君に対する秋子さんの愛情がさめぬからです。よろしいか。さっきも君に愛想づかしのようなことを云いましたが、あれはほんとうに愛情がさめたのではない。一時腹を立てたのです。いわば痴話喧嘩《ちわげんか》のようなもので、愛すればこそ怒って見せたので、真に愛情がさめたのとは、雲泥《うんでい》の相違です。

「真に愛情を失った場合は、もう腹を立てたり恨んだりはしません。まったく相手を黙殺し、無視してしまうものです。よろしいか、僕のいうのは、つまりあの人が君を、そういうぐあいに、全然無視、いや、無視するだけでなく、憎悪するように仕向けてもらいたいのです」

「どうもよくわかりませんね。そんなことをすれば、あの通り自尊心の強い女ですから、生涯僕を振り向いてもくれぬことになるじゃありませんか」

「そ、それですよ。その、生涯君を振り向いても見ないように仕向けてほしいのです。そうしなければ、あの人は絶対に救うことが出来ません」

「黒川君、君は正気でそんなことをいっているのですか」

「正気ですとも、僕が気でも違っているといいのですが、あいにく正気でしてね、君にはなんともお気の毒なわけです」

「僕に気の毒ですって？　いったい君は……」

「まあ、まあ、騒ぐことはありません。早くいえば、秋子さんを僕の妻にしたいのです。よろしいか。あの人が僕の妻にならぬ以上、僕は決して救ってやることは出来ません。僕の握っている証拠を握りつぶしてしまうまでです。それはもう固く決心しているのですから、だれがなんといおうが、僕の心は変わりません。君がなぜあの人に愛想づかしをしなければならぬかというわけが、これでよくおわかりになったでしょうね」

短気者の私は、それを聞くとムラムラッとして、思わず拳を握り固めた。だが、こいつを殴りつけて見たところでどうにもなるものではない。では、その筋に真犯人はほかにあるということを訴えるか。それも無駄である。ここには私と黒川と二人だけで、だれも証人があるわけではない。黒川がそんなことをいった覚えがないと云い張れば、それまでである。

「黒川君、それは無茶じゃないか。自分の妻にならなければ、見すみす無実とわかっている者を、救うことが出来ないなんて、君がそんな卑劣な男とは知らなかった」

だが、言葉で責めたくらいでは、黒川のやつ少しも驚かない。彼の方で、それに上越《うえこ》す言葉を考え出すのだ。

「ハハハハハ、卑劣かも知れませんね。しかし、そういう君だって同じことですよ。やっぱり卑劣な無慈悲な男ですよ」

「ど、どうして僕が卑劣なんだ」

「そうじゃありませんか。君の方でも、やっぱり、秋子さんを妻にせねば、救うことは出来ないといっているも同然じゃありませんか。よろしいか、君が秋子さんを諦めて、愛想づかしさえすれば、あの人は僕の力で助かるのです。それを、愛想づかしをするのはいやだという心理は、つまり、君自身の愛情さえ満足されれば、秋子さんはどうなっても構わないということになるじゃありませんか。そう考えると、君も僕も同罪ですよ。ハハハハハ、なにも僕一人が悪者じゃないのです。

「よろしいか。君がほんとうに私情を離れて秋子さんのためを思うなら、あの人との愛情を諦めるのが当然です。それが真の愛情というものです。そうすれば、僕はいつでも秋子さんの冤《えん》を雪《そそ》いであげるのですからね。あの人を生涯罪人として終わらせるか、青天白日の身の上にするか、どちらとも君の選択に任せられているのです。君の決心一つなのです。わかりましたか」

なんだか、うまく云いくるめられたような気がするけれど、理窟の下手な私には、咄嗟にこれという駁論《ばくろん》も浮かんで来ぬ。

私はまるで、もがけばもがくほど沈んで行く、泥沼の中へ落ちこんだようなものであった。黒川の企みに企んだ論理には、どこに一つ弱点というものがなかった。腕力では人にひけをとらぬ自信があるけれど、こういう三百代言流《だいげんりゅう》の理詰めにかかっては、手も足も出ないのだ。

それに、よく考えてみると、黒川のいうところにも一理がないではない。なるほど黒川自身は紳士の風上にもおけぬ悪人だけれど、それは一《ひ》と先《ま》ず別にしておいて、私だけの立場を考えてみると、私の方にも自分勝手な心持がないとはいえぬ。なるほど私の愛情は真に汚れのない愛情ではないのかもしれぬ。

ほんとうに秋子さんのためばかりを考えれば、私の私情などは犠牲にして、彼女を汚れのない身にしてやるのが正しいのではないか。それこそ真実の愛情というものではないのか。もし私がここで強情を張れば、秋子さんは直ちに囚われの身となり、またしても牢獄の苦難を嘗めなければならぬのだ。それでは彼女があまりに可哀そうではないか。

「黒川君、もしですね、もし僕が、あの人に愛想づかしなんかどうしても出来ないと云い切ったら、君はどうするつもりですか」

私は心も乱れてついそんな愚痴っぽいことを、訊ねて見ないではいられなかった。

「別にどうもしませんね。すっぱり諦めます。君みたいに未練らしくぐずぐずしてはいませんよ。そして、おめでとうと申し上げて、お別れするばかりです」

「それで君は満足出来ますか」

「出来ますとも、秋子さんを失う代わりに、復讐には勝つのですからね」

「復讐とは？」

「ハハハハハ。ご安心なさい。何も僕が直接復讐するわけではありませんよ。天が僕になり代わって、君たち二人に復讐を加えてくれるのです。よろしいか、君たち二人がその筋の目をくらまし、手に手を取って、どこか遠い山奥へでも逃れて、夫婦生活を始めると仮定しますね。そのほかに安全な方法はないのですからね。

「ところが、秋子さんの恐ろしい旧悪は、何も僕がいわなくても、森村探偵が知っている。さっそく追手がかかるのは必定です。今にも捕えられはせぬか、今にも捕えられはせぬかと、君たちには一日として安き日はなくなります、昼は見知らぬ人の姿におびえ、夜は恐ろしい悪夢にうなされ続けるのです。どんな楽しみも今は少しも楽しみではありません。君たちの顔からは笑いというものが影を消し、絶え間ない恐れが醜い陰影を刻みつけるでしょう。そして、君たちは非常に早く老衰します。この世になんの楽しみもない、やつれ果てた老人と老婆になってしまうのです。

「その時の君の気持はいったいどんなでしょうか。考えてもゾッとするではありませんか。ああ、愛する妻にそんな味気ない思いをさせるくらいなら、なぜあの時黒川の言葉に従っておかなかったろう。そうすれば、妻の顔にこんな脅えた醜い影もささず、立派に無実を証拠立てて、いつまでもはれやかな美しい容色《ようしょく》を湛《たた》え、社交界の華《はな》と謳《うた》われたであろうのにと、君は泣いても泣ききれぬ気持です。

「僕はそれを思って満足するのですよ。今ごろはあの二人が、どんなみじめな有様でいるかと、罪の恐れに痩せ衰えた君たちを想像して、僕の心の傷をいやすのです。

「わかりましたか。君たちの行末は一ばん仕合わせな場合がこれなのですよ。そうでなければ、秋子さんは明日にも冷たい牢獄にとじこめられるのです。君たちは夫婦生活すら出来ません。話をすることも出来ません。強いて話をしようとすれば、監獄の中の小さな窓で、獄吏の監視のもとにお互いに涙に濡れた青ざめた顔を見合わせ、僅か三分か五分のあいだ、それとなく心を通じ合うばかりなのです。ああ、なんという悲惨な話でしょう。

「北川君、これでも君は秋子さんを諦めないと云い張るつもりですか」

聞くに従って、私は心も凍る思いがした。彼の巧みに語る悲惨な私たちの行末も恐ろしかったが、それにもまして黒川の幽鬼のような執念がひしひしと感じられ、その糸のように細められた目を見ているだけでも、ゾーッと肌寒くなるほどであった。

この男のことだから、もし私と秋子さんとが結婚するようなことがあれば、その翌日から直ちに復讐に着手するに違いない。そして、どれほど恐ろしい目に遭うことかと思うと、私自身はともかく、秋子さんのために、どんなことがあってもこの男を敵に廻してはならぬと、しみじみと感じたのであった。

よし、それならば、私は真の愛情をもって、秋子さんを愛しよう。交換条件を予期するのではほんとうの愛ではない。何ものをも求めない、犠牲の愛をもって彼女を愛しよう。

「よろしい、承知しました。秋子さんは君のものです」

私は血を吐く思いで云い切った。

だが、黒川はそれを聞いても、ほとんど表情を変えなかった。糸のような目が、少し太く見開かれたくらいのものであった。そして、私の譲歩が初めからわかり切っていたもののように、きわめて事務的に始めた。

「ウン、それでこそ北川君です。よく諦めました。だが、二度と未練を出すようなことはありますまいね。もしそんなことがあったら、秋子さんはその日から牢屋住まいですよ。それを忘れないようにしてください。

「さて、そう話がきまったら、一番の下りまで、もう二、三時間しかないけれど、君もお疲れでしょうから、床を取らせます。少し横になってください。そして、明日幽霊塔へ帰ったら、今のことを必ず実行してくれるのですよ。よろしいか。先《ま》ず秋子さんに会ったら、さげすみ果てたという顔をして、口を利くのも汚らわしいといわぬばかりに、例の愛想づかしの言葉をいって聞かせるのですよ。

「弱い心を出しちゃいけませんよ。秋子さんが仕合わせになるのも不幸におちいるのも、明日の君のやり方次第なのだから、充分心を引きしめて、うまくお芝居をやってください。くれぐれも秋子さんの幸福ということを忘れないようにね。もし甘い心が起こるようだったら、牢獄を思い出すのです。その中にとじこめられている秋子さんのみじめな姿を思い浮かべるのです。わかりましたか」

「よろしい。決して違約はしません。その代わり君も秋子さんの無実を証明することを忘れないでください。実をいうと、僕はその真犯人がだれだか、はっきりしたことを聞きたいのですが、聞いたところで、君は云いもしますまい。大切な武器を僕に渡してしまうようなものですからね。僕も強いて聞きたくはありません。ただ約束を忘れないでください。もし君が嘘をいったことがわかったら、そのままには済ましませんよ。僕は法律に訴えるようなまだるっこしいことは嫌いです。直接行動です。そういう場合には、君の命はないものと思っていてください」

「ハハハハハ、そのことならご安心なさい。秋子さんの承諾を得次第、直ちに真犯人を、その筋に突き出して見せます。たといその真犯人が、自白を拒んでも、僕はのっぴきならぬ証拠を摑んでいるのですから、有罪の判決を受けることは火を見るよりも明らかです。

「さア、そうなった時のことを想像してごらんなさい。秋子さんは罪なくして罪を忍んだ数奇《すうき》の女性として、たちまち全国の評判となり、世間からもてはやされ、尊敬の的となるは必定です。君の愛する女が、不名誉のどん底から、名誉の頂点に昇るかと思えば、君もさぞ満足でしょう。エ、そうではありませんか。その時こそ、君は秋子さんを私に譲っていいことをしたと、心から嬉しく感じるに違いありませんよ」

黒川はまるで猫が鼠をもてあそぶように、舌なめずりをしながら、例の糸のような目尻にいやらしい皺をよせて、敗残者の私をいじめ抜くのだ。

私は唇を噛みしめて、その苦痛を堪え忍んだ。そして、溢れ出る涙を呑み込み呑み込み、

「秋子さん、秋子さん、僕はあなたを愛する故に、これほどの、これほどの辛い思いを、じっと我慢しているのですよ。秋子さん、秋子さん……」

と、心のうちに叫びつづけるのであった。

黒川弁護士は、私との残酷な感情の取り引きをすませてしまうと、別室に床を取らせて、一《ひ》と眠《ねむ》りするように勧めてくれたが、むろん私は一睡も出来なかった。

人の世に、これほど苦しい悲惨な立場があろうとは知らなかった。恋人を愛するためには、彼女を捨てなければならないのだ。なんの事情も語らず、愛想づかしをして、彼女の方から見捨てるように仕向けなければならないのだ。もしそうしなければ、黒川弁護士は彼女を救ってはくれない。彼だけが知っている有力な反証を握りつぶして、そ知らぬ顔をしてしまうに違いない。すると、あの人は恐ろしい罪名によって牢獄に呻吟《しんぎん》しなければならないのだ。

養母殺し、脱獄者、それから今はまた養父毒殺未遂の大罪、あのかよわい美しい秋子さんの肩の上には、三重の極悪の罪が魔物のようにのしかかっているのだ。しかも、それらはすべて無実の罪。無実でありながら言い解く術のまったくない呪いの運命にもてあそばれている薄命《はくめい》の女。それを救う道は、ただ彼女を見捨てる一途あるのみとは、なんという無残な論理であろう。

しかし、私は結局私慾を捨てて、彼女を救う決心をした。涙を呑んで、我が恋人を悪弁護士黒川に譲ろうと、心をきめた。

「いいですか、昨夜の約束を忘れてはいけませんよ。幽霊塔へ帰って、秋子さんに会ったら、もう口をきくのもいやだという態度をして見せるのですよ。それがあの人を救う唯一の途《みち》なんだから。わかりましたね」

黒川は、出発する私を見送りながら、クドクドと念を押すのである。私はそれを聞き流して、ろくに挨拶もせず、一番の汽車をとらえるために、停車場に急いだ。

長崎からK町までは一時間ほどの距離。駅におりたのはまだ午前六時を少し過ぎたばかりの早朝であった。駅前の人力車を雇って、時計屋敷までと命じ、走り出した車上から、念のために秋子さんのことを訊ねてみると、「時計屋敷のお嬢さんなら、昨夜遅くお着きになって、わたしがお送り申しました」という答えだ。私は偶然にも、昨夜秋子さんを運んだその同じ車に乗り合わせたのであった。

「むろん、時計屋敷までお送りしたんだろうね」

「ところが、そうじゃねえんで」

車夫は走りながら、ヒョイと私をふり向いて、意味ありげに笑って見せるのだ。

「そうじゃないって？　じゃ、どこへお送りしたんだ」

「それがね、変なところなんです。旦那は烏婆さんの千草屋をご存じですかい」

「ウン、知っている」

千草屋といえば、ひそかに毒薬を売っているという噂のある、薄気味のわるい草花屋だ。私はかつて、そこの使い走りをしている小僧に、偽電報の差出人を教えられたこと、その差出人というのが、秋子さんの附添人肥田夏子であったことなどを思い出した。

「お嬢さんは、あの千草屋の前で、もうここでいいからといってお降りなすったのです」

「で、君はそのまま帰ったのかい」

「ヘエ、時計屋敷まではあれからまだ七、八丁もありますし、まっ暗な夜道でお危のうございますから、ご用のすむまでお待ち申しましょうといったのですが、もういいっておっしゃるので」

いったい秋子さんはなんのために、あの不気味な草花屋なんかを訪ねたのであろう。よる夜中花を買うというのも変だし、それにそのまま車を帰してしまったのが、腑に落ちぬ。道で千草屋へ立ち寄って、様子を聞いて見ることにしよう。

町を出離れると、広い田圃路《たんぼみち》、清々しい早朝の大気の中に、紫色に煙る山、その裾にたなびく朝霞、帯のようにうねっている白い一本道を、車はゴトゴトと揺れながら走って行く。

やがて、幽霊塔への中ほどまで来かかったころ、ふと道端に、一人の汚ならしい子供が、車をよけて立っているのに気づいた。おや、どこかで見かけた顔だがと、まじまじ見つめていると、子供の方でも、車上の私を見上げて、ニヤニヤ笑い出した。ああ、そうだ。いつか、偽電報の差出人を知らせに、わざわざ長崎までやって来たあの小僧だ。千草屋の使い走りの小僧だ。いいところで逢った。こいつを捉えて聞いて見よう。慾に目のない小僧だから、銀貨の一つもやれば、なんでも喋ってしまうに違いない。

私は車を降りて、車夫に話し声の聞こえぬあたりまで遠ざかり、小僧を手招きした。

「小父さん、時計屋敷のお嬢さんのことだろう」

小僧は私のそばに駈けよると、たちまち図星を指した。実に悪賢いやつだ。大人になったら定めし立派な悪党になることだろう。

「そうだよ。君は、昨夜お嬢さんが千草屋へ行ったのを知っているのか」

「知っているよ。ちゃんと見ていたんだもの」

「お嬢さんは千草屋になんの用事があったのか、それも知っているかね」

「知っているさ。だが、こいつはうっかり喋れないや。どうやらお嬢さんの秘密らしいから」

「生意気をいってる。じゃ、これやるから、小父さんにだけ教えてくれ、あすこでお嬢さんは何をしたんだ」

（注11）五十銭銀貨をさし出すと、小僧はすばやく引ったくって

「五十銭じゃ、ちっと安いんだがなア。まあいいや、小父さんのことだから教えてやろう。お嬢さんはね、千草屋の烏婆さんにお金を出して、買物をして行ったんだよ」

「買物って、花を買ったのかい」

「花じゃねえ。なんだか薬みたいなもんだよ。小さな茶色の瓶にはいっていたよ。烏婆さん、その瓶を渡す時、あたりをキョロキョロ見廻していたっけ、なんだか怪しい代物だぜ」

私はそれを聞くと、ギョッとしないではいられなかった。毒薬に違いない。秋子さんは深夜烏婆さんをおとずれて、ひそかに禁制の毒薬を買い求めたのだ。なんのために？知れたこと、自殺するためにだ。ああもう取り返しのつかぬことが起こってしまったのではあるまいか。黒川はあんなに請合っていたけれど、やっぱり女だ。とうとう最後の決意をしたのかも知れない。

いずれにせよ、一応は幽霊塔へ帰って見なければならぬ。そこには附添の肥田夫人もいることだし、何か起こったとすれば、先ず第一に幽霊塔へ知らせが来るはずだ。

私があわただしく車の方へ引き返そうとすると、小僧のやつ、私の上衣《うわぎ》を摑んで、呼びとめるのだ。

「小父さん、まだこの続きがあるんだよ。お嬢さんが瓶を受け取って、それからどうしたのか、小父さんは聞きたくないのかい」

「なんだ、そんなら早くいえばいいじゃないか。瓶を受け取ってから、どうしたんだい」

せかせか尋ねると、小僧はいやに落ちつき払って、また右の手を差し出した。

「もう一枚くれなくっちゃ。今度こそ大変なことなんだから」

私は更に五十銭銀貨を与え、小僧の肩を摑まんばかりにして、せき立てた。

「お嬢さんは車を帰してしまったから、こんなまっ暗な道を塔のお屋敷まで歩いて帰るのかしらんと、俺《おら》あ木の蔭に隠れて、ソッと様子を見ていたんだよ。

「するとね、お嬢さんは、闇夜なんか平気だというふうで大急ぎで歩き出した。いや、走って行ったっていう方がいいくらいだよ。そりゃとても早いのさ。俺《おら》あ、跡をつけるのに大骨を折ったぜ」

「じゃ、お前はお嬢さんのあとをつけて行ったんだね」

「ウン、そうだよ。なんだか金儲けの種になりそうだったからね。フフフフ、するとね、お嬢さんは時計屋敷へ帰ったことは帰ったんだけれど、それが変な帰り方なんだよ。小父さん、お嬢さんはね、まるで泥棒みたいに、窓をのり越して家の中へはいって行ったんだよ」

「エッ、窓から？　その窓にだれかいたのかい」

「いいや、だれもいるはずはないよ。電燈もついていないまっ暗な部屋だもの」

「それで、君が見たのはそれっきりかい」

「ウウン、まだあるのさ。小父さん、聞きたいかい」

小僧はニヤリとして、意味ありげに私を見上げた。うるさいやつだ。

「さア、もう五十銭やる。早くつづきを話すんだ」

「一枚きりかい。小父さん、今度の話は、確かに一両の値打ちがあるんだがなあ」

いまいましいけれど、こう腹を見られては仕方がない。私はまたもう一枚の銀貨を握らせた。

「じゃ、話すがね、お嬢さんのそぶりがおかしいもんだから、窓の中へはいってしまっても、俺《おら》あ帰らないで、そこに立っていたんだよ。立ってまっ暗な塔を見上げているとね、しばらくして、大時計のすぐ下の部屋の窓が、ボーッと明るくなったんだよ。

「電気をつけたんじゃない。もっと暗い明かりだ。よく見るとね。それは蠟燭の光なのさ。お嬢さんが蠟燭を持って、窓のそばをスーッと通り過ぎて行ったんだよ」

「それから？」

「それっきりよ。部屋の中のことだから、よくわからなかったけれど、しばらくそこにいて、今度は大時計の方へ登って行ったようだったぜ。なんだかそんな気がした。蠟燭の光が、だんだん上の方へ上がって行って、消えてしまったように見えたんだよ」

ああ、深夜窓から忍び入り、電燈のあるのに、それをつけないで、蠟燭の光をたよりに、時計塔に登って行ったとは、これはいったい何を意味するのであろう。もしかしたら、ああ、もしかしたら……。

私はもう気が気ではなく、小僧はそのまま捨てておいて再び車上の人となり、早く早くとせき立てながら、幽霊塔に走らせた。

帰ると、先《ま》ず玄関番の書生をとらえて、秋子さんはと訊ねてみたが、昨日どこかへ出たまま帰らないという答え。それでは秋子さんが泥棒のようにして、窓から忍び帰ったことは、まだだれも知らないとみえる。いよいよただ事ではない。

その足で叔父の病室を見舞ったが、看護婦が、もう少しも心配はないけれど、ちょうど今ウトウトなすっているからというので、病人を騒がせるでもないと、そのまま今度は肥田夫人の部屋を訪ねた。

秋子さんはと訊くと、この人もなんだか心配そうな様子で、書生と同じ返事をした。行く先もいわずにソッと出て行ってしまって、まだ帰らないというのだ。嘘つきの名人だけれど、これは嘘ではないらしい。

やっぱり私の予感が当たったのかと、夢中で三階に駈け上がって、小僧が蠟燭の光を見たという、私の部屋へはいってみると、机の上に例の古い聖書が開いたままおいてある。ハテナ、私はこんなものを机の上に出しておいた覚えはないが、まさか病人の叔父が、ここへ上がって来るはずもなし、とすると、聖書の納めてある秘密の戸棚を知っている者は秋子さんのほかにはない。

ああ、そうだ。これは秋子さんが持ち出して、それとなく私に、彼女の行方を知らせておいたのかも知れない。自分は塔の迷路の中へはいって行くと、それを私に悟らせるために、迷路の道しるべとなる聖書を拡げておいたのかも知れない。見れば、ちょうどあの下手な横文字の呪文を記した表紙裏が開いてあるではないか。

「鐘が鳴るのを待て、緑が動くのを待て、そして、先《ま》ず昇らなければならぬ。次に下らなければならぬ。そこに神秘の迷路がある云々」

呪文の文句は、その後研究もしなかったので、なんのことやらさっぱりわからないけれど、秋子さんもいっていたように、その昔渡海屋市郎兵衛という大富豪が、金銀財宝を隠すためにこしらえた、迷路の道しるべには違いない。

秋子さんは昨夜この幽霊塔へ帰ったという。それに、どの部屋を探しても彼女の姿は見えないのだ。しかも、こうして呪文の聖書が開いてあるからには、ほかに考えようがあるだろうか。いよいよそうだ。彼女は単身恐ろしい迷路の中へ踏み込んで行ったのに違いない。

なんのために？　いわずと知れた、千草屋で買い求めた怪しい小瓶の中の液体を飲むためにだ。自殺をするためにだ。そして、恥かしいなきがらを、人目に曝《さら》さぬ用心に、だれもその入口さえ知らぬ迷路の中を最期の場所に選んだのだ。

汽車の時間から想像して、昨夜彼女が幽霊塔に帰ったのは、夜の十一時より早くはなかったはずである。だが、それから今までに、六、七時間経過している。恐らくもう間に合わぬのであろう。秋子さんはもう冷たいむくろになって、どこかしらこの建物の一部の迷路の中に、静かに横たわっているのかも知れない。

しかし、これはただ私の想像に過ぎないのだ。たとい間に合わぬにもせよ、ともかく彼女の行方を確かめて見なければならぬ。どんなことで、まだ生きている彼女に廻《めぐ》り合わないものでもない。いずれにもせよ、迷路の入口を探すのが、目下の急務である。

迷路の入口がどこにあるかは、むろんわからない。だいいち、迷路そのものの存在すらも、いわば伝説であって、ましてその中に金銀財宝が隠されているなどとは、現在ではほとんど信じる人もないほどである。

だが、少なくとも秋子さんは、この伝説を信じているらしく見えた。私に聖書の表紙裏の呪文を研究せよと、絶えず勧めていたのも、それによって迷路の入口を発見させたいために違いなかった。

秋子さん自身が、この建物の中で、神隠しのように消え失せた今となっては、私も迷路の存在を信じないわけにはいかぬ。いったいその入口はどこに開いているのだ。いや恐らくは開いているのではなくて、閉まっているのに違いない。閉まっているとさえわからぬ極秘の通路があるのに違いない。

考えながら、ふと思い出したのは、千草屋の小僧の言葉であった。彼は蠟燭を持った秋子さんが、この部屋から下へはおりないで、どうやら上の方へ登って行ったらしいといった。上の方へといって、この上にはただ大時計の機械室があるばかりだが、ああ、もしかすると、あの機械室の異様なからくり仕掛けの中に、迷路への秘密の通路が隠されているのではないかしら。

「鐘が鳴るのを待て、緑が動くのを待て」

呪文の文句には、鐘が鳴ると書いてあるではないか。この屋敷内で、鐘といっては大時計の時刻を報ずる鐘のほかにはないのだ。それから緑が動くというのも、おお、そういえば、あの機械室には、何かしら、緑色に塗った金属板が装置してあったような記憶がある。

今までは迷路などに興味を感じなかったので、まるで気にも留めていなかった呪文の謎が、秋子さん救いたさの一念から、たちまち解けはじめた。そうだ。それに違いない。私はすぐさま大時計の機械室へと駈け上がって行った。

小さなドアを開けると、八畳敷ほどもある大機械室の外側へ出る。中には定めし複雑な機械仕掛けがあるのだろうが、どこからそこへはいるのか、見たところ一面の赤錆びた鉄板で隔てられていて、まったく入口がわからぬ。

その鉄板の下部中央に、径三尺ほどの丸い鉄盤が、窓の蓋のように閉まっている。もとは鮮かな緑色に塗ってあったのであろうが、塗料が剝げ落ちて、僅かにそれらしい色合いを残しているに過ぎない。

見ると、その緑盤の下部から、何か洋服地の切れ端のようなものが、一、二寸覗いている。おや、この切地は昨夜秋子さんが着ていた洋服と同じ柄ではないか。やっぱりそうだ。秋子さんはここから迷路の中へはいって行ったのに違いない。

私はその緑盤を力まかせに押し試みたが、中へも外へもビクとも動かぬ。横に開くのかと手を掛ける箇所を探したが、そんなものは見当たらず、むろん鍵穴などはない。洋服の切端が引っ懸かっているのをみると、この緑盤が開閉する仕掛けになっていることは明らかだが、いったいどうして開くものか、まったく見当がつかぬのだ。

「秋子さあん！」

私は焦りに焦って、思わず彼女の名を大声に呼んでみたが、むろん答えはない。

ひょっとしたら、この洋服の切地はちぎれたのでなくて、緑盤のすぐ向こう側に秋子さんの身体が横たわっているのではあるまいか。厚い鉄の板がスーッと透明になって、そこに青ざめた秋子さんの死体が、じっと、うずくまっているのが、まざまざと目に見えるような気さえした。

「秋子さあん！」

私は無駄と知りながら、二たび三たび彼女の名を呼んでみないではいられなかった。

すると、その呼び声の反響ででもあるように、突然耳もとにジリジリという、歯車のきしる音がしたかと思うと、いきなりガーンと鐘でも叩くような音が響き渡った。時刻を告げる鐘の音である。

一つ、二つ、三つ、今はちょうど八時ごろだから、きっと八点鐘《はってんしょう》を打つのであろう。

だが、その鐘の音と共に、すぐ目の前になにかしら異変が起こりつつあるのを気づいた。剝げ錆びた緑の大円盤がゆるゆると動いているのだ。鐘が一つ鳴るごとに円盤が（注12）一寸ほどずつ横にすべって、暗い隙間が出来て行く。やがて、二寸、三寸、四寸、その黒い隙間が、見るみる拡がって行くのだ。

ああ、これが緑盤の秘密だったのだ。この秘密の扉は、時計の鐘の鳴る時にしか開かないのだ。わかった、わかった。呪文にも「鐘が鳴り緑が動くのを待て」と、ちゃんと書いてあったではないか。

機械室の囚人

緑盤がすべって、暗い隙間が二寸、三寸、四寸と拡がって行くにつれて、洋服の切れ端も一しょに動いて行く。覗いて見ると、緑盤の裏に、鋭い釘のようなものが無数に生えていて、服地はそれに引っかかっていることが分かった。やっぱりちぎれた切地で、その向こうに秋子さんの身体が横たわっているわけではない。

すると、彼女はこの緑盤の関門を無事に通り抜けて、機械室の奥深く、迷路の中へさまよって行ったものに相違ない。

その時、時鐘は八点鐘を打ち終わったが、緑盤の隙間は八寸ほどしか開いていない。これではとても通り抜けられないがと、両手を掛けて力まかせに開こうとしても、機械仕掛けで動くほかは、人間の力などでビクともするものではない。一分間もそうして厚い鉄板と角力《すもう》を取っていたが、すると、俄かに緑盤が私の手を押し返し、グイグイと烈しい勢いで元に戻りはじめた。そして、アッと思う間に黒い隙間はピッタリ塞がれてしまった。もう少しで、私は指先を鉄板と鉄板とにはさまれて、大怪我をするところであった。

ハテナ、秋子さんはこんな狭い隙間から、いったいどうして中へはいることが出来たのかしら。いくら細い女の身体でも、一ばん広い部分が八寸ほどしかない半月形の隙間を、どうして通り抜けられるものか。

ああ、そうだ。今は八時だから、これだけしか開かないのだ。一時間に一寸ずつとして八寸。この割合で行けば十時には、一尺、十二時には一尺二寸の隙間が出来るはずではないか。秋子さんがここへはいったのは、昨夜の十一時過ぎ、恐らく十二時の時鐘が鳴る時であったのだろう。そうすれば、一尺二寸の隙間があるのだから、女の秋子さんならずとも、大男の私でも、充分通り抜けられたに違いない。

もし私がこの大時計の動かし方を知っていたら、今すぐに時計を十二時のところへ廻して、十二点鐘を打たせ、緑盤を開くことも出来たであろうが、残念な事に、時計のことは一切秋子さんに委《まか》せきりにしていた不熱心の報いで、私にはどうすることも出来ない。今はただ正午の十二点鐘を待つほかに、なんの思案も浮かばぬのである。

しかし、その昔この塔の建設者自身でさえ、迷路に踏み迷って、餓《う》え死にをしたというほどの、恐ろしい場所へ踏みこむのだから、万一の場合のために、いろいろ準備しておかねばならぬこともある。今から十二時までの四時間は必ずしも無駄な時間ではない。

私はそのまま時計塔をおりると、先ず叔父の病床を見舞い、それとなく別れを告げてから、自分の部屋にとじこもって、遺言状めいたものをしたためた。それには秋子さんの身の上の一切を打ち明け、彼女を救うために迷路にはいるが、もし私自身も路に迷って帰ることが出来なくなった場合には、時計塔を破壊して両人を救い出してくれるようにと、細々と記した。

だが、これは秋子さんがまだ生きていた場合の用意であって、もし彼女がすでに冷たいむくろとなっていたら、私も生きて再び迷路の外へは帰らぬつもりだ。黒川との約束にしばられ、たとい両人とも生きて帰ったところで、二度と秋子さんを愛することが出来ないと思うと、かえって死こそ望ましかった。世の常ならぬ迷路の中の情死こそ、むしろ私の願うところであった。

遺言状を書きおわり、所有品の整理をすませると、やがて時間も迫ったので、早い昼飯に充分腹ごしらえをした上、もしもの場合の用意にパンと冷肉の弁当包みをこしらえ、それから煙草とマッチ、水筒、蠟燭など万端の支度をして再び塔の緑盤の前に立ったのは正午に五分前であった。

もし私が渡海屋市郎兵衛と同じ運命をたどるとすれば、これがこの世の見おさめであった。それを思うと、なんとやら恐ろしい気がしないでもなかった。しかし、同じ迷路には秋子さんがいるのだ、生きてか、死んでか、ともかくも秋子さんに逢えるのだと思うと、怖さも忘れて、私はただ胸迫るばかりであった。

やがて、ジリジリと歯車のきしむ音、ガーンと胸にこたえる鐘の音、そして、目の前の緑盤が一寸ずつ一寸ずつ横にすべり始めた。十二点鐘を打ち終わった時には、予想の通り、巾一尺二寸ほどの隙間が出来たので、私は身体を横にして、すばやくその中に這いこんだ。何かしら鉄製の巨人の口の中へ呑み込まれるような、一種不可思議な感じであった。

暗くてよくはわからぬけれど、中は四方に鉄の突起物があって、身動きも出来ぬ狭さである。手さぐりをしてみても、どの方角にも通路らしいものはない。まさかここで行き止まりのはずはない。秋子さんがはいって行った道がどこかにあるはずだ。

闇の中で面くらっているうちに、うしろにカタンと音がして、緑盤が元の通りに密閉されてしまった。そこからの光線がさえぎられたので、機械室の中は一そう暗くなり、外界との縁はまったく断たれてしまった。だが、それはすでに覚悟していたことだ。私は心を静めて、用意の蠟燭を取り出し、それに火を点じた。

赤茶けた火に照らし出された機械室の内部は実に奇怪な景色であった。明治以前に造られたものだから、むろん現代の機械装置とは、どことなく違ったところがあり、歯車なども、木製のものもまじっているし、なんとなく不細工で古めかしいところがあったが、しかし全体の感じは、手近な例でいえば目覚し時計の機械の機械装置を、百千倍に拡大したようなものであった。

大小さまざまの歯車が噛み合い、太い鉄の鎖が右に左に交錯し、歯車の心棒《しんぼう》を支える鉄の腕木《うでぎ》がニョキニョキと突き出し、それら全体が油に汚れて、機械工場の匂いを発散していた。

こんな巨大な歯車を廻す発条《ぜんまい》があるのかしら。それとも錘《おも》りの作用によって、発条がなくても廻転する仕掛けにでもなっているのかしら。だが、今は時計の機械仕掛けなどを研究している場合ではない。一刻も早く迷路を発見し、秋子さんの所在をつきとめるのが、私の唯一の目的であった。

私は蠟燭を右に左に動かして、どこかに通路はないかと丹念に調べてみたが、今はいって来た緑盤の丸い穴のほかには、人間一人通り抜けられるような隙間は、まったく見当たらなかった。その辺を手当たり次第に押して見たり、引いて見たり、叩いて見たりしたが、動きそうな部分は一つもなかった。

私はだんだんあせり出していた。こんなところでぐずぐずしている間に、今この瞬間にも、秋子さんがどんなことになっているかも知れないと思うと、気も狂いそうであった。私は無駄と知りながら、その辺を滅茶苦茶に叩きまわった。両の拳が傷つき血の流れるまで叩きまわった。

無我夢中で狂いまわっているうちに、いつの間にか一時間が経過したと見えて、やがて、また例のジリジリという歯車のきしむ音が聞こえ始め、一時の時鐘が耳を聾するばかりに響き渡った。と同時に、私はハッと一つの新しい出来事を発見した。

私の立っている右手の、石の壁が動いているのだ。花崗岩《かこうがん》の厚い板を組み上げた壁が動こうなどとは、まったく想像もしなかったので、今までそちら側にはほとんど注意を払わなかったのだが、よく見るとその石壁の上部に太い鉄の環がはめ込んであって、その環から長い鎖が延び、天井の滑車を通過して、端は下の緑盤の一方の隅につながっていることがわかった。

この鎖の力によって、時鐘が鳴り、緑盤が動けば、その寸法だけ、石壁が上の方へ吊り上げられ、その下に隙間が出来る仕掛けである。時刻は一時だから、緑盤の隙間も、石壁の隙間も共に一寸ほどずつしか開かぬ。試みに両手をかけて引き上げようとしてみたが、ビクとも動くものではない。

ああ、なんという用心深い仕掛けであろう。緑盤の関門を通過しても、既にここに第二の関門が控えているのだ。迷路の設計者の稚気《ちき》といおうか、執念といおうか、その周到ぶりは怖くなるほどであった。

この調子では、石壁の関門を通過するためには、またしても、緑盤の時と同じ忍耐を要するのであろう。つまり石壁が通り抜けられるほど開くのは、今夜の十時以後と見なければならぬ。いくら這って通るにしても、少なくとも一尺以上の隙間がなくては、どうすることも出来はしない。

早く見ても九時間は待たなければならぬ。しかも今度は外へ出ることも出来ないのだ。緑盤を通り抜けるためにはやっぱり十時間以上待たなければならない。私は今や、巨大な歯車と歯車とのあいだに、身動きも出来ぬ囚人であった。

ああ、それからの九時間が、どれほど永く感じられたことであろう。私にはそれが数日、いや数カ月の耐えがたい拷問《ごうもん》のようにさえ思われた。

蠟燭が燃え尽きることを恐れて、それも消してしまい、文目《あやめ》もわからぬ闇と静寂の中に、ただ私自身の呼吸と心臓の音を聞きながら、その永い永い時を過ごした。五点鐘を聞いてしばらくしてから、そんな際にも胃袋は空腹を訴えるので、パンと冷肉を、手摑みで、ムシャムシャやり、水筒の水を呑んだ。

それから、また永い永いあいだ。外はもう日が暮れているのであろう。暗さは同じ暗さだけれど、なんとなくしめっぽい夜気が感じられる。

九時の時鐘が鳴るころから、塔の屋根を打つ烈しい雨の音が、かすかに聞こえ始めた。それに風の唸りさえ加わり、時々機械室がユラユラと揺れるのが感じられた。あとでわかったのだが、その晩は、折も折、数年来にない大雷雨の夜であった。

やがて、稲妻が光りはじめた。まったく密閉されているようだけれど、稲妻ほどの強烈な光になると、どんな僅かな隙間からもすべり込んで来るものと見え、闇の機械室にかすかな閃光《せんこう》が幾度となくひらめき、そのたびに恐ろしい雷鳴が鳴り響いた。

塔の頂上、しかも異様な機械室の中にとじこめられている私には、音も光も充分に感じられぬだけに、想像力がそれらを現実以上に拡大して、この世の終わりが来たのかと怪しまれるばかりであった。

だが異変はそれだけではなかった。雨が少し小降りになり、雷鳴も途絶えた時、機械室の下の方から、突如としてキャーッという、人間とも動物ともわからぬ叫び声が聞こえて来た。一《ひ》と声《こえ》は太く、一と声は細く、終わりの方は明らかに人間の女性の悲鳴であった。ああ、天帝の怒りのみではない。地上にも何かしら想像も出来ない怪異が起こっているのではあるまいか。

密閉されたこの機械室まで、あれほどはっきり聞こえて来たのだから、決してただ事ではない。私は直ちに「死」を連想しないでいられなかった。あれは何人かの断末魔の絶叫ではなかったのか。

突然私は、どこかしら迷路の中をさまよっている秋子さんを考えた。ああ、もしあれが秋子さんの悲鳴であったとしたら！

私の焦燥、憂慮《ゆうりょ》、苦悶の烈しさが、どれほどであったか、読者諸君お察しください。身は暗室の囚人、悲鳴を聞いても駈けつけることも出来ない。人に知らせて助けを求めるすべもない。ああ、よくぞ気が狂わなかったことと、今思い出してもゾッとするほどである。

その焦燥と苦悩のさ中に、突如として、目の前にマグネシュームを焚《た》かれたような稲妻がひらめいたかと思うと、間髪《かんはつ》を容《い》れず、天地も裂けるばかりの雷鳴が響き渡り、頭から足の先まで、ズーンと痺れて行くように感じた。

あとで考えてみると、恐らく塔の避雷針に落雷したものであろう。その時は、私自身雷に打たれたのかと思い、ハッと床にひれ伏した、すると、一刹那、床の下の深い深い底の景色が、二度目の稲妻の光によって、ありありと眼底に映じた。まるでこの遙かの底に、突然まったく別の世界が、ポッカリと出現したかのように、白昼の明るさで網膜《もうまく》に焼きつけられた。

どうして、そんな床下深くが見えたかというと、その時まで少しも気づかなかったのだが、そこの床下は太い格子に組んであって、隙間があり、その真下に深い井戸のような穴が、恐らくは三階の建物全体をつらぬいて、遙か地底までも続いていたからである。

幽霊塔の建物は、もともと壁の厚い造りの上に、ところどころ不必要に厚い壁があったり、この辺に部屋がなければならぬと思われる箇所が、まったく壁で包まれていたり、非常に不規則な、異様な建て方であったが、この深い井戸のようなものも、たぶんそれらの壁のあいだをつらぬいて地底に達している秘密通路の一つに違いない。稲妻はどこかの隙間から、ちょうどその底を照らしたのである。

その一瞬の光で、私は井戸の底に、ギョッとするような一物を認めた。そこの床に丸くなって倒れている人間の姿である。あまりに遠いので、顔形はもちろん、服装などもはっきりはわからなかったが、じっと死人のようにうずくまっている人の姿には違いなかった。

あれは若《も》しや秋子さんではあるまいか。いや、若しやどころか、秋子さんのほかに、だれがこんな迷路の中などにいるものか。あの人だ。あの人にきまっている。あの様子では、もう毒薬を呑んでしまったあとかも知れない。ああ彼女を救い出す望みも絶え果てたのか。

もしそうとすれば、今はこの世になんの生甲斐《いきがい》もない私だ。早くあの井戸の底へおりて行こう。そして、秋子さんのむくろを抱いて、私もそこで餓え死のう。

そう心を定めると、もはやなんの恐れることもなかった。ただ迷路の底へおりて行きさえすればいいのだ。秋子さんの死体にめぐり合いさえすればいいのだ。いくら迷路が複雑でも、そんなことがなんであろう。私は二度とこの世へは帰って来ないつもりなのだ。

そして十時の鐘が鳴ると、石壁の開ききるのを待って、私はなんの躊躇もなく、その奥の闇の中へ這い込んで行くのであった。

奥の院

石壁の向こう側は、背をかがめてやっと通れるほどの、狭い通路になっていた。蠟燭をつけて、照らして見ると、一方は下へおりる階段、一方は上へ登る階段と、道が二つに分かれていた。

井戸の底へ行くのだから、むろん下への階段をおりればいいと、何気なくその方へ踏み出したが、ヒョイと頭に浮かんだのは、例の聖書に記された呪文の一節である。そこには確か「先《ま》ず昇らなければならぬ。次に降らなければならぬ」とあったはずだ。危ない危ない。すんでのことに設計者のトリックに引っかかるところであった。下ると見せて、逆に登り、登ると見せて実は下るのが、迷路というものの定石《じょうせき》ではなかったか。下るためには先ず登らなければならないのだ。

それはほとんど垂直に立てた梯子も同然の、狭い急な板の階段であった。何十年来人の通らぬ場所だから、階段の踏板の上にはうずたかく埃がつもっている。蠟燭をさしつけて見ると、その埃の中に、華奢《きゃしゃ》な女の靴跡が歴然と残っているではないか。むろん秋子さんの登った跡だ。こいつはうまいぐあいだぞ、ここから先は迷路の謎を考えるまでもなく、ただこの靴跡を見失わぬように、注意深く辿って行きさえすればよいのだ。

その階段を二間ほども登って、塔の頂上の屋根裏とおぼしきあたりに達すると、道は前にもまして急な下りの階段につづいている。二、三間おりるとちょっとした踊り場があって、そこから同じ角度の階段があり、そしてまた踊り場と、ちょうど大ビルディングの非常梯子のような調子でどこまでも階段がつづいている。

踊り場を四つ過ぎて、最後の階段をおりると、恐らくもう地底に達したのであろう。

しめっぽい土の匂いが鼻をつく。そこからいよいよ平坦な迷路が始まるのだ。両側を石で築いた、人一人やっと通れるほどの狭い曲がりくねった通路が、グルグルとどこまでも続き、三、四間ごとに、或いは右に或いは左に枝道の入口が開いている。実に想像も及ばぬ複雑な迷路だ。

英国のハンプトン宮殿にある有名な扇型迷路は、僅か四分の一エーカーの地面に、半マイルにわたる長い道中が出来ているということだが、この迷路も大して広い地域ではないにしても、その紆余《うよ》曲折《きょくせつ》の長さは驚くばかりである。若《も》し秋子さんの靴跡という道しるべがなかったならば、私はたちまち道に迷ってしまったことであろう。いや、その秋子さんの靴跡とても、決して、一本調子に進んでいるのではない。或いは立ち止まっていたり、右に行きかけて、思い返して左に戻ったり、袋小路に突き当たって、長い道をあと戻りしたり、そぞろに彼女の苦心の跡が忍ばれるのである。

私の気持では、行ったり来たりグルグル廻っている細道を、十五、六丁も歩いたと思うころ、やっと迷路が終わって、地底の広間ともいうべき場所に出た。ここが迷路の奥の院なのかしらと、蠟燭を高くかざして見廻すと、先ず目にはいるものは、広場の中央に、まるでお辞儀でもしているような恰好で、俯伏せに倒れている人の姿であった。

おお秋子さんかと、ハッとして駈け寄って見ると、顔は見えぬけれど、服装の様子が、どうも秋子さんではないらしい。男だ。男には違いないが、なんだかひどく見慣れぬ着物を着ている。陣羽織のような黄羅紗《きらしゃ》の袖なし羽織、鼠小紋の袷《あわせ》、薄青い色の革足袋《かわたび》、現代の服装ではない。ハテナ、もしかすると……。

私は急いで前に廻り、その人物を引き起こして顔を改めようとした。だが、引き起こすどころか、ちょっと手を触れただけで、その人の姿は、まるで燃え尽きた薪《たきぎ》のように、手応えもなく崩れてゆき、ひからびた小さな髑髏《どくろ》が一つ、カラカラと乾いた音を立てて、私の足もとに転がって来た。髑髏の頭部には、小さな髷《まげ》に結った白髪まじりの髪の毛が、みすぼらしく纏いついている。

ああ、伝説ではなかったのだ。これこそ数十年の昔、みずから設計した迷路の中に迷い込んで、悲しい声で助けを求めながら、ついに餓え死にをしてしまったという、富豪渡海屋市郎兵衛のなきがらに違いない。

私は意外のような、意外でないような、現実と夢幻とのまじり合った、一種異様の感慨に打たれながら、くずれた骸骨《がいこつ》の前に、うやうやしく一礼したが、ふと気がつくと、骸骨の右手が何かをしっかり摑んでいる様子だ。ひざまずいて調べてみると、一箇の大きな鍵を握っていることがわかった。私は静かにそれを取ってポケットに納めた。迷路の奥の院へはいるために、必要な鍵かも知れぬと考えたからである。

ああ、よかった。秋子さんではなかったのだ。さっき機械室から稲妻の光で見えた人の姿はこれであったに違いない。ここがちょうどあの時計室の真下に当たっているのであろう。

私は胸なでおろす気持で、更に蠟燭を取って、広間の様子を眺めると、これはまだ奥の院ではない。ここからまた別様の迷路が始まっているのだ。

その広間は、さし渡し五間《けん》ほどの正六角形に造られていて、壁も床も石で畳んだ牢獄のようなこしらえであるが、その六角形の各辺に一箇ずつ、都合六箇のまったく同じ形の坑道《こうどう》のような入口が、黒く開いている。そのうちの一つは今私の出て来た口だから、それは省くとしても、残る五つの穴のどれを選んで進めばよいのか、まったく途方に暮れるほかはない。設計者は恐らく、地獄の六道の辻を思い浮かべながら、これを立案したのであろう。その陰惨な物恐ろしげなたたずまいは、地獄図絵をそのままであった。

むろん私には、その五つの穴のどれを進めば、奥の院に達するのか見当がつこうはずはなかったが、床を照らしてみると、秋子さんの靴跡は、少しも迷わず右の方の一つの入口へつづいている。私はただその跡を辿って行けばよいのであった。

それにしても、秋子さんはよくここまで迷路の地理に通じていたものである。私などは、いくら彼女に勧められても、例の呪文や絵図面を調べる気にはなれなかったが、秋子さん自身は恐らくお鉄婆さんの養女であったころから、その二つを暇にまかせて研究していたことであろう。そして、これほども迷路の道筋を諳《そら》んじていたものであろう。

その穴をはいると、またしても先ほどと同じような石壁の細路が、行きつ戻りつ曲がりくねって続いている。むろん迷いの枝道も無数にあるのだが、私はそれに迷わされる心配はなく、ひたすら秋子さんの足跡を慕って、ついに第二の迷路を抜け出で、その奥の広間に達することが出来た。そして、ああ、私はとうとう最後の目的を達し、秋子さんの姿をそこに発見することが出来たのである。

「秋子さん、秋子さん、僕です」

嬉しさに、思わず声をかけたが、返事はない。広間のまん中に数枚の緋毛氈《ひもうせん》を敷きつめ、五つの古い鎧櫃《よろいびつ》がおいてある。その鎧櫃の前、緋毛氈の上に、秋子さんは俯伏したまま、身動きさえもしないのだ。

アッ、間に合わなかったのか？　私はギョッと心も凍る思いで、急いでそのそばに駈け寄った。

見ると秋子さんの枕もとに燭台がおかれ、蠟燭はすでに燃え尽きている。私は手に持っていた裸蠟燭をそれに立てて、なおよく見れば、その燭台のすぐ横に、茶色の小さなガラス瓶が、栓をしたまま転がっている。秋子さんが千草屋で買い求めたという毒薬に違いない。

拾いあげて、蠟燭の火にすかして見ると、これは不思議、中の液体は口のところまで一ぱいあって、少しも減っていないのだ。では、まだ毒薬は飲まなかったのかしら。それにしては、青ざめて、身動きもしないで倒れているのがおかしい。

私はいきなり秋子さんを抱き起こして、心臓のあたりに手を当ててみた。ああ、動いている。ゆっくりとかすかにではあったが、確かに動悸を打っている。死んでいるのではない、充分蘇生の見込みがある。

私はグッタリとした彼女の身体を、膝の上に抱き上げて胸と胸とを合わせながら、私の体温で彼女の冷えきった身体を温めようとした。

私の顔のすぐ前に無心にのけぞった彼女の美しい顔があった。唇は半ば開き、可愛らしい歯並が覗いていた。閉じた目に長い睫毛《まつげ》がかすかな影を作っていた。少ししかめた濃い眉毛、すき通るように青ざめたなめらかな顔の肌。

これを生涯の思い出と、私は永いあいだ、固く固く彼女を抱きしめていた。なぜといって、もし彼女が蘇生すれば黒川との約束に従って、さっそくつれない風情《ふぜい》を示さなくてはならないのだし、もし蘇生しなければ、私も彼女のあとを追って、この世を去るのだから、せめて一生にたった一度の思いを込めて、彼女を抱きしめていたかったのだ。

しばらくそうしているうちに、彼女の顔に少しずつ血の気が戻って来るように見えたが、やがて、長い睫毛がかすかに震えたかと思うと、彼女はパッチリと目を開いたのである。

「秋子さん、僕です。わかりますか」

私は一そう強く彼女を抱きしめて、その目を覗きこんだ。

「あら、どうしたんでしょう。ここはどこなのでしょう」

ゆっくり首をまげて、あたりを見廻していたが、そこが地下の迷路の中とわかると、びっくりしたように私を見返し、

「まあ、あなたがこんなところへいらっしゃるなんて、いったいどうしてここまでお出でなすったの？　よく道がわかりましたわねえ。それともわたし夢を見ているんでしょうか」

と、力なげに呟くのであった。

「夢じゃありませんよ。僕はあなたを探して、ここへおりて来たんです。道に迷わなかったのは、あなたの靴の跡を慕って来たからですよ。そして、ここへ辿りついてみると、あなたが気を失って倒れていたものだから、夢中で介抱していたところです」

「まあ、そうでしたの。でも、わたしどうしたのかしら。なぜ死んでしまわなかったの

かしら。ああ、そうですわ。薬を飲もうとしていた時、ひどい稲光がして、恐ろしい音がしてわたしは雷のために気を失ったのですわ。

「ああ、これ、これを飲まなくてはならないのです。いいえ、離してください。お父さまやみんなの名誉のために、わたしはこれを飲まなければならないのです」

毒薬の瓶を取ろうともがく彼女の手を押さえて、私はその瓶をすばやくポケットへ隠してしまった。

「あなたの気持はよくわかっています。僕たち一家の名誉を傷つけまいとしてこんな所で自殺するつもりだったのでしょう。しかしね、秋子さん、今はもうその原因がなくなってしまったんです。あなたの無実の確証が上がったのです」

「エッ、なんですって？　どうしてそんなことが……」

「黒川君です。黒川弁護士が、お鉄婆さんを殺した真犯人を発見したのです。叔父を毒殺しようとしたのも、恐らくその同じやつでしょう。なんにしても黒川君があなたの濡衣を、すっかりほして見せると断言しているのです。もう毒薬なんか用はありません。さア、帰りましょう。そしてすぐに黒川君に手続きを取ってもらいましょう」

「まあ、それほんとうでしょうか」

「嘘や冗談にそんなことをいうやつがあるものですか。それに黒川君は、れっきとした法律の専門家です。決して見込みのないことをいうはずはありません」

「まあ、そうですか。もしそれが真実なら、こんな嬉しいことはありませんが……」

秋子さんはまだ半信半疑の体《てい》であったが、しかし、長い長いあいだの心の錘《おも》りを取り除く曙光《しょこう》を認めたかのように、目の色も輝きを増し、顔色もどことなく晴ればれとして見えた。

嬉しいのはもっともだ。だが、秋子さんの喜びに引きかえて、私はもうこれ限り彼女を見捨て、彼女からも見捨てられなければならぬと思うと、そのやるせなさは一方《ひとかた》でない。ああ、なぜ生き返ってくれたのだ。なぜあのまま死んでしまってくれなかったのだ。愚かにも、私は心の中でそう叫ばないでは、いられなかった。

「さア、帰りましょう。僕が機械室へはいったのは昼間の十二時でしたから、今ごろは家の人たちが僕の行方を探して、騒いでいるかも知れません。病人の叔父に無駄な心配をさせたくありません、さア帰りましょう」

手を取って引き立てるようにすると、秋子さんはなぜかそれに応ずる様子もなく、妙なことを云い出すのであった。

「いいえ、その前に、あなたは見なければならないものがあります。折角ここまで来て、肝腎の宝物《ほうもつ》も見ないで帰ろうとおっしゃるのですか？」

「エ、何を見るんですって？」

「宝物よ。いったいこんな大袈裟な迷路が、なんのために造られたかとお思いなすって？　渡海屋という富豪はほんとうに宝物を隠したのです。あの話は伝説ではないのです」

それが伝説でないことは、私にもよくわかっていた。私は現に、その渡海屋の髑髏をさえ見ているのだ。

「宝物といって、いったいどこにあるのです。あなたはもうその隠し場所を発見したのですか」

すると、秋子さんが初めて笑った。久しく聞いたことのない、あの懐かしい笑い声を立てた。

「ホホホホ、これがお目にはいりませんの。ほら、この鎧櫃。こうして毛氈の上に大切そうに飾ってあるのを見ればむろん宝物はこの中に納めてあるのですわ。

「わたし、そう思って、蓋を開こうとしたのですけれど、錠前がついていて、どうしても開きませんの。あなたの力でこの鎧櫃を開けて見てくださいません？」

なあんだ。それじゃ、やっぱりここが迷路の奥の院だったのか。いかにも鎧櫃とは昔の人の考えそうな容《い》れ物だ。

「それならばわけはありませんよ。僕はここに鍵を持っています。渡海屋の骸骨が握っていたのです。たぶんこれが鎧櫃の鍵でしょう」

私は鎧櫃の一つに近づくと、秋子さんが見せてくれる蠟燭の光で、その錠前の穴に鍵を差し入れて廻してみた。すると、カチッと手ごたえがして、なんの苦もなく錠が開いた。

蓋を取ると、中には麻袋が一杯詰まっている。私はその一つを取り出して、蠟燭の光にかざそうとしたが、年代のために麻布が弱っていたものか、たちまちその底が破れて、アッと思うまに、何かしらキラキラ光るものが、チャリンチャリンとすき通った音を立てて、雨のように床の上に落ち散った。

「ヤ、小判だ！」

秋子さんは燭台をかざしたまま、私は麻袋の口を握ったまま、時ならぬ黄金《おうごん》の雨に茫然として見とれるばかりであった。蠟燭の焔を受けて、キラキラと輝きながら落ちて行く、数も知れぬ黄金の木の葉、それが見る見る床の石畳の上に、うずたかく降りつもって行くのだ。

その第一の鎧櫃には、同じような麻袋が二十箇近くはいっていたから、一《ひ》と袋《ふくろ》千両としても、合わせて二万両、時価にして何十万円という金高《かねだか》である。しかも、それはただ一箇の鎧櫃の話、あとにまだ四つの鎧櫃が残っているのだ。総計では何百万円の財宝で(注13)ある。

金銭にはさして興味を持たぬ私たちも、これほどの大金を見ては、我れを忘れて、まるで花咲爺《はなさかじい》さんのように有頂天にならないではいられなかった。秋の木の葉と散り敷く大判小判の美しさに、眩惑《げんわく》しないわけにはいかなかった。

「あら、これなんでしょう。渡海屋の遺言かなんかじゃありませんかしら」

秋子さんの指さすところを見ると、鎧櫃の蓋の裏に、何か書附《かきつけ》が貼りつけてある。厚い奉書《ほうしょ》の紙に、肉太《にくぶと》のお家流《いえりゅう》で、墨黒々と記された、その文意は、

> 我が家の財宝を此処に納めて、戦火の静まる時節を待たんとす。我が子孫之を取出し、家を起すの資《し》と為すを得ば幸《さいわい》なり。若《も》し我が子孫絶え果てたる節は、此の財宝を挙げて、我が若年の砌《みぎり》の大恩人児玉青山先生《こだませいざんせんせい》の後裔《こうえい》に捧ぐるものなり

あとに渡海屋市郎兵衛の署名に、華押《かきはん》まで添えてある。

「おやッ、児玉青山といえば、叔父の祖父に当たる人ですよ」

私はあまりの奇縁に驚いて、思わず叫び声を立てた。

「まあ、そうですの。なんという不思議なめぐりあわせでしょう。ご自分に伝わる宝も

のが隠してあるとも知らず、偶然この屋敷をお買い取りになるなんて、まるで小説みたいですわね」

秋子さんも、養父の思いがけぬ仕合わせを、心から喜ぶものの如く、上気した顔に美しい笑いを浮かべるのであった。

地獄図絵

秋子さんと私とは、地底の洞窟の中で、たった一本の蠟燭の赤茶けた光の下で、床に落ち敷く大判小判の山を眺めながら、まるで童話の夢の国にでも迷いこんだ気持で、しばらくのあいだは茫然としてたたずんでいたが、考えてみれば、これは夢でも童話でもない。疑うことの出来ない現実なのだ。私の叔父、秋子さんの養父児玉丈太郎は一躍して百万長者になったのだ。

叔父は百万長者になる、秋子さんの恐ろしい殺人罪の濡衣は、黒川弁護士が必ずはらして見せると、太鼓判を捺して請け合った。何もかもめでたしめでたしである。その中で、ただ一人めでたくないのはこの私だ。秋子さんを幸福にするためには、秋子さんを愛してはいけない、愛されてもいけないという、まったく辻褄の合わぬ異様な立場におかれている。人々が仕合わせになればなるほど、私には一そう深い絶望が残るばかりだ。

もし私が弱い男であったら、人の知らぬ迷路の底で、秋子さんとたった二人のさし向かいを幸いに、浮世《うきよ》の義理や約束を踏みにじって、彼女を抱きしめ、この世のものならぬ結婚と情死を迫ったかも知れない。私の心の中には、そういう捨てばちな慾望が、夕立雲《ゆうだちぐも》のようにムラムラと湧き上がるのが感じられた。

だが、私にはそれを実行する勇気がなかった。というよりは、そんな悪魔的な慾念を抑えつける勇気があった。私は耐え忍ばなければならない。叔父のために、秋子さんのために、そして、私自身のためにも。

私のこのような苦悶を、それとも知らぬ秋子さんは、黒川弁護士が真犯人を発見したという吉報に安堵したものか、見たこともない晴れやかな顔になって、この財宝の発見を喜ぶのであった。

「ああ、これでやっと、あたしの使命の一つを果たすことが出来ましたわ。光雄さん、あなたは、あたしがずっと以前に、秘密の使命を持っているとお話ししたのを覚えていらっしゃるでしょう。あなたは根掘り葉掘り、それを聞こうとなさいましたわね。でも、あたし、今にわかる時が来ますといって、うち明けませんでしたわね。

「打ちあけはしなかったけれど、聖書の裏の呪文は是非研究なさいって、くどくお勧めしましたわね。それは児玉家の一人であるあなたに、この迷路の秘密を解いていただきたかったからよ。そしてあなた自身でこの宝物を見つけ出していただきたかったからよ。それに、光雄さんったら、まるで冷淡で、ちっとも呪文の研究をなさらないのですもの」

濡衣をほすすべもないと思えばこそ、自殺まで決意したのだが、私の言葉によって、他に犯人が発見されたと聞いては、そして、この私がもう彼女を少しも疑っていない様子をみては、秋子さんが快活になるのは無理もなかった。今までは何か鋼鉄のように冷やかな近づきがたいものを感じさせた彼女の態度が、この地底の異様な場面で、俄かに女らしく、艶《なま》めかしく変わって行った。

それが私にとっては、どんなに辛い責苦であったことか。私は黒川弁護士との無残な約束に縛られて、彼女に微笑みかけることさえ遠慮しなければならないのだ。この愛らしい女に一変した秋子さんに、心にもない愛想づかしをして見せなければならないのだ。もしそれをしなかったら、彼女がこれほどまで喜んでいる無実の証明が、まったく不可能になり、彼女はまたしても、あの恐ろしい女囚の獄衣を着せられなければならないのだ。

私はその苦痛を奥歯で嚙み殺しながら、彼女の美しい顔を避けるようにして、わざと冷やかに答えた。

「そうでしたか。僕は、まさかこんなお伽噺のような宝物が、ほんとうに隠してあろうとは、想像もしなかったものですから……」

「そうよ。あなたは現実派ですのね。そんな小説みたいな空想はなさらない方ね。あたしどんなにヤキモキしたでしょう。でも、よかったわ。こうしてちゃんと発見してくだすったのですもの。それに若《も》しあなたが来てくださらなかったら、あたしはきっと死んでいました。たとい気絶から醒めたとしても、もう一度思い返すようなことはしないで、きっと毒薬を飲んでいたに違いありません。

「光雄さん、あなたはあたしのために、いろいろのことで言葉に尽せないほど骨を折ってくださいましたわね。いつかは虎に食い殺されるところを救ってくだすったし、今日は絶望と毒薬から救ってくだすったのね。二重三重の恩人ね。あたし、この御恩をどうしてお返ししたらいいのかしら」

　それは造作もないことですよ。僕と結婚さえしてくだされればいいのです。黒川弁護士と約束せぬ前の私であったら、ほがらかにそう答えたことであろう。そして、互いに、手を取り合って、この地底の別世界で、こまやかな愛の睦言《むつごと》をささやきかわしたことでもあろう。現に秋子さんは、私のそうした行動を、待ちもうけているようにさえ見えるのだ。

くやしさが人を殺すものであったら、私はその場に悶死していたかも知れない。なんという立場であろう。なんという責苦であろう。黒川め、黒川め、貴様は鬼だ、悪魔だ。だが、その悪魔にすがらなければ、私の命にも換えて愛する秋子さんを幸福にすることが出来ないとは。

しかし、私は強かった。私は自制心《じせいしん》を失わなかった。これだけは読者に誇っても差支えないと思う。私は溢れて来る熱涙を、瞼のきわで食い止めて、冷然と云い放った。

「さア、帰りましょう。早くこのことを叔父さんに知らせなければ」

秋子さんは、びっくりしたように、冷やかな私の顔を見つめた。そして、思いなしか、悲しげな色が眉の辺に動いたように感じられたが、さりげなく、

「ええ、帰りましょう」

と答えて、私のあとに従った。

私たちは蠟燭の光をたよりに、また地底の迷路を辿らなければならなかった。だが、帰り途は、秋子さんのと私のと、二重の足跡が残っているのだから、それについて歩きさえすれば、路に迷う心配はなかった。

二人とも一言も物をいわず、互いの心を探り合うような緊張の沈黙のうちに、間もな

く迷路を辿りつくし、階段を登りまた降って、大時計の機械室の外に達した。見れば、私たちの目の前に、例の厚い石の扉が壁のように立ちふさがっているではないか。私は心の激動に、ついそれを忘れていたのだ。

「いけない、僕はうっかりしていました。この石の戸は十時過ぎでなければ、通り抜けることは出来ないのでしたね」

秋子さんを振り向くと、彼女は事もなげに笑って、

「いいえ、はいる時はそうですけれど、出る時はいつだって出られますのよ。ここにその仕掛けがありますの」

と、石の扉の横の暗い窪みに手を差し入れて、何かカチッと音をさせた。

すると、それが扉を上げる機械仕掛けの始動器ででもあったらしく、たちまちガラガラと鉄の鎖の擦れ合う音がして、石の扉は徐々に動き始め、見ているうちに、通り抜けられるほどの広さに開ききった。

ああ、そこまで調べ尽してあったのかと、私は秋子さんの男も及ばぬ研究心に、今さら頭のさがる思いであった。

はいる時にはあれほど苦労した機械室も、出るのにはなんの造作もなかった。見れば例の謎の緑盤も、すっかり開ききっている。石の扉が開けば、鎖に引かれて、緑盤の方

も一しょに開く仕掛けになっていることは、すでに記した通りである。

私たちは機械室を抜けだして、やっと人間界に立ち戻ることが出来た。腕時計を見ると、午前二時半、真夜中である。

時計塔から階下へ行くためには、狭い階段を降りて、三階の私の部屋を通り抜けなければならない。その私の部屋というのは、読者もご存じの通り、お鉄婆さんが惨殺された部屋、口から血を垂らした老婆の幽霊が出るという怪談の部屋である。

地底から持ち出して来た燭台には、何本目かの蠟燭がまだ僅かに残っていた。私たちはそのほの暗い光をたよりに、まっ暗な私の部屋へはいって行ったが、入口から四、五歩も歩いたかと思うと秋子さんが、

「アッ」という低い叫び声を立てた。

「どうしたんです」

振り返って、蠟燭をさしつけると、彼女は足もとの床を指さして、薄気味わるげにいうのだ。

「なんだか踏みましたのよ。ここに妙なものが……」

蠟燭を床に近づけて見ると、そこに一匹の猿が転がっていることがわかった。

「あら、血ですわ。まあ、どうしたんでしょう。こんなに血が」

猿は無残に傷ついて死んでいたのだ。絨毯にボトボトと血の痕がにじんでいる。

「夏子さんの猿のようですわね。いったいどうしたというんでしょう」

それは秋子さんの附添婦人肥田夏子が、ベッドの中にまで入れて可愛がっていた、あの猿に違いなかった。

「変ですね。この部屋で何かあったのかも知れませんよ」

私は燭台を床に置いたまま、急いで部屋の隅に行って、そこの壁にある電燈のスイッチを押した。

闇に慣れた目には、まるで真昼のように明るい光線が、パッと広い部屋を照らし出すと同時に、私たちはそこに、まったく想像もしなかった恐ろしい地獄の光景を見なければならなかった。

私の書きもの机の前に、一人の男が、顔じゅうを血だらけにして、見るも恐ろしい苦悶の表情で打ち倒れていた。椅子が倒れている。絨毯は皺だらけになっている。それに男の洋服は恐ろしく衣紋が乱れて、ところどころ引き裂かれている様子だ。死にもの狂いの格闘が演じられたことは一目《ひとめ》でわかる。

私も秋子さんも、あまりに意外な有様に、しばらくは言葉も出ず、遠くに立ちすくんだまま、茫然として倒れた男を見つめていた。

なんという醜悪な顔の男だろう。土気色《つちけいろ》の額の下に、憎悪に見開いた両眼が、天井を睨み、紫色の唇がめくれ上がったようになって、その中から野獣のような上下の白歯が今にも嚙みつきそうに、むき出しになっている。ゾッとするような極悪人《ごくあくにん》の相である。

いったいこいつは何所の何者であろう。見ず知らずの男が、どうして私の部屋にはいり、こんな恐ろしい死にざまをしているのであろう。

不審《ふしん》に堪えぬまま、死体に近づいてなおよく検《あらた》めて見ようと、その方へ歩きかけた時である。

「あら、机の下にも何かいますわ」

秋子さんが、すがりつくように私の腕を捉えて、慄《ふる》え声に囁くのだ。

ギョッとして、死人の向こう側にある私の大机の下を注視すると、ああ、なんということだ。そこにもまた一人の人間が丸くなって倒れているではないか。

「女のようですわね」

女だ。派手な洋装をした若い女だ。

あまりのことに、私は我が目を疑わないではいられなかった。何かとんでもない錯覚ではないのか。恐ろしい夢でも見ているのではないのか。

地底の人外境では、渡海屋の骸骨を見たばかりであったが、その人外境を抜け出して、人間世界に帰って見ると、いきなりそこに、地底以上の恐怖が、気違いめいた地獄風景が待ち構えていたのだ。

　血みどろの中に猿と悪相の男と洋装の女と、三つも死骸が転がっているなんて、この不思議な取り合わせはいったい何を語っているのだろう。

極悪人

　凝然と三つの死骸を見つめているうちに、私はふと思い当たるところがあった。

　昨夜私が時計の械械室にとじこめられている時、激しい雷鳴のあいだを縫うようにして、初めは太く終わりは細く二いろの悲鳴を聞いた。その時は、塔の底の秋子さんの声とばかり思いこんでいたが、よく考えて見れば、電撃を受けて気絶した秋子さんには、あんな叫び声を立てる暇《ひま》はなかったはずだ。あの悲鳴はこの部屋から漏れて来たものに違いない。初めのは男の声、終わりの細い叫び声は、あの洋装の女の口から発せられたものであろう。場所も、ここから機械室まではごく近いのだから、緑盤に隔てられていても、あんなにはっきり聞きとることが出来たのだ。そう思い合わせてみると、眼前の血なまぐさい光景が、俄かに現実味をもって迫って来た。夢でも幻でもないのだ。ぼんやり眺めている場合ではない。

私は先《ま》ず血みどろの男に近づいて、念のために呼吸と脈搏《みゃくはく》を調べてみると、まったくこときれていることがわかった。次には、大机の下にもぐりこんで、洋装の女の身体に触れて見たが、この方はまだ体温がある。脈もかすかではあるが搏《う》っている。

「秋子さん、手を貸してください。この人はまだ助かりそうです」

私が呼びかけると同時に、秋子さんの方でも何か叫んでいた。

「光雄さん、この人、長田さんよ。相好《そうごう》がひどく変わっているけれど、長田長造さんに違いありませんわ」

「エッ、なんですって」

私はびっくりして、机の下から這い出し、男の死体のそばへ引き返した。

なるほど、そういわれてみれば、服装と云い頭髪の形と云い、あの青大将の長田長造に違いない。それにしても、生顔と死顔とが、これほど変わるものであろうか。生前は厭味なほどのっぺりとした好男子であった彼が、苦悶のあまりとはいえ、顔じゅうに醜い皺が現われて、牙のような白歯をむき出している形相は、今地獄から這い出して来た悪魔としか見えないのだ。

秋子さんは、この醜悪な死人の顔を、釘づけにでもされたように、じっと見つめていたが、やがて彼女の美しい目が、生々と輝き出すように見えた。頰のあたりにサッと血の気がさしたように感じられた。

「ああ、あたし、今こそほんとうの事が、何もかもわかって来たような気がしますわ。光雄さん、宝ものを探し出すほかに、もっと重大なもう一つの使命があったのです。それが今達しられようとしているのです。

「ああ、この気持、あなたおわかりになりまして。それはあの可哀そうな和田ぎん子、牢屋の中で悶死した和田ぎん子の冤罪をはらしてやることでした。ぎん子の養母を殺したほんとうの下手人を探し出すことでした」

秋子さんは気でも違うのではないかと気遣われるほど、夢中に興奮していた。和田ぎん子というのは、読者もご承知の通り、芦屋暁斎先生の人間改造術によって、現在の秋子さんに変身する以前の秋子さんの本名である。

秋子さんの第一の使命というのが、拭っても拭いきれない、我が身の濡衣を雪ぐことであったのは、今となってみれば、少しも不思議ではない。しかし、無実を証明するためには、真の下手人を探し出さなければならないではないか。では、秋子さんは、今その真犯人を見つけ出したというのか。

「それじゃ、もしや、あなたは……」

私はわれとわが着想に驚いて、顔色をかえながら、床に倒れている醜い死人に目をやった。

「ええ、そうですの。あたし、今までどうしてそこへ気がつかなかったのでしょう。きっとなくなった養母の引きあわせですわ。そして、この男には、今こそ天罰が下ったのですわ。しかも六年以前殺人の行われたその同じ部屋で」

「では、この長田長造が、老婆殺しの真犯人だったというのですか」

私は異様にこみ上げて来る嬉しさを感じて、性急に訊ねた。こんな際に、どうしてそんな嬉しさが湧き上がって来るのか、その時はまだよくわからなかったけれど。

「ええ、そうに違いありません。あなたは、いつかの披露宴の晩に、この長田が突然訪ねて来たのを覚えていらっしゃるでしょう。あの時、時計塔の十二時の鐘が鳴るのを聞いて、この男が顔色を変え慄え上がった秘密を、あたし今やっと解くことが出来たのです。

「六年以前の事件の夜、あたしは十二時の鐘の音と同時に養母の悲鳴を聞いたのです。その声にびっくりしてこの部屋へ駈け上がって来たのですが、その時には、もう真犯人はいち早く逃げ去っていました。

「当時は電燈も引いてない、まっ暗な部屋だったものですから、あたし、手さぐりで、養母の寝台へ近づいて、介抱しようとしたのですが、養母はあたしを下手人と思い違い、いきなり手首へ噛みついたのです。

「その噛み傷がのっぴきならぬ証拠となって、みすみすほかに犯人のあることは知りながら、言い解けば言い解くほどかえって疑いを深めるばかりで、とうとう有罪の判決を受けてしまったのです。

「でも、今こそハッキリと思い当たりました。その真犯人は長田長造だったのです。でなくて、十二時の鐘にあれほどの恐怖を示すわけはありません。いえ、それよりも、この天罰が何よりの証拠です。この恐ろしい死にざまが何よりの証拠です」

秋子さんの直感には、確たる論拠があるわけではなかった。しかし、その憑《つ》かれたような興奮には、論理を越えた真実が感じられた。私は彼女の言葉をそのまま信じないわけにはいかなかった。

読者も知る通り長田長造は殺されたお鉄婆さんの養子であったが、殺人事件の起こる少し前、不平があって家出をしていたのだ。そこで一応のアリバイが成り立って殺人の嫌疑をまぬかれたのであるが、そのアリバイに何かカラクリがなかったとはいえない。

「きっとそうでしょう。僕もなんだかそんな気がします。しかし、この男はいったいなんのために僕の部屋へ忍び込んだのでしょうね。いや、それよりも、机の下の女は何者でしょう。あの女を介抱して訊ねたら、一切の事情がわかるかも知れません」

「まあ、そうでしたわね。あたし、自分の事ばかり考えていて、すみませんでした。早くあの方をベッドへ」

そこで、私たちは力を合わせて、机の下の女を明るい所へ引き出したのだが、女の顔に電燈の光が当たると同時に、私たちはまたしても「アッ」と驚きの叫び声を立てないではいられなかった。

「あら、この方栄子さんじゃありませんか」

「おお、栄子のやつだ」

なんという不思議な晩であろう。沼の中から首無し死体になって引き上げられた三浦栄子が、もっともそれはあとになって偽者の死体とわかったのだが、それ以来、杳《よう》として行方の知れなかったこの女が、折も折、忽然として私の部屋に現われようとは。見れば別に怪我をしている様子もない。どうやら気を失っているだけらしいので、ともかく部屋の隅の私のベッドの上に運んだ。

秋子さんは枕もとの小卓の上にあった水差しの水をコップに移して、栄子に飲ませようとする。私は私で、失神者の背中を叩いたり、人工呼吸の真似事をしたり、耳のそばで怒鳴ってみたり、いろいろと介抱するうちに、栄子はやっと意識を取り戻した。

目を開くや否や、彼女は「あの人は？　あの人は？」と譫言のように口走って、キョロキョロ部屋の中を見廻したが、やがて、長田長造の無残な死体を発見すると、

「ああ、やっぱりそうだ。天罰だわ。天罰だわ。おお、恐ろしい」

と、秋子さんと同じようなことを呟いて、いきなりベッドの上に泣き伏してしまった。

「栄子、お前は今までどこに隠れていたのだ。そして、この部屋の有様はいったいどうしたというのだ」

いくら訊ねても、小児のように激しく泣きいるばかりで答える力もない。泣き声にまじって、僅かに聞き取れるのは「すみません、すみません」という詫びごとらしい言葉ばかりであった。

そうしているところへ、部屋の外に人の足音がして、ドアをノックする音。

「光雄、光雄、この夜ふけに、いったいどうしたというのだ。ここを開けなさい」

それは叔父の声であった。では、廊下の方のドアには、内側から鍵がかけてあったのか、と急いで行ってみると、鍵穴に鍵を差したままになっている。私はすぐさまそれを廻して、ドアを開いた。

廊下には、病気上がりの叔父が、書生と女中に両側から助けられて立っていた。数時間以前には、雷鳴にまじって妙な叫び声を聞いたし、今はまたただならぬ人声に、もう

我慢が出来なくなって、自身様子を見るために上がって来たのだという。

私は秋子さんと共に、昨夜来の一伍一汁《いちぶしじゅう》を手短かに叔父に語った。地底の財宝の事、長田長造のこと、三浦栄子のこと、聞くごとに叔父は驚きの目をみはった。

「で、栄子にその事情を糺《ただ》そうとしていたところです」

「ウン、わしもそれを早く聞きたい。これ栄子、お前はいったいどうしたというのじゃ。いつまでわしに心配をかける気じゃ」

叔父はベッドに近づいて、栄子の肩に手を当てながら、叱りつけるように、答えをうながすのであった。

私たちが叔父と話している間に、泣けるだけ泣いたものか、栄子の目はもう乾いていた。青ざめて、頬がこけて、唇の色もなく、まるで見違えるほど面変わりがしている。

「すみません、すみません。あたし皆さんに合わす顔がありません。なぜ生き返ったのでしょう。なぜあのまま死んでしまわなかったのでしょう。

「ええ、何もかもお話ししますわ。そして、皆さんのお裁きを受けますわ、お父さまも、光雄さんも、秋子さんも、聞いてください。罪深い女の懺悔話《ざんげばなし》です」

栄子は熱病やみのように喋りはじめた。痩せ細った頬に、ポッと血の気がさして、額に青い静脈《じょうみゃく》がすいて見えた。

「あたしはだまされたのです。長田長造にだまされたのです。あいつは悪魔です。悪魔が今こそ天罰を受けて思いもよらぬ最期をとげたのです。

「秋子さん、あたしはあなたを恨んでいました。光雄さんの心を奪った憎い女と恨んでいました。ごめんなさいね。でも、それをいわないと、懺悔話にならないのです。

「あたしは、どうかして秋子さんの素性をあばきたいと思いました。そして、光雄さんに取り返しのつかぬ後悔をさせて上げたいと思いました。軽沢さんでの事件があってから、あたしはお父さまのそばに居たたまらず、家出をしてしまいましたが、それからも、秋子さんの素性をあばくことは、一ときとして忘れませんでした。そして、旅行中に巡り合ったのが、元の時計屋敷の持ち主の長田長造だったのです。

「長田なれば、この屋敷のことは何から何まで知っているのですから、秋子さんの素性を発《あば》いてくれるに違いないと思いました。というのが、あたしは、秋子さんを赤井時子という、元この屋敷の女中をしていた女とばかり思い込んでいたからです。

「そういうわけで、あたしの方からも親しんで行きましたし、長田も甘い言葉であたしを引きつけました。そして、しまいには、あの男と結婚まですするようなことになったのです。

「皆さんは披露宴の晩のことを覚えていらっしゃいましょう。あの晩、あたしは長田を説きつけて、秋子さんの素性をあばくために、わざと突然ここへ帰って来たのです。そして、首尾よく秋子さんの不意を襲うことが出来ましたが、長田は失敗してしまいました。秋子さんは赤井という女中とは少しも似ていなかったのです。

「でも、長田はまだ諦めるのは早いというのです。あの女にはきっと恐ろしい秘密がある。左手の妙な手袋が曲者だ。あれさえ脱がして見ることが出来たら、あの女の素性をはっきり摑むことが出来ると、あたしに秋子さんの手首の秘密を確かめるように勧めました。

「そこで、あの騒ぎが起こったのです。図書室の次の間から、あたしが消えてなくなるという、あの不思議が起こったのです」

空中からひらめいた短刀、密閉された部屋の中から、一瞬にして消え去った栄子、あの不思議が今解かれようとしているのだ。私たちはベッドの上の話し手を見つめて、聴き耳を立てないではいられなかった。

「あの時、あたしは図書室の次の間で、長田と話をしていました。そこへ光雄さん、あなたがはいっていらしったのです。長田はあなたに逢いたくないといって、窓から逃げ出して行きました。あたしは、そのままバンガロウへ帰ったこととばかり思い、光雄さんに慣れ慣れしく話しかけたのです。昔の愛情をもう一度取り戻したいと、せい一ぱいお願いしてみたのです。

「ところで、それを長田がみんな聞いてしまいました。帰ったと見せかけて実は壁のあいだにある秘密の空《うつ》ろに忍んでいたのです。この秘密の空ろや、その入口は、長田のほかはだれも知りません。この屋敷を建てた人が、そういう秘密な仕掛けが好きで、建築の専門家が見ても、どこに入口があるかわからないほど、巧みな秘密の通路を造っておいたのだと云います。修繕の時にも、それがだれにも気づかれず、そのまま残っていたものと見えます。

「子供の時分から長いあいだ、この屋敷に住んだことのある長田は、その秘密の抜け道を知っていたのです。そしてその一方の入口が図書室の壁に開いているのを利用して、光雄さんが本を見ていらっしゃる時、その壁のあいだから毒を塗った短刀を突き出して、あなたをあんな目に遭わせたのです。嫉妬のためです。あたしの心がまだ光雄さんに傾いていることを知って、腹立ちまぎれに、あんな真似をしたのです。

「あたしは、それとは少しも知らなかったものですから、光雄さんの前で、秋子さんの秘密を発いて見せようと、秋子さんを次の間へ引っぱって来ました。そして、とうとうあなたの手首の恐ろしい傷痕を見てしまったのです。秋子さん、ごめんなさいね。でも、あなたは無実ですわ。たといあなたが和田ぎん子と同じ人にしても、あなたはなんの罪もないのです。あたしはそれを長田からすっかり聞いてしまいました。長田こそ養母殺しの下手人だったのです。ですから、天罰だというのですわ。六年以前養母を手にかけたその同じ部屋で、こんなむごたらしい死にざまをするなんて、天罰としか考えられないじゃありませんか」

ああ、やっぱりそうだったのか。秋子さんの直感は正しかったのだ。それとわかると、私はまたしても、あの異様な嬉しさに身も心も浮き浮きするのを感じた。

待てよ、これは何を意味するのだ。なぜこんなに心が騒ぐのだ。老母殺しの真犯人がわかって、秋子さんの無実が確実になったからか。

いや、そればかりではない。何かまだほかにある。それは、あの黒川弁護士の力を待たずして無実が立証されたということだ。そうだ、黒川の握っている唯一の武器は、もう空手形《からてがた》となってしまったのだ。私は秋子さんを救うために、彼の没義道《もぎどう》な申し出に従う必要はなくなったのだ。秋子さんに、心にもない愛想づかしをしなくても済むのだ。秋子さんを黒川のやつに譲らなくてもいいのだ。そこまで考えると、私は場所がらをもわきまえず、やにわに躍り上がりたいほどの歓喜に打たれた。ああ、その時の嬉しさをなんと形容したらいいのか、私のつたない筆にはとてもその感情を書き現わすことが出来ぬ。読む人のご推察に任せるほかはない。

それはともかく、栄子の気違いめいた懺悔話は、まだ綿々《めんめん》として続いているのだ。

「手首の秘密を見てしまったものだから、秋子さん、あなたはほんとうに腹をお立てになりましたわね。あたしあの時のあなたの怖い顔を、今でも忘れることが出来ません。そして、あたしたち、女らしくもない、とっ組み合いを始めてしまって、あたしが足を滑らせて倒れた時でした。図書室で光雄さんのうめき声が聞こえたのです。秋子さんはあたしとのいさかいはそのままにして、光雄さんのところへ飛んでいらっしゃる。あとに残ったあたしは、床で打った痛みをこらえて、起き上がろうとしていますと、その時音もなく、すぐ目の前の壁がスーッと開いたのです。

「そんな壁のまん中に、秘密の戸があるなんて、思いもよらなかったものですから、あたしはギョッとして、今にも逃げ出しそうになったのです。すると、秘密戸の中の暗闇から長田の顔が現われて、『静かに、静かに』という合図をして、あたしを手招きするではありませんか。

「あたしがあの部屋から消えてなくなったのは、そういうわけだったのです。長田の云いつけで、夜の更けるまで、じっと壁の中の空《うつ》ろに身を隠していたのです。

「長田が云いますには、これは勿怪《もっけ》の幸いだ。うまいお芝居を思いついた。お前が殺された体《てい》にして、偽者の死骸をこの部屋のテーブル掛けに包んで、裏の沼の中に沈めておくのだ。そうすれば、きっと秋子さんに嫌疑がかかる。つまりお前の思う壺ではないかというのです。あたしは、ついその言葉に従ってしまいました。

「それからの出来事は、皆さんもご存知の通りです。あの首無し死体は、長田が長崎病院の係の者に、沢山の賄賂を握らせて、解剖学実験用の死体の中から、それらしい年頃のをソッと手に入れ、棺に入れてここへ運んで来たのだと云います」

ああ、そうだったのか。実験用の死体とは気づかなかった。それにしても、森村探偵はさすがに専門家だ。あの時「この事件は長崎市へ行って検《しら》べた方が早い」といって、急いで屋敷を立ち去ったが、彼は恐らく、この実験用の死体というものに気がついていたのであろう。

「その日から、あたしは死んだことになるのですから、うっかり人に顔を見られようものなら、大変です。そこで、これも長田の入れ智恵で、千草屋、ご存知でしょう。あの烏婆さんの家の、押入れの中へ匿《かく》まわれることになったのです。あの婆さんは内職に、コッソリ毒薬の売買をしているのですよ。長田が短刀の先に塗ったあの毒薬も、千草屋から買い求めたのです。その縁で、あの婆さんも、私を匿まうのを断わりきれなかったものと見えます。

「ああ、毒薬といえば、まだ恐ろしいことがあるのです。長田は首無し死体の計画に失敗しますと、今度はまた別の方法で秋子さんを罪に陥すことを考えつきました。あの短刀の先に塗ったのと同じ毒薬で、今度は、お父さま、あなたを毒殺しようとしたのです。

「今となって考えれば、恐ろしさに身震いするほどです。でも、秋子さんへの恨みに燃えていたあたしは、その時はそれほどにも感じませんでした。いいえ、かえって長田の悪企みに感謝していたくらいです。空恐ろしいことですけれど、今度こそ首尾よく行ってくれますようにと、祈っていたほどです。

「そして、どうやらこの計画は図に当たったように見えました。それには、長田が秋子さんの秘密をお父さまに告げ口したり、いろいろと悪賢い企らみをしたのですが、それが、うまくいって、森村とかいう探偵が秋子さんを逮捕するために、この屋敷にはいり込んだということまで、聞きました。

「でも、底の知れない長田の悪心は、それで満足するのではありませんでした。今度はこの塔を建てた人が、どこかへ迷路を作って、莫大な金銀を隠しておいたということを聞き知り、それを狙い始めたのです。

「そのことについては、秋子さんの附添人のあの夏子さんが、グルなのですよ。長田は夏子さんから聖書の裏に書いてある呪文とかが、決して出鱈目でないことを教わり、それが光雄さんの部屋に隠してあることを知って、昨夜この部屋へ忍び込んだのです」

では、肥田夏子が手引きをしたのか。想像するに、彼女は秋子さんの迷路研究の結果を記した手帳を盗んだりして、兄の岩淵甚三や股野医学士に、宝の在りかを探らせようとしたのだが、それが思うようにいかぬものだから、時計屋敷に自由に出入りの出来る長田をそそのかし、呪文の隠し場所を教えて悪賢い男の智恵で、迷路の秘密を解かせようと試みたものに相違ない。

「虫が知らせたとでもいうのでしょうか、長いあいだ千草屋の押入れ住まいをしていたあたしは、邪推の心が強くなって、長田の行いが何となく気掛かりでしようがないものですから、ちょうど夜ふけのことではあり、まさか人に顔を見られることもあるまいと、昨夜初めて千草屋の外に出て長田のあとをつけたのです。そして、少しも悟られないでこの部屋に忍び込んでしまったのです。

「何をするのかと、部屋の隅に隠れて見ていますと、長田は先《ま》ず入口の戸に中から鍵をかけ――どうして手に入れたのか、長田は光雄さんの部屋の鍵を持っていたのです――机の前に腰かけ、懐中電燈をつけて、ちょうど机の上に開いたまま置いてあった聖書の呪文を熱心に読みはじめたのです。

「そうしているうちに、あの恐ろしい雷が鳴り出しました。そして、烈しい雨の音さえ聞こえて来たのです。すると、暗闇の中から、何かしら妙なものがキキキという薄気味のわるい叫び声を立てて、いきなり机の上に飛び上がって来るのが見えました。

「今思えば、それは夏子さんの猿だったのですが、その時は、突然のことで猿とは気がつかず、何かしら恐ろしい化物のように感じたのです。

「あたしでさえ、ギョッとしたのですから、臑《すね》に傷持つ長田が、あんなに驚いたのも無理ではありません。自分が手にかけた養母の幽霊が出るという噂のあった部屋ですものね。長田はその怪物を見ると、アッと叫んで、椅子から立ち上がり、身を避けようとしましたが、化物はいきなり長田の胸に飛びかかって来たのです。

「今から考えてみますと、夏子さんの猿がどうかしてこの部屋に迷い込んでいたのを、長田がドアを閉めて出られなくしてしまったのです。ところへ、あのひどい雷が鳴り始めたものですから、猿は恐ろしさに気が狂ったようになって、人の胸へしがみついて行ったのに違いありません。

「それからのことは、あたしもよくは覚えていません。人間と化物との、この世のものとも思われぬ、身震いするような格闘が始まったのです。あたしは恐ろしさに無我夢中で、机の下へ逃げ込みました。そして、結局長田は猿を絞め殺したのでしょうが、長田自身も恐怖のあまり、息が絶えてしまったのに違いありません。人には隠していましたけれど、長田は動脈瘤《どうみゃくりゅう》という恐ろしい病気を持っていたのです。きっと、その病気のために斃《たお》れたのだと思います。

「机の下に震えている時、何かしら心臓も凍るような叫び声を聞きました。それを聞くとあたしもツーンと頭が痺れたようになって、そのまま気を失ってしまったのです。

「恐ろしい天罰です。でも、神様はどうしてあたしの命をおとりにならなかったのでしょう。生きていて、もっと苦しむようにというおぼしめしでしょうか。ええ、そうですわ。あたしはまだ、何も罰を受けてはいないのです。これから罪のつぐないをしなければならないのです。

「お父さま、光雄さんも、秋子さんも、どうかあたしを思う存分裁いてください。罰してください。それだけがあたしのたった一つのお願いです」

気違いめいた早口で喋りたいだけ喋ってしまうと、栄子はグッタリとなって、ベッドの枕に顔を伏せたまま、またしても身も世もあらず泣き入るのであった。

大団円

その朝、まだ静まらぬ騒ぎの中へ、黒川弁護士が訪ねて来た。いうまでもなく、私の愛想づかしが、秋子さんにどんな効果を及ぼしたか、それを確かめるためである。

だが、彼はまったく予期せぬ椿事に出くわして、色を失ってしまった。真犯人長田長造はもうこの世の人ではなかったのだ。彼の唯一の武器はその効力を失ってしまったのだ。

　黒川は私から一伍一汁《いちぶしじゅう》を聞き取ると、色青ざめて、じっと瞑目《めいもく》していたが、やがて未練を振り切るように顔を上げて、決然としていうのであった。

「北川君、どうか僕の陋劣《ろうれつ》な振舞いを許してくれたまえ。僕の唯一の武器を失ったから、こんなことをいうのではない。長田長造の無残な最期を見て、天意の恐ろしさに打たれたのだ。君にはもうその必要もないだろうけれど、僕はいさぎよく永年の執着心を捨てたのだ。秋子さんは君のものだ。どうか君たちの結婚式には僕にも参列させてくれたまえ」

　私は彼の男らしい申し出を喜んで受けた。

　かくして悩めるものの上に、再び天日は輝いたのである。

　一《ひ》とたびは終身の刑を申し渡されて、獄屋に泣いた秋子さん、死を装って脱獄の罪を犯し、人間改造の恐ろしい手術まで受けて、冤罪を雪ぐために戦った秋子さん、ある時は首無し死体の下手人と疑われ、またある時は養父毒殺未遂の嫌疑者となり、泣くにも泣けぬ幾年月を、悲壮なる使命のために堪え抜いた秋子さん、その数奇の運命もここに終わりを告げて、今や彼女に春は立ち返ったのである。

秋子さんの幸福は、とりもなおさず私の幸福であった。彼女ゆえにこそ、或いは毒短剣に生命を奪われんとし、或いは蜘蛛屋敷の虜となり、或いは怪科学者邸の地下室に、魂も消える思いをした私も、秋子さんと共に、今は暖かく柔かい陽光に包まれる身の上となった。

それより一カ月の後、叔父の健康が全く旧に復するのを待って、私と秋子、いや、ぎん子との結婚式が挙げられ、曽ての養女披露宴に幾倍する盛大な宴会が催された。私たち夫婦が児玉家の相続者ときめられたことはいう迄もない。

披露宴がすむと、私たちは直ちに三週間にわたる蜜月《みつげつ》の旅に上った。その行程の中には、ぎん子曽遊《そゆう》の地上海《シャンハイ》があった。野末秋子が数カ月間滞在していたという思い出のホテルの同じ部屋に、私たちは楽しい二た夜を過ごした。

東京では、閨秀作家野末秋子のために、文学者たちの盛んな歓迎会が開かれ、ぎん子の数奇な運命と結びつけて、その記事が各新聞の社会面を賑わした。私たちが芦屋暁斎先生を訪ねたことはいうまでもない。しかし、あの赤煉瓦の西洋館には、いつの間にか売り家の札が貼られ、留守居のものに、暁斎先生はと聞けば、つい数日前、おびただしい書物と一しょに、郷里の山奥へ隠棲《いんせい》されたということであった。恐らくあの不可思議な人間改造術も、先生の隠棲と共に、この世に跡を絶つことであろう。

一躍数百万円の大富豪となった叔父は、しかし、生来の無慾な性質から、それを私有することを肯《がえん》じなかった。私もぎん子もむろん叔父の意見に賛成である。ただ残された問題は、それの有意義な使途を考え出すことであった。

新婚旅行の途々《みちみち》、私たちはその大金の使途について、お互いの思いつきを語り合うのを楽しみとした。ぎん子は彼女自身の体験から割り出して、全国的な免囚《めんしゅう》保護事業を始めてはとの意見であった。私は私で渡海屋市郎兵衛の霊を慰めるために、彼の好んだ機械仕掛けに因《ちな》んで、科学研究所の設立を提案した。

そして、数年の後、私たち夫妻の思いつきは、それぞれに実を結び、児玉免囚保護協会は、全国の主なる刑務所の所在地に支所を設けて、着々その業績を上げているし、幽霊塔そのものを中心として、その一郭に設立せられた児玉科学研究所は、数十名の学者に研究費を与えて、現在では既に百数十件の有益な発明が為しとげられている。

さて、私の幽霊塔物語は、かくして目出たく幕をおろすわけであるが、苦労性の読者のために、更に附け加えることがあるとすれば、それは、三浦栄子が、事件以来別人のようになって、免囚保護協会の女幹事として、目ざましい働きを見せ、現に「免囚の母」とまで謳われていること、黒川太一の弁護士事務所は、その後ますます隆盛に赴いていること、森村探偵は間もなく官を辞して、私立探偵を開業し、名探偵の誉れ高きこと、肥田夏子は事件の後、時計屋敷から姿をくらましてしまったが、聞けば兄の岩淵甚三や偽医学士の股野礼三と共に、内地にも居たたまらず、上海方面に高飛びをしたという噂のあること、また、例の千草屋は毒物売買のお咎めをこうむって取り毀しとなり、烏婆さんは行方不明になってしまったことなどであろう。

（『講談倶楽部』昭和十二年三月号より翌年四月号）

注1　大正四年
　底本とした春陽堂版では大正三年の出来事となっている。矛盾が生じるため、時間の記述については桃源社版に合わせた。

注2　頼信紙
　電報を打つときに書く所定の用紙。

注3　五円
　厳密ではないが、約一千倍と考えると理解しやすい。現在の約五千円。

注4　二十両
　約二万円。

注5　蝙蝠安
　歌舞伎「与話情浮名横櫛」の登場人物。顔に蝙蝠の刺青を入れた町のごろつき。
注6　クラーレ
　南米で矢などに用いられた植物の毒（印度は誤り）。グラニールについては不明。
注7　千円
　現在の約百万円。
注8　五分
　一寸の半分。約一・五センチメートル。
注9　五千円
　現在の約五百万円。
注10　細引
　細引き縄。麻などをよりあわせた細い縄。
注11　五十銭
　現在の五百円。
注12　一寸
　約三・〇三センチメートル。
注13　何百万円
　現在の何十億円。

『幽霊塔』解説

落合教幸

「幽霊塔」は、黒岩涙香《くろいわるいこう》が明治時代に書いた翻案探偵小説を、江戸川乱歩《えどがわらんぽ》が書き直したものである。乱歩作品の中でも読みやすく、物語の構成も整っているので、読み物として評価の高い小説のひとつである。

明治から大正にかけて活躍した黒岩涙香の存在は、日本の探偵小説にとって大きなものであった。黒岩涙香は、文久二（一八六二）年、土佐（高知県）安芸郡に生まれる。本名は黒岩周六。慶應義塾に学ぶが中退し、新聞記者となった。『都新聞』主筆などをつとめた後、明治二十五年『萬朝報』を創刊、多くの読者を獲得し、ジャーナリストとして影響力を持った。

明治二十一（一八八八）年、涙香は、翻案探偵小説「法廷の美人」を『今日新聞』に連載して好評だったことから、翻案小説を続けていくことになる。翻案とは、翻訳とは異なり、一文一文を忠実に訳していくのではなく、原作の筋を用いながら、適度に改変しつつ書かれたものである。地名や人名などの固有名詞を日本のものに変更したり、冗長な場面を省略するなどといったことが行われる。これにより、当時の日本の読者に受け入れやすいものとなっていた。

　涙香作品の最も有名なものは、デュマの『モンテ・クリスト伯』を原作とする「巌窟王」や、ヴィクトル・ユーゴー『レ・ミゼラブル』が原作の「噫《ああ》無情」などがある。また、翻案だけでなく「無惨」のような創作探偵小説も執筆して、日本人による最初期の探偵小説として現在では評価されている。

　黒岩涙香の作品は、多くの作家に影響を与えた。乱歩だけでなく、横溝正史《よこみぞせいし》、野村胡《のむらこ》堂《どう》、吉川英治《よしかわえいじ》といったのちの作家たちが涙香を愛読していた。

　乱歩は少年期に涙香作品を愛読したことを、いくつかの随筆で書いている。名古屋に住んでいた乱歩は、近所の貸本屋に日参して、そこにあった涙香本を読み猟っていた。『探偵小説四十年』の「涙香心酔」では、中学一年の夏休みに熱海に逗留した際に、近くの貸本屋から「幽霊塔」三冊を借り、夢中になって読んだことが書かれている。

　涙香作品のなかで、乱歩がもっとも気に入ったもののひとつが「幽霊塔」であった。「『幽霊塔』の思い出」(黒岩涙香『幽霊塔』愛翠書房、昭和二十四年)という文章で、乱歩は涙香作品を数多く挙げて評している。「「巌窟王」と「噫無情」が最も感動的だった」

『講談倶楽部』「幽霊塔」予告（『貼雜年譜』より）

としているが、人情ものでは「島の娘」、探偵ものでは「死美人」といった作品を好きなものとして挙げた。そして「怖さを標準にすれば」、「幽霊塔」が第一位であるとしたのだった（「『幽霊塔』の思い出」は、東雅夫編『怪談入門　乱歩怪異小品集』平凡社ライブラリー、などで読むことができる）。

　このように、黒岩涙香の数多くの小説が、少年期の読書体験として乱歩に強い印象を残していたのだった。「二十歳前後になってポーやドイルを知り、一応涙香の伝奇小説と離れたけれども、しかし正直に云って、二十歳でポー、ドイルを読んだ時の感銘よりも、十四、五歳で涙香に親しんだ時の感銘の方が、遙かに強烈であったように思われる」とも書いている。

　乱歩の「幽霊塔」は、この黒岩涙香版を書き直したものである。

「幽霊塔」は、昭和十二年三月号から翌十三年四月まで『講談倶楽部』に掲載された。「緑衣の鬼」（昭和十一年一月～十二年二月）に続く連載である。

　昭和十二（一九三七）年には、探偵小説に対する圧力はすでに始まっており、この作品もそういったなかで執筆されている。昭和十年前後は、乱歩のいう「探偵小説第二の山」で、小栗虫太郎《おぐりむしたろう》や夢野久作《ゆめのきゅうさく》らが活躍する盛り上がりを見せた。しかし、昭和十二年の木々高太郎《きぎたかたろう》の直木賞受賞を峠として、下り坂に入っていく。昭和十二年七月の支那事変勃発から、次第に探偵小説にとって苦しい時代となっていくのである。昭和十四年には検閲により乱歩の「芋虫」が短編集からの削除を求められることになるのだが、そこまであとわずかの時期である。

乱歩がこの時期に書いていたのは、「大暗室」(『キング』昭和十一年十二月～十二年六月)「悪魔の紋章」(『日の出』昭和十二年九月～十三年十月)といった長編と、「怪人二十面相」(『少年倶楽部』昭和十一年一月～十二月)に続く少年もの「少年探偵団」(昭和十二年一月～十二月)、三作目の「妖怪博士」(昭和十三年一月～十二月)といった時期にあたる。

乱歩はすでに「白髪鬼」(『冨士』昭和六年四月～七年四月)で、涙香作品の書き直しをおこなっていた。「緑衣の鬼」は書き直しではないが、フィルポッツの「赤毛のレドメイン家」に着想を借りている。「大暗室」については、涙香の「巌窟王」にルパンの手法をまぜたようなものを狙ったらしいと後に書いているが、乱歩自身の「パノラマ島奇談」やエドガー・アラン・ポー「陥穽と振子」なども取り入れているとも書いている。このように、乱歩はさまざまなかたちで、自他の作品を意識している。

さて、涙香の「幽霊塔」は、翻案作品であったが、長い間原作が不明だった。現在で

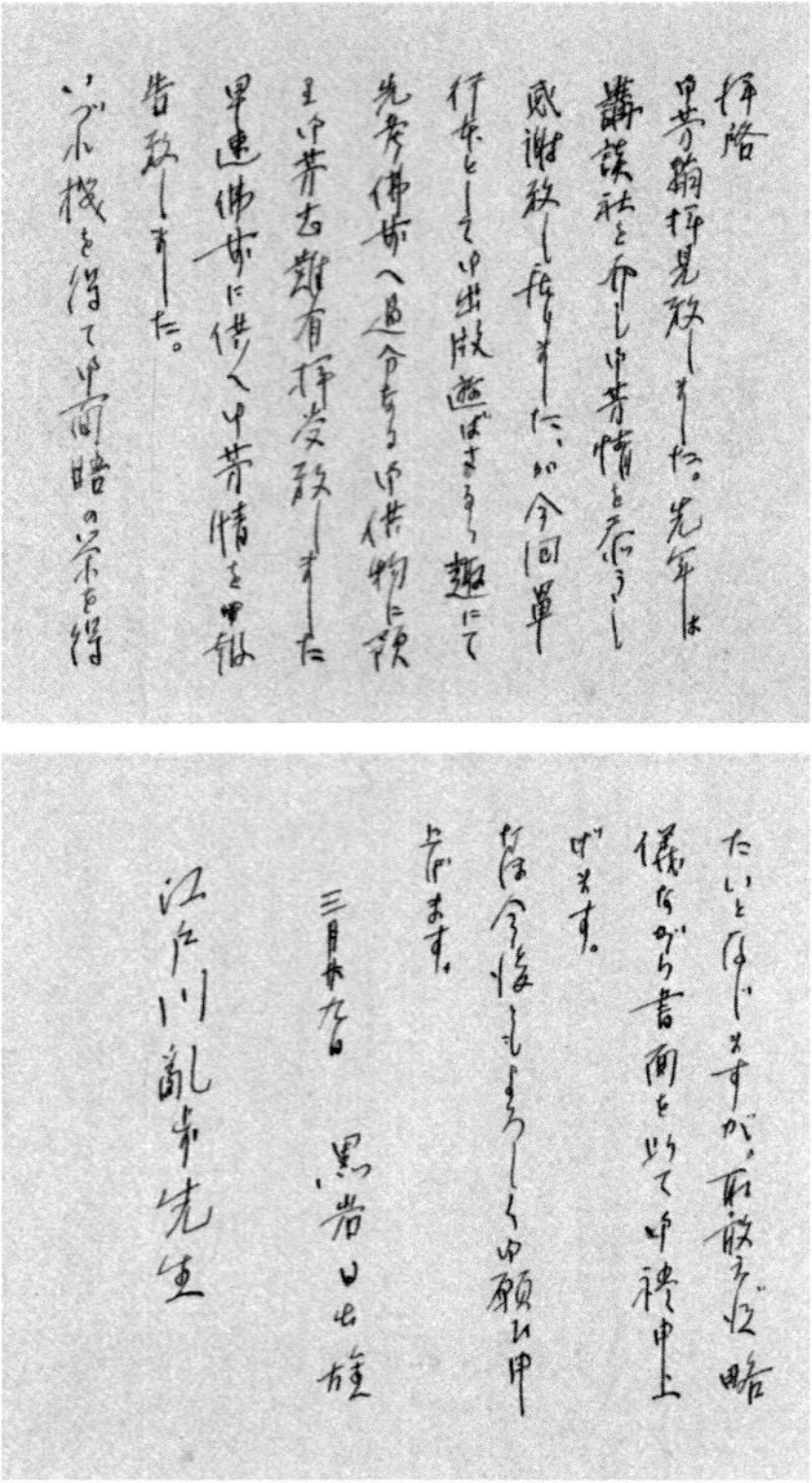

拝啓
御芳翰拝見致しました。先年は
講談社を介し御芳情を忝うし
感謝致し居りました、が今回単
行本として御出版遊ばさるゝ趣にて
先考佛前へ過分なる御供物に預
り御芳志難有拝受致しました
早速佛前に供へ御芳情を申報
告致しました。
いづれ機を得て御面晤の栄を得
たいと存じますが、取敢ず略
儀ながら書面を以て御禮申上
げます。
尚今後もよろしく御願ひ申
上げます。
三月廿九日　黒岩日出雄
江戸川乱歩先生

『幽霊塔』出版について黒岩涙香遺族からの
手紙（『貼雑年譜』より）

はC・N・ウィリアムスン「灰色の女」であることがわかっている。

涙香は「幽霊塔」の原作を、ベンジスン夫人「ファントム・タワー」としていた。乱歩をはじめとして、多くの研究者が探求したが、この作者と著作についてはまったくわからなかった。判明したのは一九八〇年代になってからである。この経緯については伊藤秀雄《いとうひでお》『黒岩涙香』（三一書房）などに書かれている。ウィリアムスンは、イギリスで生まれ、アメリカで活動した作家で、ミステリ小説やロマンス小説を数多く書いた。現在ではほとんど知られていないが、当時は相当の人気作家だったようである。おそらく涙香は、原作を特定されると、連載中に他社に結末を公開されてしまうことを警戒し、あえて原作を偽ったものだと考えられている。

涙香の「幽霊塔」は『明治探偵冒険小説集1　黒岩涙香集』（ちくま文庫）などで読むことができる。『灰色の女』は論創社から中島賢二《なかじまけんじ》訳が刊行されている。それぞれ、伊藤秀雄、小森健太朗《こもりけんたろう》により詳しく解説されている。

「白髪鬼」では涙香版だけではなく原書も参照した乱歩だったが、こうした事情から「幽霊塔」では涙香版のみから執筆している。原書を圧縮した涙香版を、乱歩はさらに短くした。涙香版は、舞台はイギリスでありながら、人名は日本人のものに変更されている。話の筋は基本的に同じものだが、雰囲気はそれぞれ異なった作品と言えるだろう。ちなみに乱歩版で登場するペットの猿は、涙香版では狐猿、原作ではマングースとなっている。

おそらく乱歩のこだわりが最も出ているのは、人間改造術の記述だろう。本作でも重要な位置を占めるこの手術は、他の乱歩作品でも扱われるモチーフになっている。乱歩の『続・幻影城』の「探偵小説に描かれた異様な犯罪動機」では、このような容貌の変更は「隠れ簑願望」を持つ我々を惹きつけるのだと書き、多くの作品を挙げて説明している。その簑を着ると自分の姿が他人には見えなくなる「隠れ簑」は、お伽噺に登場するが、それだけでなく、ウェルズ「透明人間」をはじめ、海外の作品にも同じ発想のものがある。

涙香作品の魅力もそういったところにあり「噫無情」では前科者が全く別人の大工場主となり、「巌窟王」では海底の藻屑と消えたはずの脱獄者が王者の如き存在となり、「白髪鬼」では墓場から甦った人物が別人として元の妻と再婚するなど、いずれも読者の「隠れ簑」願望に訴える所が非常に強く大きいのである」と乱歩は書いている。「屋根裏の散歩者」「人間椅子」といった初期の短篇に始まり、晩年に至るまで多くの乱歩作品の根源となった「隠れ簑願望」のひとつの起源とが涙香の「幽霊塔」だとすると、乱歩の「幽霊塔」はその原点と再び向かい合うことになった作品と言えるだろう。

昭和29年、乱歩は「黒岩涙香祭」と涙香全集を企画した。涙香祭は開催されたが出版社の事情で全集は刊行されなかった。(『貼雑年譜』より)

監修／落合教幸
協力／平井憲太郎
立教大学江戸川乱歩記念大衆文化研究センター

本書は、『江戸川乱歩全集』（春陽堂版　昭和29年〜昭和30年刊）収録作品を底本としました。旧仮名づかいで書かれたものは、なるべく新仮名づかいに改め、筆者の筆癖はそのままにしました。漢字は変更すると作品の雰囲気を損ねる字は正字体を採用しました。難読と思われる語句には、編集部が適宜、振り仮名を付けました。

本文中には、今日の観点からみると差別的、不適切な表現がありますが、作品発表当時の時代的背景、作品自体のもつ文学性、また筆者がすでに故人であるという事情を鑑み、おおむね底本のとおりとしました。

説明が必要と思われる語句には、作品の最終頁に注釈を付しました。

（編集部）

江戸川乱歩文庫
幽霊塔《ゆうれいとう》
著　者　江戸川乱歩《えどがわらんぽ》

2018年9月30日　新装版第1刷　発行
2023年10月25日　新装版第2刷　発行

発行所　株式会社　春陽堂書店
〒104-0061　東京都中央区銀座3-10-9
KEC銀座ビル
電話03-6264-0855(代)

発行者　伊藤良則

印刷・製本　小野高速印刷株式会社

乱丁・落丁本は、ご面倒ですが小社営業部宛ご返送ください。
送料小社負担にてお取替えいたします。

ISBN978-4-394-30161-5 C0193